KB043115

소설

38사기동대 2

38사기동대 2

1판1쇄 펴냄 2017년 6월 26일

극본 한정훈 | **소설** 한승일

펴낸이 김경태 | **편집** 홍경화 김은영 전민영 성준근
디자인 박정영 | **마케팅** 곽근호 윤지원
펴낸곳 (주)출판사 클
출판등록 2012년 1월 5일 제311-2012-02호
주소 03385 서울시 은평구 연서로26길 25-6
전화 070-4176-4680 | 팩스 02-354-4680 | 이메일 bookkl@bookkl.com

ISBN 979-11-85502-75-5 03810

이 도서의 국립중앙도서관 출판예정도서목록(CIP)은 서지정보유통지원시스템 홈페이지(http://seoji.nl.go.kr)와 국가자료공동목록시스템(http://www.nl.go.kr/kolisnet)에서 이용하실 수 있습니다.
(CIP제어번호: CIP2017014088)

소설

38사기동대 2

끝까지 사기쳐서 반드시 징수한다

한정훈 극본, 한승일 소설

차례

18	사업	007
19	팀	012
20	불안	038
21	의심과 사기	048
22	한편	068
23	환상	088
24	반격	111
25	해체	137
26	절망	153
27	2년	175
28	숨은 악마, 웅크린 악당	193
29	수건 돌리기	219
30	함정	259
31	정의	289
32	사필귀정	302

18
사업

숙제 하나를 끝낸 마음으로 양정도는 아버지를 찾았다. 말을 잃은 아버지는 여전히 초점 흐린 눈으로 양정도와 눈을 마주치지 못했다.

"아버지. 제가요. 재성이 아저씨 감옥 보냈어요. 이제 두 명 남았어요. 그것도 조만간 시작하려고요. 그거 말씀드리러 왔어요. 아버진 알고 계셔야 될 거 같아서."

젖은 수건처럼 축 처진 어깨의 아버지를 보고 있기 힘들었다.

"들어가볼게요, 아버지."

낮게 한숨을 쉬며 양정도가 말하자, 아버지가 천천히 고개를 들었다. 일어나려던 양정도는 아버지를 바라봤다. 아버지의 우물거리는 입술 사이로 말이 새어나오고 있었다.

"하……. 하지 마. 하지 말라고……. 아들."

기력 없이 아버지의 입에서 겨우 나온 말은 뜻밖의 말이었다. 어떤 심정으로 꺼낸 말인지 모를 양정도가 아니었다. 자신을 걱정해 괴물과 싸우지 말라는 뜻을 모를 리 없었다. 눈물이 핑 돌았다. 아버지에게 눈물을 숨기려고 양정도는 고개를 피하며 말했다.

"목소리 많이 늙으셨다, 우리 아버지. 제가 알아서 할게요."

일어서 돌아가는 순간에도 양정도의 뒤로 "하지 마"라는 아버지의 목소리가 파고들었다.

방필규는 '버러지 같은 것들'이 집을 헤집고 간 뒤로 바빠졌다. 이름까지 똑똑히 기억하고 있는 세금징수국 놈들에게 경고를 주려고 한 것뿐인데 일이 조금 어긋났다. 뇌물 혐의로 한두 놈 옷을 벗기고 적당히 경고만 줄 마음이었는데 마음대로 일이 풀리지 않았다.

아직 철없는 아들 방호석이 세금징수국 사람을 심하게 때렸다는 말을 들었을 때는 조금 걱정이 되기도 했다. 하지만 세상은 자기 편인 듯, 때마침 방패로 쓰고 버릴 만한 마진석이 있었다. 천만다행이었다. 적당히 구슬리면 알아서 죄를 뒤집어쓰고, 자신을 대신해 송곳니를 세우고 그들과 진흙탕 개싸움을 해줄 만한 녀석이었다.

예상대로 마진석은 방필규의 말을 듣고 제 발로 경찰서를 찾아가 거짓 자수를 했다. 겁주려 한 세금징수국 직원도 이제 책임을 지고 물러나게 될 거라는 계산이 섰다. 자신도 모르게 흐뭇한 웃음이 나올 뻔했다.

방필규는 전 우향그룹의 대표였던 최철우 회장을 만났다. 세금징수국 직원들과 얽힌 일은 자기 선에서 처리했지만 얼마간의 보고해야 할 사항들이 있기 때문이다. 평범한 국밥집에서 만난 최철우는 이런 방필규와 눈도 마주치지 않고 부지런히 국밥을 넘겼지만 방필규는 흥에 겨워 말을 덧붙였다.

"회장님. 암만 봐도 우리나라, 참 살기 좋은 나라 아닙니까? 무엇보다도 우리나라가 제일로 좋은 건요. 없이 사는 것들이 지들끼리 치고받아준다는 겁니다. 지들끼리 멱살 잡고 죽어라 싸워주니까, 얼마나 좋습니까? 부려먹기도 쉽고요."

그 말에 최철우가 대답하지 않아도 방필규는 그 속내를 짐작할 수 있었다. 잘 풀리고 있었다. 이제 천갑수를 만나 다시 한번 서원시장 당신과 방필규 본인, 그리고 최철우 회장이 어떤 관계인지 인지하게 해주면 될 일이었다.

방필규는 다음 날 곧바로 천갑수와의 식사 자리를 잡았다. 마주 앉아 있는 천갑수는 표정이 밝지 않았다. 그러거나 말거나 방필규는 그동안 있던 일을 천갑수에게 전했다. 사과를 준비하고 있었다는 천갑수의 대답을 듣고 나서야 자신이 과민하게 반응했다는 걸 알았다.

"그런 계획이 있었으면 미리 말씀을 하셨어야지. 난 또 시장님이 그렇게 신경 써주신 것도 모르고 혼자서 해결하려고. 허허허. 미안하게 됐습니다."

너털웃음을 터뜨리며 천갑수에게 미안함을 표하자 굳은 천갑수의 얼굴에 분노가 스쳤다.

"사람이 죽었고, 시청 과장 한 명이 옷을 벗었습니다. 그렇게 웃으면서 미안하다는 말로 때울 일은 아닌 거 같은데요."

천갑수의 그 말은 방필규의 기분을 건드리기 충분했다. 천갑수가 자신과의 관계가 어떤지 잠시 잊은 듯했다. 방필규가 사늘한 시선을 던졌지만, 천갑수가 지지 않고 눈을 응시했다. 꼭 말로 해야 알아들을 모양이었다.

"개 키워보신 적 있으세요? 난 한번 키워본 적이 있는데, 제가 그 놈을 6년을 키웠어요. 순했어, 아주. 말도 잘 듣고. 근데 7년쯤 됐을 땐가? 밥 늦게 준다고 내 손가락을 물더라고. 뭐 그냥 살짝 긁힌 정도라 그냥 넘어가려고 그랬는데, 회장님 생각은 다릅디다. 회장님이 나한테 그랬어요. 이 개는 이제부터 뭔가 불만이 있으면 너를 물 거다. 가축 쓴 짐승이 그렇다. 동정심을 권리로 착각한다. 그러니까! 더 크기 전에 죽여라."

말을 하는 사이 방필규는 그날의 기억이 떠올랐다. 사기당해 유동자금을 몽땅 세금으로 냈다고 울먹이던 마진석의 모습과 감히 자신의 집에 찾아와 세금 내라고 으름장을 넣던 서원시청 직원들의 모습. 이런 기억들이 떠오르자 불쾌함이 온몸을 감쌌다.

"제 밑에서 일하는 꼬마가 제 돈 60억을 세금으로 냈고, 시장님 개새끼들은 우리 집을 쳤어. 난 이게 왜 자꾸 개가 손가락을 무는 거같이 느껴지지? 시장님도 동정심을 권리라고 착각하는 거예요, 설마?"

이만큼 이야기했으면 알아들을 거라 생각했건만 천갑수는 오히려 더 날을 세워 방필규의 의도와 눈빛을 피하지 않고 정면으로 맞섰다.

"사람들은 대부분 자기가 얼마를 줬는지는 생각 안 하고 무리한 요구, 무리한 말을 합니다. 주제 파악을 못 하는 거죠. 방 사장님은 어떻습니까? 주제 파악 잘하고 사시는 거 같습니까?"

"지금 나랑 회장님을 무시하는 겁니까?"

"방 사장님을 무시하는 겁니다. 방 사장님이 최 회장님은 아니잖습니까. 앞으로 저한테 얘기할 땐 협박이 아니라 부탁을 하십시오. 그럼 제가 방 사장님한테 도움받은 만큼 똑같이 보답해드리겠습니다."

그 순간 방필규는 천갑수가 너무 커버린 것을 느꼈다. 누구 돈으로 시장이 되었는지 잊었다면 다른 걸 기억나게 하는 수밖에 없었다. 불쾌한 얼굴로 마주 앉은 천갑수에게 마지막으로 한마디를 던졌다.

"일평생 부탁은 해본 적이 없어서 그건 잘 모르겠고, 전 그냥 하던 대로 해야겠습니다. 6년 전 그 일이 말입니다. 그 일이 똑같이 다시 생기면, 다칠 사람이 누굴까요?"

방필규 입에서 '6년 전'이라는 단어가 나오는 순간 천갑수의 눈썹이 흔들렸다. 방필규가 계속 말했다.

"천 시장님. 펜을 잡은 사람은요, 칼을 잡은 놈을 못 이깁니다, 절대."

"원하는 게 뭡니까?"

"그냥…… 이번에 그냥, 그거나 한번 신청해볼까 해서요. 공개세무법정."

굳은 천갑수와 달리 방필규의 얼굴에는 여유가 엿보였다. 눈빛은 차가웠고 입가에는 비릿한 웃음을 머금고 있었다.

19
팀

백성일의 부탁을 듣고 양정도는 다시 팀을 꾸리기 시작했다. 처음 정자왕과 조미주, 그리고 장학주에게 전화를 걸었을 땐 다들 반응이 시큰둥했다. 바쁘다고 핑계를 대는 이들에게 양정도가 말했다.

"500개."

양정도 입에서 금액이 밝혀지자 분주함이 느껴졌다. 다들 머릿속으로 자신에게 떨어질 금액을 계산하느라 정신이 없던 거다. 바쁜 사정, 내키지 않던 마음도 모두 사라지고 냉동 창고로 달려오겠다는 반응이었다.

남은 한 사람은 돈으로 움직이기 힘든 노방실이었다. 노방실은 다른 사람들과 같은 방식으로 꿸 수 없었다. 최대한 솔직하게 있는 그대로를 전했다. 하지만 이야기를 들은 노방실은 속내를 좀처럼 보이지 않았다.

"공사가 크네. 되겠어?"

"되게 해야죠. 하실 거죠?"

"나 없으면 실탄은 누가 채워. 다 거지잖아, 니들. 근데 뭐 하는 놈이니? 500억씩이나 세금 밀리고 사는 놈이."

백성일의 딱한 사정이 안쓰러웠는지, 악성 체납자에 대한 분노 때문인지 알 수 없었다. 무엇에 마음이 움직였는지는 몰라도 노방실 역시 다시 한번 팀에 참여하기로 했다.

다음 날 냉동 창고에는 오래간만에 모두가 모였다. 양정도는 한쪽 벽에 방필규의 사진을 붙여두고 팀원들에게 브리핑하기 시작했다.

"몇 년 전에 '소비생활 공유 마케팅' 불법 다단계 사기 쳐서 몇 천억 꿀꺽한 우향그룹 최철우 측근이에요. 우향개발이라는 계열사 맡아서 사장 하던 사람인데, 자료 한번 봐봐요. 아무것도 없죠? 사진 하나밖에 없어. 왜 그럴까? 동선이 안 잡혀."

양정도의 말에 백성일은 덜컥 겁부터 났다.

"그럼 어떡하지. 집 밖으로 나오게 만들어야 되나?"

"아뇨, 아뇨. 그렇게 무리할 필요는 없을 거 같고. 그 사람 자식 있죠?"

양정도가 묻자 백성일은 아들 하나, 딸 하나가 있다는 대답을 했다. 아들을 UN커뮤니케이션이라는 회사의 대표로 세워둔 채 본인은 뒤에 꼭꼭 숨어 아무 재산이 없는 것처럼 속이고 사는 방필규였다. 꼬리가 짧아 밟기 힘들었고, 모든 재산이 자식들 앞으로 되어 있어 털어내기도 녹록지 않았다. 양정도는 다시 한번 내용을 백성일에게 확인받았다.

"그 회사 대표, 아들 방호석, 고문이 딸 방미나. 방필규 이 사람 재산 전부 다 자식들 앞으로 돌려놨고. 그렇죠?"

"개들도 얼굴 보기가 힘들어. 방호석 그놈은 아예 출근을 안 하고, 일단 집에 한번 들어가면 도대체 나오질 않아. 뭐 하고 있는지 모르겠어, 집구석에서."

"방미나도 마찬가지야. 평소엔 거의 집에 있고, 일주일에 한두 번 외출을 하긴 하는데, 인사동 한번 쭉 둘러보고는 바로 집에 들어가."

백성일 말을 받아 조미주가 설명을 보탰다. 자식들마저 두더지처럼 꼭꼭 숨어 보이지 않는다니 답답한 양정도가 말했다.

"왜 이렇게 집을 좋아한대? 꿀단지라도 숨겨놨대?"

양정도의 말에 다들 한마디씩 하며 불만을 늘어놓는 사이 조미주가 핵심을 짚고 물었다.

"근데요. UN커뮤니케이션, 그 회산 뭐 하는 회사예요? 인터넷 찾아봐도 확실히 잘 모르겠던데?"

"우리 쪽에서 알아본 바로는 불법 다단계 회산데. 취업을 미끼로 해가지고 뭣 모르는 애들 데려다가 백화점 들어가는 물건 빼돌려서 팔게 하는 거야. PV(Point Value의 약자, 제품 판매 갯수에 따라 정해지는 판매 점수치)라는 게 있는데, 물건 못 팔고 온 사람들, 실적 낮은 애들한테 사람을 더 끌어오라고 하고. PV, 그걸로 등급도 높여주고 월급도 올려주는 거지. 피해자가 또 다른 피해자를 끌어들이고, 그런 식으로 하는 거 같아."

백성일의 설명을 들은 조미주가 가소롭다는 표정을 지으며 말했다.

"자기들이랑 연결된 대부업체에서 대출받게 한 다음에 그 돈으로 물건을 강매시키고, PV 실적이 높아져야 월급도 올라간다고 꼬드겨서?"

"그렇지. 근데 여기서 웃긴 건 그 대부업체 대표가 최철우라고 정도가 얘기한 그 사람이야. 우향그룹 회장."

눈치 빠른 장학주는 백성일의 말에서 최철우와 방필규의 자금 흐름을 단숨에 읽어냈다.

"뭐여? 지들 안에서 돈 돌리면서 애먼 사람들 빚만 불리는 거여? 대단한 새끼들이네, 그거."

양정도는 생각을 곰곰이 정리해봤다. 최철우가 가진 대부업체에서 돈을 빌리게 한 뒤 방필규 회사의 물건을 사게 하고, 방필규는 이렇게 모인 자금을 다시 최철우의 대부업체로 보내는 시스템이었다. 시스템이야 어찌됐건 지금 중요한 건 그게 아니었다. 일단 미끼를 물게 해야 했다. 답답해하던 양정도가 말했다.

"아무튼 그게 중요한 게 아니고 세 사람 중에 하나라도 어떻게 테이블에 앉히느냐, 그게 관건인데."

그러자 조미주가 눈을 반짝이며 말했다. 간단할 것 같다는 자신감이었다.

"아들이 그 회사 대표고 딸이 고문이라고 했죠? 그럼 둘 중 하난 볼 수 있겠네, 그 회사 들어가면?"

"방미나는 아예 출근을 안 해서 잘 모르겠고, 방호석이는 잘하면 볼 수 있겠네, 재수 좋으면."

백성일이 걱정스러워 말했지만, 조미주는 대수롭지 않다는 듯 말했다.

"됐네, 그럼. 내가 취업할게요, UN커뮤니케이션."

조미주는 UN커뮤니케이션이 하는 일이 전혀 낯설지 않았다. 다단계 사기라면 그 속이 어떻게 돌아가는지 뻔히 알고 있었으니 위장 취업을 준비하면서도 걱정이 들지 않았다. 사람을 돈으로 보는 다단계 회사 면접에 떨어질 일은 없을 테고, 이곳에서 상사의 눈에 드는 방법은 누구보다 잘 알고 있었다.

'유하나'라는 가명으로 입사지원서를 냈고 예상대로 입사는 쉬웠다. 업무 교육 역시 예전에 조미주가 같은 일을 했을 때와 비교해 조금도 달라지지 않았다.

"고객 방문 판매를 통해 저희 종합선물세트 제품을 판매하면 나에게 돌아오는 수입이 늘어나는 네트워크 방식입니다. 동시에 UN커뮤니케이션엔 속칭 'PV'라고 불리는 직원 포인트 제도가 있는데요."

조미주는 열심히 받아적는 척을 했지만, 안 보고도 알 수 있는 내용이었다. 회원등록증에 서명하고 본격적으로 작전을 시작했다. 목표는 그들이 판매 수량으로 정해놓은 등급 가운데 가장 높은 다이아몬드 등급에 도달하는 거였다. 피로회복제, 마스크 팩 같은 물건을 유통하는 회사니 큰돈이 들지도 않았다. 우선 30상자를 시작으로 차근히 수량을 늘려나갔다.

조미주가 매일같이 주문 수량을 늘려나가는 모습에 UN커뮤니케이션에서 일하는 사람들의 입은 떡 벌어졌다. 물론 완급조절 역시 잊지 않았다. 200상자, 30상자, 100상자, 50상자…… 적절하게 호흡을 조절하며 자연스럽게 실적을 유지했다. 아마 회사 윗선에서는 벌써 자신의 존재를 눈치챘을 게 틀림없었다. 물건을 나르는 동안 방호석이 자신을 지켜보는 것을 느끼며 그런 분위기를 읽어낼 수 있었다. 그러기를 얼마, 조미주는 판매 등급 다이아몬드를 달성하면서 넓은 개인 사무실까지 받아냈다. 이제 방필규를 엮어낼 기초 준비가 끝났다고 봐야 했다.

강노승이 퇴직한 후로 천성희는 늘 마음이 편치 않았다. 자신과 백성일을 돕기 위해 시작한 일로 너무 많은 사람이 피해를 입었다. 미안한 마음에 언젠가 꼭 퇴직한 강노승을 찾아가 인사해야겠다고 한 다짐을 이제야 겨우 실천할 수 있었다.

주소를 보고 찾아간 곳은 작고 낡은 아파트 단지였다. 한평생 서원시청 공무원으로 정직하게 열심히 산 강노승이 이룬 작은 결과였다. 수십억 원 세금을 안 내며 고급 아파트에서 떵떵거리며 사는 이들과 밤낮없이 열심히 일한 사람의 결과 차이가 새삼스럽게 느껴졌다. 빈손으로 찾아가기 허전해 주스 한 상자를 사들고 엘리베이터를 기다릴 때 마침 음식물 쓰레기를 버리러 나온 강노승과 마주쳤다.

평소 모습과 달리 편한 차림으로 고무장갑까지 낀 강노승을 보자 천성희는 빙그레 웃음이 나왔고, 강노승 역시 웃으며 천성희를 맞아 줬다.

"뭘 이런 걸 다 사가지고 와. 그런데 성희 이 시간에 웬일이냐. 업무 시간에 딴짓하고 다니면 안 되지. 안 국장한테 또 쿠사리 먹지."

"제가 이 말은 꼭 드려야 될 거 같아서……."

꼭 하고 싶었던 말을 전하려는데 입이 쉽게 떨어지지 않았다. 한창 일해야 할 나이의 가장이 자신의 고집 때문에 퇴직당했다는 사실은 무슨 말로도 표현할 수 없었다.

"죄송해요, 과장님."

겨우 꺼낸 말에 강노승은 오히려 천성희를 걱정했다.

"야, 네가 뭐가 죄송해! 다 내가 벌인 일인데. 그러지 마."

그런 모습에 천성희는 오히려 미안함이 더해갔다. 어떻게 해야 할지 몰라 어색한 미소만 지으며 앉아 있는 사이, 강노승이 기묘한 이야기를 꺼냈다.

"창호 누워 있고, 박상호 씨 죽고. 이 사달이 났는데도 조용한 거 보면 아직도 천 시장이 방필규 커버 쳐주고 있는 거 같다. 난 두 사람 관계가 이제 다 끝난 줄 알았지."

"그게 무슨 말씀이세요? 천 시장님이 방필규를 왜요?"

"성희, 넌 모를 수도 있었겠다. 천 시장이 방필규 뒤봐주고 있잖아."

천성희에게는 머리가 복잡해지는 말이었다. 백성일의 징계위원회를 막기 위해 벌였던 일과 그에 대한 천갑수의 반응이 떠올랐다. 직접 방필규에게 사과하라던 그 말, 그러면 징계를 없던 일로 해주겠다던 표정이 생생하게 기억났다.

"우린 다 아는 얘기야. 6년 전에 민식이 사건 때도 똑같았는데 뭘."

강노승 역시 이야기하다보니 옛날 기억이 떠올랐다. 방필규는 그때나 지금이나 별반 다르지 않았다. 얼마 전 기자들과 함께 찾아갔을 때가 오히려 더 예의 바른 모습이었다. 6년 전에는 세금징수국 직원들이 있는 앞에서 보란 듯이 천갑수에게 전화를 하던 방필규였다.

"어. 천갑수 씨, 잘 지내시죠? 그거 뭐, 징수국에서 애들이 나왔네? 딱지 붙이고 세금 걷겠다고? 뭐, 이러면 됩니까? 하하."

그 자리에는 백성일, 강노승, 안태욱, 김민식이 함께 있었다. 시청 공무원 앞에서 시장에게 전화를 한다는 건 명백한 협박이었다. 시장의 이름을 부르며 으름장을 놓는 모습에 모두가 아연실색했다. 그리고 놀란 그들에게 돌아온 건 방필규의 조롱이었다.

"사람을 봐가면서 덤벼야지, 이 사람들아."

그날의 기억이 다시 강노승을 괴롭혔다. 자신은 이미 나왔지만 아직 싸우고 있는 후배 천성희가 걱정이었다. 천성희는 강노승이 해준, 이 믿을 수 없는 이야기에 입을 다물지 못했다.

강노승과 헤어지고 사무실에 돌아온 천성희는 멍한 느낌을 지울 수 없었다. 든 자리보다 난 자리가 언제나 커 보인다고 하지만, 지금은 그 어느 때보다 더 크게 느껴졌다. 강노승의 퇴직과 인턴 안창호의 공백이 이 정도나 됐을까. 한숨이 나오고 가슴의 답답함은 더해갔다. 착잡한 표정의 천성희 앞에 나타난 김 조사관 역시 비슷한 얼굴이었다. 그러나 막연히 착잡했던 천성희와 달리 김 조사관의 표정에는 명확한 이유가 있었다. 김 조사관이 씩씩거리며 말했다.

"방필규 금마, 공개세무법정 신청했댄다. 진짜 뭐 이른 기 다 있노. 강 과장님 짤리고, 창호 점마는 아직도 산소호흡기 꽂고 병원에 누버 있고! 뭔 일이고, 진짜!"

분노가 서린 말투였다. 안창호의 빈자리를 서글프게 보며 말하는 김 조사관의 마음을 천성희도 공감하고 있던 차에 마침 세금징수1과 백성일이 말꼬리를 잡고 물었다.

"공개법정은 시민의 당연한 권리야. 뭐가 문젠데?"

"과장님 지금 뭐라캤습니까? 권리요? 지금 우리가 누구 땜에 이레 됐는데요? 강 과장님은 누구 땜에 짤렸고! 창호는 누구 땜에 병원에 누워 있는 건데요!"

"그게 방필규 씨랑 무슨 상관이라는 건데? 증거 있어?"

분위기가 험악해졌다. 세금징수1과 백성일의 말에 김 조사관의 눈빛이 변했다. 당장이라도 폭발할 것 같은 얼굴이었다.

"와…… 그레 말하모 저희가 섭하죠. 안 국장 밑 닦아주모 살드마는 똥 휴지 다 된 깁니까! 예?"

"뭐? 이 새끼가 어디서! 너 미쳤어?"

"미쳤습니다. 저 미쳤어요! 단디 미쳤어요! 사무실이 이 모양 이 꼴인데 과장님 같으면, 그럼 제정신 박혀 있겠습니까!"

방필규를 건드린 이후 세금징수국은 정상이 아니었다. 하루에도 몇 번이나 롤러코스터를 타듯 새로운 사고가 터졌다. 그렇다고 동료들까지 서로 원한 서린 눈으로 노려보게 놔둘 순 없었다. 천성희가 빠르게 중재에 나섰다.

"참으세요, 과장님. 선배, 선배도 그만해. 이런다고 달라질 거 하나 없는 거 선배도 다 알잖아."

둘을 겨우 떨어뜨려놓은 천성희가 차분하게 이어 말했다.

"다 알잖아. 공개법정 열리면 방필규가 돈 써서 업계 최고 변호사 끌고 올 것도 다 알고. 있는 인맥, 없는 인맥 다 끌어다가 판사 구워삶겠지. 그것도 다 알잖아. 그럼 방필규 체납세금도 영영 못 받는 거 다 알잖아요. 우리가 아무것도 할 수 없는 거 다 알잖아…… 우리들끼리 사무실에서 싸움질한다고 달라질 거 없는 거 선배도 다 알잖아. 근데 왜 이래."

김 조사관의 마음을 이해 못할 천성희가 아니었다. 조용한 사무실에 천성희 목소리만 울렸다. 감정이 잠깐 격해졌던 김 조사관이 미안한 듯 천성희에게 말했다.

"화나니까! 답답해 미치겠으니까!"

"항상 보면, 우리만 힘들어해. 그 사람들은 아무렇지도 않더라."

그렇게 말을 마친 천성희는 사무실에 앉아 동료들을 볼 자신이 없었다. 혼돈스러운 자신처럼 모두 의욕을 잃고 일을 해나가야만 하는 모습을 보고 싶지 않았다. 답답함과 짜증이 섞여 사무실을 나가는 그때 백성일과 마주쳤다. 금세 표정을 읽었는지 무슨 일이냐고 물어오는 백성일에게 맥이 빠진 목소리로 대답했다.

"방필규, 공개세무법정 신청했대요."

"알아. 거기 갈 일 없을 거야."

천성희는 깜짝 놀랄 이야기라고 생각했는데 백성일의 대답은 의외로 담담했다. 오히려 이렇게 될 줄 다 알고 있다는 반응이었다. 문득 나쁜 예감이 들었다. 법으로 어쩌지 못한다면 법 외의 다른 방법을 쓰려고 생각하고 있는 것 같았다.

"또 하시려고요?"

천성희는 혹시나 싶어 물었지만 백성일에게 돌아온 대답은 확고했다. 백성일은 지금 방필규와 싸우고 있다고 믿는 듯했다. 하지만 상대는 방필규뿐만 아니라 천갑수까지였다. 백성일이 이 사실을 알고 싸움을 걸고 있는지 걱정이 됐다. 그리고 자신이 이 말을 전해야 하는지도 망설여졌다.

"시장님이 방필규 뒤봐주고 있대요."

어렵게 꺼낸 말이었다. 하지만 백성일 표정에는 변화가 없었다. 백성일의 얼굴은 이미 다 알고 있다고 말하고 있었다. 그런 사실을 알고도 시작한 싸움이라면 더 이상 말릴 방법이 떠오르지 않았다.

"알고 계셨어요? 다 알고 있었구나. 정말…… 정말요, 과장님. 이 안에서는 방법이 없는 거예요?"

백성일은 묵묵히 천성희의 어깨를 다독여주는 것으로 대답을 대신했다. 백성일마저 다칠까 걱정이 됐지만 말리지도 응원하지도 못하는 자신이 한심해 한숨이 나왔다.

며칠 전 방호석은 소파에 널브러져 텔레비전을 보던 중에 믿기 어려운 내용의 전화를 받았다.

"왜? 뭔 말도 안 되는 소리 하고 있어. 그딴 걸 누가 사?"

속마음을 그대로 뱉었지만 전화를 건 김 차장은 진지했다.

"진짜예요, 대표님! 들어온 지 한 달밖에 안 된 애가 쫌 있으면 골드 단다니까요?"

방호석 본인 눈으로 봐도 회사 제품은 조악하기 짝이 없는 물건인데, 그런 제품을 하루에 수십 상자씩 팔아치우는 신입사원이 나타났다는 이야기였다. 김 차장이 알려주는 판매 내역은 놀라울 정도였다. 너무 엄청난 이야기라 재차 되물었지만, 판매 실적을 보고받자 헛웃음이 나왔다.

"참내. 이걸 웃어야 돼, 어째야 돼?"

눈으로 보지 않고는 못 믿을 이야기라 방호석은 오랜만에 회사에 직접 나가 확인했다. 물류 창고에서 열심히 상자를 나르는 모습 뒤로 20대 중반의 여자가 상자 수량을 확인하고 있었다. 아무래도 김 차장의 말이 진짜인 모양이었다. 방호석 혼자 알기에 아까운 이야기였다. 회사 고문이자 친누나인 방미나에게 전화를 걸었다.

"누나. 골 때리는 애 하나 나타났다? 뭐 하던 앤지 나도 잘 모르겠는데, 그거 하난 확실한 거 같아. 걔 진짜 다이아다."

이런 인재가 존재할 거라곤 상상도 못 했던 터라 어떤 사람인지 궁금한 방호석은 자연스레 출근이 잦아졌다. 그런데 어느 날, 유하나라는 이 야심만만한 인재가 직접 식사 초대를 했다. 이미 다른 직원들과 함께 몇 차례 식사 자리는 있었지만 독대를 요청해온 건 처음이었다.

간단하게 식사를 함께하자는 말에 흔쾌히 응했다. 궁금했다. 싹싹하고 인맥 관리를 잘하는 건 알겠지만, 당최 어떤 재주를 부리기에 이런 허섭스레기 같은 물건을 수백 상자씩 팔아치우는지 알고 싶었다.

그랬던 것도 잠시, 방호석은 유하나가 초대한 자리에서 잘 익은 소고기부터 부지런히 입에 집어넣었다. 배가 고팠던 탓에 우선 허기부터 채우고 이야기하자는 생각에 부지런히 젓가락질을 하는데 유하나가 먼저 말을 걸었다.

"식사하시는 거 너무 터프하시다, 대표님! 전 이렇게 먹는 남자들 보면 되게 멋있던데!"

방호석이 봐도 여간내기가 아니었다. 물건도 잘 팔고 분위기도 잘 읽으니 영업도 잘하는 거라고 생각했다.

"내 와이프도 나 밥 먹는 거 때문에 결혼했대. 너무 사랑스럽대, 나 밥 먹는 거 보면. 허허."

기분이 좋아졌다. 다시 먹는 데 열중하는 사이 유하나는 이것저것 물었다.

"근데요, 대표님. 방미나 고문은 뭐 하시는 분이에요? 성함만 들었지 한 번도 뵌 적은 없는 거 같아서."

"아, 누나? 신경 쓰지 마. 회사 일은 신경도 안 써. 골동품에 미쳐서."

대수롭지 않은 질문이었으니 대수롭지 않게 대답했다.

"골동품이요?"

"나중에 애들한테 재산 물려줄 때 골동품으로 주면 세금을 뭐 안

낸다나 뭐라나."

"아, 그래요. 저도 전공이 그쪽이라 골동품에 관심 많은데. 방 고문은 요즘 주로 뭐에 관심을 두고 계신데요?"

"청자? 그런 거 모으는 거 같던데? 맨날 인사동 빨빨거리면서. 난 잘 몰라. 근데 청자는 담배 아니야? 허허허허."

그 말에 따라 웃는 유하나를 보자 방호석은 재치 넘치는 농담까지 던지는 자신이 자랑스러웠다. 늘 애 취급하는 아빠 방필규의 품을 벗어나 번듯한 회사 대표로 보이는 이 느낌이 좋았다. 이런저런 이야기 끝에 유하나는 자신이 아는 사람의 이야기를 꺼냈다. 중국 쪽에서 사업을 크게 한다는 사람이었다.

"그 사장님이 저 많이 도와주셨거든요. 사실 제가 다이아몬드 된 것도 다 그분 도움 덕분이었어요."

"그럼 유하나 씨 통해서 우리 제품 몇 백 개씩 사가신 분이 그분이야, 그럼?"

"예, 도와주신다고 하도 그러셔서. 아무튼요, 대표님. 그 사장님이 이번에 사업설명회를 크게 하시는데 또 저한테 물건을 부탁하셨거든요? 손님들 집에 가실 때 빈손으로 보내기 그렇다고."

"아, 그래? 고마우신 분이네."

말은 이렇게 했지만 내심 부러움이 생겼다. 젊은 나이에 혼자 힘으로 큰 사업을 꾸려간다는 이야기가 자꾸 맴돌았다. 아빠 품에서 사장 노릇을 하고 있지만, 자기 힘으로 뭔가 이뤄내본 경험이 없는 방호석은 밥을 먹으면서도 그 사장이라는 사람에게 관심이 쏠렸다. 식사를 마치고 유하나를 태우고 가는 동안 한참을 망설이다 겨우 속내를 꺼냈다.

"그 사장님한테 제품 배달할 때, 나 같이 가도 되나?"

"그럼요, 대표님! 저야 그럼 감사하죠."

일을 시원시원하게 잘하는 것처럼 유하나는 대답도 시원시원하게 잘했다. 큰 사업설명회라고 하니 자신도 이제 어엿한 사장으로서 참석하고, 또 혼자 힘으로 투자도 해보고 싶었다. 그리고 그 성과를 아빠에게 보란 듯이 자랑하고 싶었다.

며칠 뒤 유하나가 말한 투자설명회 날이 되자 아침부터 긴장이 되기 시작했다. 유하나를 태우고 시간에 맞춰 이미 출발했으면서도 자기 마음대로 어긴 약속이 계속 마음에 걸렸다. 하필이면 온 가족이 모여 식사하기로 한 날이었다. 투자설명회 장소를 향해 달리는 차 안에서 휴대전화벨이 울리자 몸도 함께 떨리는 기분이었다. 전화를 보니 예상대로 아빠의 전화였다. 수화기 너머 호통이 날아왔다.

"너 어딘데 왜 안 와. 민국 에미만 보내고 넌 왜 안 오냐고! 너 무슨 짓을 하고 싸돌아다니는 거냐, 너?"

진땀이 났다. 혼자라도 긴장할 순간에 운전기사와 부하 직원까지 있는 상황이라 더욱 면이 안 섰다. 소곤소곤 말하면서 남들에게 들릴까 걱정이 들었다.

"아, 미안. 내가 일이 좀 생겨서. 미안해. 진짜 미안해. 다음부터 절대 안 빠질게. 아빠, 사랑해."

전화를 끊고 나니 머쓱한 마음이 들어 괜스레 운전기사에게 성질을 부렸다.

"경운기 모니? 빨리 가! 빨리 가!"

사업설명회가 열리는 호텔에 도착하니 슬그머니 자신감이 사라졌다. 상대가 혹시 자신을 아빠 품에서 사장 놀이를 하는 애송이로 보지는 않을까 걱정돼 짐짓 동작이 커졌다.

"오늘 나 옷 괜찮나? 없어 보이지 않지?"

머리를 정리하며 유하나에게 묻자 듣기 좋은 대답이 돌아왔다.

"그럼요, 대표님. 중국 재벌 같으세요."

연회장 문을 여는 순간 방호석은 새로운 세상이 열린 것 같았다. 단상 위에서 자신보다 어려 보이는 남자가 당당하게 인사하고 있었다. 수백 명의 사람들을 앞에 두고도 긴장한 기색이 보이지 않았다. 방호석은 유하나와 함께 빈자리를 찾아 앉은 뒤 주위를 둘러보았다. 모든 청중이 우레같은 박수를 치고 있었다.

"규모가 어마어마하구만. 사업을 보통 크게 하시는 게 아닌가봐?"

조명과 수십 대의 카메라가 젊은 사장을 좇고 있었고, 단상 위에선 그 젊은 사장은 마치 영화배우 같은 모습이었다. 입을 열어 한마디 한마디를 뱉을 때마다 모두 열광하며 박수를 쳐댔다. 그 모습에 자신을 투영해봤다. 온몸의 털이 모두 꼿꼿이 설 만큼 짜릿한 느낌이었다.

"도시화다 뭐다 해가 빈 땅만 보이믄 포크레인부터 들이미가 땅부터 파고 빌딩부터 올린다 이깁니다. 그런데! 이렇게 빈 땅만 주구장창 파다 보니까아! 뭐가 나오냐! 문화재. 문화재가 나오드라 이깁니다. 은, 주, 춘추전국, 진, 전한, 후한, 위진 남북조, 수, 당, 5호 16국,

송, 원, 명, 청! 왕만 해도 몇 백 명에 대신까지 합치모 수천 명이 넘는 사람들이 죽어가 땅에 묻혔는데! 갸들을 그냥 묻었겠습니까? 그 당시 쓰던 밥그릇, 국그릇, 숟가락, 젓가락, 뭐 이런 거 같이 묻었겠지요? 그라고 짬 좀 되는 아들은 금붙이도 너주고, 옥도 너주고 그랬겠지요? 맞습니다. 우리가 문화재라고 칭하는 것들, 이러한 것들, 개당 몇 억씩 하는 그런 것들! 지금도 수천 수백 개씩 나오는 나라가 중국입니다. 저희 동황문화거래소는요, 이러한 물건들을 관리하는 회삽니다. 어떻습니까! 돈 냄새 풀풀 나지요? 자, 단도직입적으로 말씀드리겠습니다. 저희 회사 주식에다 돈 쎄리 박으모! 원금 백 프로! 겟! 두 달 뒤엔 두 배! 겟! 겟! 다섯 달에는 몇 배요! 저희 동황문화거래소의 가장 안전한 보상 플랜이 여러분들에게 적용되는 순간, 여러분들이 꿈꾸는 건 꿈이 아닙니다! 부자가 더, 더! 부자가 되는 세상! 여 계신 분들이 그 증거 한번 돼주이소, 마!"

청산유수 같은 연설이었다. 함성과 박수 소리에 모두 광신도가 된 것 같아 보였다. 모두가 연회장 안이 가득 차도록 "부자! 부자!" 소리를 외쳤다. 끝나지 않을 것 같던 환호가 끝난 뒤에야 방호석은 그 젊은 사장을 만날 수 있었다.

사업설명회는 잔손이 많이 가는 일이었다. 장소를 섭외하고, 초대장을 만들어 돌리고, 화환과 함께 찾아온 이들에게 들려 보낼 선물을 준비하는 건 아주 기본적인 준비일 뿐이다. 준비한 시나리오에 맞춰 음악을 틀고, 동선에 따라 마이크와 조명을 모자라지 않게 배치하며,

카메라로 연설자를 좇는 연습도 해야 했다. 그 밖에도 의자, 식사, 행사를 도울 인원 배치까지 수많은 일이 필요한 행사다. 그리고 이 모든 게 가짜라면 준비는 배가 된다.

행사 준비를 맡은 장학주는 정신이 없었다. 섭외한 엑스트라들에게 해야 할 반응까지 준비시켰다. 어떻게 박수를 쳐야 하는지, 얼마나 함성을 질러야 할지 일러두었고, 그에 따르는 엑스트라들의 연기는 꽤 만족스러웠다. 이 정도면 누구라도 깜빡 속아 넘어갈 무대였다. 얼토당토않은 중국 문화재 투자 사업 계획에 열광하는 인파 사이, 목표한 방호석의 얼굴이 살짝 보였다. 조미주가 자기 역할을 끝낸 모습이었다. 설명회를 마친 양정도와 장학주는 각본대로 방호석을 만났다. 자신감 넘치는 젊은 사업가 모습의 양정도가 반갑게 인사했다.

"아이고, 반갑습니다. 우리 하나 마이 챙겨 주셨다꼬예?"

"아우, 제가 뭘. 조 대표님께서 많이 도와주셨죠. 대표님 덕분에 저희 회사 아주 살맛 납니다, 요즘."

"하고야, 훈훈하다. 일단 앉으입시다. 유하나 씬 잠깐 나가 있고."

방호석을 상대로는 점잔 떨 필요도 없었다. 어차피 세상 물정 모르고 자란 부잣집 도련님에 불과했고, 돈만 보고 달려든 사람이니 양정도 역시 본론을 꺼냈다.

"저희 회사 수익 구조, 간단합니다. 초기 투자금으로 저희 회사 주식을 사모, 그 투자금이 매달 복리로 뛰가 다섯 달 뒤면 투자금에 300프로 더해서 돌려받으시고. 나머지 100프론 다시 저희 회사 주식을 사야 되는 거고. 고런 시스템을 갖추고 있죠."

양정도가 가짜 신분에 어울리게 유려한 사투리로 말했다.

“그럼 한 사이클에 500프로 수익 나는 구조네요?”

“이해가 빠르시네. 1년 빡세게 돌리면 천 프로. 그니까 한마디로 쉽게 얘기하자면, 천만 원 박으면 1억 버는 그런 기지요. 이게, 이게 동황문화거래소의 완전한 보상 플랜 시스템인 기지요.”

이런 수익률의 사업이 진짜 존재한다면 양정도가 사기를 칠 까닭이 없었다. 파고들면 허점투성이지만 방호석 귀에는 ‘500프로’라는 수익률만 박혔다. 가만히 듣던 방호석이 군침을 흘리며 말했다.

“아, 좋네요. 다음에 저랑 식사 자리 한번 어떠세요?”

“뭐, 저는 스케줄만 맞으면 아무 상관없습니다.”

“그럼 내일 어떠세요?”

성격도 급했다. 그러니 양정도가 완급조절을 해줘야 했다.

“내일? 보자, 보자, 내일…… 잠시만요.”

양정도가 있지도 않은 일정을 생각하는 척하며 장학주를 불렀다. 비서 역할을 맡은 장학주가 다가왔다. 허리를 꾸벅 숙이고 인사하는 장학주에게 거드름을 피우며 말했다.

“내일 스케줄 우예 되노.”

“내일 점심은 순지하이 선생과 미팅이 잡혀 있고, 저녁은 사모님과 저녁 약속이 잡혀 있습니다.”

낯선 상대와 친해지려면 공통점을 찾는 게 가장 빠른 방법이었다. 조미주가 전해준 정보에 따르면 방호석은 지독한 애처가였다. 일정을 이야기하며 양정도는 슬쩍 아내를 지극히 사랑하는 남자의 인상을 남졌다.

“아…… 이걸 어쩌지요? 방 대표님, 순지하이라꼬 중국에 사는 냥반인데…… 저 보러 한국까지 온다고 해가. 그라고 또 내일 마누라 생일이라가꼬. 명색이 남편인데 초 키고 케이크 정돈 잘라줘야죠. 고래야 ‘요즘 남편’ 소리 들으니까. 그럼 내일모레 스케줄은 우예 되노?”

“모레는 신화개발 루이씨라이 선생님과 미팅이 잡혀 있습니다.”

“그 냥반은 됐다캐라. 맨날 말만 투자하니 마니 하고, 사람 간만 보고. 캔슬하고! 내는 우리 방 대표님이랑 밥이나 묵을란다. 내일모레 시간 우예 됩니까?”

당연히 방호석을 염두에 두고 짠 대사였다. 투자를 미루면 언제든 널 버리고 다른 사람을 찾겠다는 암시를 둔 말이었다. 양정도가 제안한 날짜에 방호석은 흔쾌히 승낙했다. 양정도가 조사한 대로 늘 집에서 놀고먹던 인간이라 날짜가 걸림돌이 되지 않는 건 당연했다.

“그라모…… 중국 요리로다가?”

“아유, 좋죠. 하하.”

날짜가 잡히자 자연스럽게 장소까지 양정도가 조정할 수 있었다. 방호석은 자신의 의지로 만남을 가졌다고 생각하겠지만 장소와 날짜, 시간 모두 양정도가 결정한 것에 승낙한 것뿐이었다.

“그라믄 자주 가는 데 거기 있지? 거 잡아놔.”

방호석과 헤어진 양정도는 상황이 마음에 들었다. 장학주에게 이런 마음을 비추자 그 역시 만족한 모습이었다. 이제 다음 준비를 시작해야 했다.

양정도와 조미주가 방호석을 요리하는 사이 백성일과 남은 사람들은 방미나에게 접근을 시도하고 있었다. 집과 인사동 골동품 가게만 오가는 방미나의 허점 찾는 일은 쉽지 않았다. 누구도 쉽게 입을 열지 못하고 걱정만 하자 노방실이 버럭 신경질을 부렸다.

"그래서 어떻게 하자고? 방미나 어떻게 코 뀔 거냐고! 백날 이렇게 앉아 있기만 할 거야?"

서로 눈치만 보고 머뭇거리던 그때 백성일이 슬쩍 용기 내 말했다.

"아니, 제가 생각을 해보긴 해봤는데요. 이게 좀 이상한 거 같아서…… 보여드리긴 좀 그렇고, 그렇긴 한데 생각은 해봤거든요."

방학 숙제 검사를 앞둔 초등학생처럼 몸을 배배 꼬며 부끄러워했다. 노방실은 이런 백성일이 한심해 백성일 손에 쥐어진 수첩을 보며 말했다.

"줘봐."

"이거는 보여드리기가 좀 애매한 거 같……."

"줘봐. 거기다 구구단만 적어놓진 않았을 거 아냐."

계속 안 보여주려는 백성일을 말을 자르고 최지연을 시켜 기어코 빼앗은 백성일의 수첩을 노방실이 빠르게 훑어보기 시작했다. 긴장한 백성일이 설명을 덧붙였지만 노방실은 백성일의 말은 듣지도 않고 수첩에 적힌 내용에 집중하고 있었다. 한 장 한 장 넘겨 백성일의 계획을 읽던 노방실의 표정이 점점 날카로워졌고 읽어가는 속도도 점점 느려졌다.

"방미나가 골동품을 좋아하고 청자 찾으러 다닌다고 하니까. 그런 식으로 설계를 하면 되지 않을까 싶어가지고요. 이 500억이 보통 돈도 아니고 해서……."

"이거 정말 당신이 짠 거 맞아?"

노방실이 성난 얼굴로 물었다. 눈치를 보며 말없이 고갯짓으로 긍정을 표시한 백성일을 본 노방실의 표정이 금세 부드러워졌다. 대견하다는 표정도 살짝 스쳤지만 백성일은 미처 보지 못한 듯했다. 노방실은 백성일의 계획이 마음에 들었다. 군더더기 없이 냉동 창고에 모인 인원 외에, 계획을 알아야 하거나 직접적으로 참여해야 할 사람도 필요 없었다. 오히려 마진석 때보다 훨씬 깔끔했다. 노방실이 백성일에게 더 자세한 설명을 요구하니 백성일은 놀랄 수밖에 없었다. 산전수전 다 겪은 노방실 앞에서 쭈뼛거리다 말을 이었다.

"그럼 시작할게요. 일단 시작은 이래요. 방미나가 골동품을 좋아해서 청자를 찾으러 인사동을 돌아다니고 있다고 하니까, 일단 인사동 골동품 가게 중에 괜찮은 청자 한 놈 갖고 있는 가게를 먼저 찾고……."

백성일의 계획이 이해가 잘되지 않는지 정자왕이 물었다.

"찾고요?"

"눌러 앉아야지. 그렇게 가게 하나 잡아놓고서 기다리다보면, 나타나지 않을까요? 방미나가?"

"그러다 안 사면요? 그럼 그냥 손만 털고 나와야 되는 거잖아요."

정자왕이 다시 껴들어 물었다. 정자왕은 가짜 청자를 진짜로 속여 팔아넘기는 사기 정도로 생각하고 있었다. 하지만 백성일이 생각한 건 그런 게 아니었다.

"그거 사게 하려는 건 아니고. 방미나한테 그거 안 팔 거야. 얼굴은 터야 될 거 아니야, 사기를 치든 뭘 하려든 간에."

"그 고생을 왜 하는 건데요?"

거듭되는 정자왕의 질문에 백성일은 단 한 단어로 설명해줬다.

"인맥."

백성일이 조심스럽게 '인맥'이라는 단어를 뱉자 노방실 얼굴에 흡족한 웃음이 걸렸다. 옆에 서서 이야기를 듣던 최지연 역시 사람 다시 봤다는 표정이었다. 아직 이해를 못 한 정자왕만 고민스러운 얼굴로 백성일을 바라보고 있었다.

만장일치로 백성일의 계획이 선택되었다. 먼저 인사동 골동품 가게를 섭외하는 역할은 정자왕이 맡았다. 별다른 분장이나 연기는 필요 없었다. 가사만 입혀도 영락없이 파계승으로 보이는 얼굴이었으니 인사동에 가게 하나쯤 산다고 해도 누구 하나 의심하지 않을 모습이었다. 일주일 동안 빌리는 대가로 한 달 매출을 약속해 무대를 준비했다.

낚시와 바늘이 준비됐으니 이젠 미끼를 뀔 차례였다. '고려청자 전문'이라는 문구를 써 입구에 붙이고 기다리기를 얼마 뒤, 정말 방미나가 나타났다. 조용조용한 목소리에 조심성이 많은 얼굴이었다. 가게 안을 둘러보며 주인을 찾은 방미나가 낮게 물었다.

"여기 청자 괜찮은 거 좀 있나?"

연륜이 묻어나는 가게 주인 역할은 노방실이 맡았다. 나이도 걸맞거니와 강단 있어 보이는 얼굴이 제격이었다.

"있나? 초면부터 반말이야, 어린 게 싸가지 없이. 여기 있는 거 다 너보다 몇 백 년씩 더 살았어. 숨 못 쉬고 말 못 해도 예의는 갖춰야지. 어디서……."

노방실은 초반부터 세게 나갔다. 예상치 못한 반응에 당황한 방미나가 본론부터 바로 꺼내 물었다.

"그래서 있다고요, 없다고요?"

노방실은 상대가 넘어왔음을 느꼈다. 우선 방미나를 자리에 앉히고 계획한 청자를 꺼내와 눈앞에 보여줬다.

"자. 이 빛깔 보이지? 이거 아무 데서나 나오는 색이 아냐, 이게. 장석유를 싹 바르고 1300도에서 환원염으로 구워야……."

"철분이 청록색으로 변하면서 청자 본연의 색이 나온다. 그 정도도 모르고 청자 보러 왔을까?"

방미나는 노방실의 말을 가로채더니 이내 청자를 건네받았다. 조심스레 살피던 방미나 얼굴에 웃음이 피었다. 가소롭다는 표정으로 노방실을 보며 말했다.

"아줌마, 여기 있는 게 다 나보다 몇 백 년씩 더 산 거라고 했죠? 근데요, 참 웃긴 게…… 이 청자에 왜 가격표가 붙어 있었을까? 스카치테이프로."

청자 바닥을 가리킨 뒤 방미나는 소파에 등을 깊이 파묻으며 조소를 머금었다. 그때 누군가 들어오는 소리가 들렸다.

"구숙희 씨?"

그 말에 노방실이 대답하자 가게 안으로 들어온 사내들이 지극히 사무적인 어투와 함께 노방실의 두 팔을 붙잡았다.

“문화재청에서 나왔습니다. 저희와 함께 가시죠.”

노방실은 적당히 저항하는 척하며 말했다.

“문화재청은 왜요? 글쎄, 이거 놓고 얘기해. 왜! 문화재청에서 왜요!”

이런 모습을 방미나에게 보여주는 게 대본이었다. 문화재청을 강조하면서 승강이가 거세질 때 백성일이 나타나 화룡점정을 찍어주면 완성되는 그림이었다. 그리고 계획대로 백성일이 등장했다.

“오랜만입니다.”

계획대로 백성일이 나타나 “모시고 가”라고 짧게 명령하자 완강히 저항하던 노방실이 순순히 끌려가는 모습을 보여줬다. 저항할 수 없는 전문가, 이곳을 좌지우지할 수 있는, 어떤 힘을 가진 인물로 보이기에 충분한 연극이었다.

노방실이 무대에서 퇴장했으니, 이제 백성일이 주연으로 나설 차례였다. 가게 밖으로 방미나를 불러 이야기했다.

“진짜로 구숙희 씨 물건 산 거 아니냐고.”

“진짜 없어요. 아까 말씀드렸잖아요.”

“나한테 오리발 내밀고 물건 갖다 팔고 그러면 안 돼요. 모조품 갖다 팔면 어떻게 되는지 알죠?”

“저는 오늘 여기 처음 왔고요. 진품 아닌 거, 저도 알았다니까요?”

“알겠어요. 믿어보지, 뭐.”

적당히 으름장을 놓는 사이, 노방실의 연기가 펼쳐졌다.

"추 팀장! 너, 네가 나한테 이럴 수 있어? 네가 누구 때문에 여태까지 먹고살았는데! 내가 다 꼰지를 거야! 돈 받고 물건 빼돌린 거 내가 다 기억하고 있으니까!"

"아이 참…… 야, 뭐 하냐? 빨리 실어! 아줌마 말 더럽게 많네."

승합차에 끌려가는 노방실을 보며 백성일이 짐짓 인상을 쓰며 혼잣말을 중얼거렸다.

"하, 저 아줌마는 쓸데없는 소릴 계속하고…… 다 거짓말이에요. 자기가 죄 지은 게 많으니까 말 많이 하고 그러는 거야. 아무튼 필요한 거 있으면 전화 주세요. 부담 갖지 마시고."

방미나의 반응을 살피며 명함을 건네 확실하게 매듭을 지었다. 명함을 살피는 방미나를 뒤로하고 승합차에 올랐다. 짧은 눈인사 뒤로 명함을 살피는 방미나의 모습이 보였다. 차에 오르자 만족한 표정의 노방실이 말했다.

"첫 삽, 지금 괜찮았어."

칭찬에 인색한 노방실이 후하게 점수를 주는 걸 보니 마음에 들긴 든 모양이었다. 백성일 역시 만족스러운 웃음을 짓는 사이 휴대전화 벨이 울렸다. 안태욱의 호출이었다.

20
불안

사재성은 아무 말 없이 턱을 괴고 앉았다. 보고 싶지 않은 양정도를 마주하는 속내가 편할 리 없었다. 마진석에게 사기 치는 걸 빌미로 양정도 손목에 수갑을 채우려다 도리어 자신이 구치소에 오게 될 거라고는 생각하지도 못했다. 그저 이 귀찮고도 굴욕적인 면회를 빨리 마치고 싶은 마음뿐이었다.

"아저씨 정말 뇌물 받으셨어요?"

"너도 나 의심하는 거냐?"

안 그래도 불편한 심기를 양정도가 건드리고 나섰다.

"아뇨. 그럼 금방 풀려나시겠네요. 전 아저씨 믿거든요."

"야. 지금 너, 나 동정해?"

입장이 바뀌었어도 양정도에게까지 이런 소리를 듣고 있으니 화가 났다. 호통을 쳐 쫓아내고 싶은 걸 겨우 참고 잔뜩 인상을 쓴 채로 말하자 걱정하던 양정도의 낯빛에 조롱 섞인 웃음이 스쳤다. 숨을 고른 양정도가 입을 열었다.

"우리 아버지한테도 이렇게 얘기했죠? 방금 제가 한 말이랑 똑같이."

"뭐?"

"아저씨 죄 없는 거 아는데, 못 나올 거예요, 아마. 우리 아버지도 못 나오고 있잖아요, 누구 때문에."

"저…… 정도…… 너, 이씨……."

사재성은 아랫배에서부터 분노가 스멀스멀 올라오는 것 같았다.

"노덕기가 당신한테 전화한 거, 나 꼰지른 거…… 그거 내가 시킨 건데. 어떡해요, 아저씨? 까까 사주던 꼬마한테 빨래질 제대로 당하셨네요."

양정도의 말을 듣자 그날 걸려왔던 전화가 떠올랐다. 경상도 사투리로 자신을 찾던 목소리였다. 틀림없이 마진석의 부동산 선생 노덕기의 음성이었다. 설마 노덕기마저 양정도의 작품이라고는 생각하지 못했다. 주먹을 불끈 쥐며 소리쳤다.

"너, 이 새끼!"

그러거나 말거나 유리벽 너머 앉은 양정도는 차갑게 말을 이었다. 그것도 사재성 자신이 양정도에게 한 말을 그대로 되갚은 말이었다.

"하나 보냈고, 두 놈 남았어요. 아저씨. 저한테 빌미 주면서 살지 마세요. 예?"

분노에 이성을 잃을 것만 같았지만 이대로 앉아 있을 수 없었다. 뭔가 방법을 마련해야 했다. 사재성은 함께 일했던 후배 형사에게 부탁해 방필규를 찾았다. 방필규라면 사재성이 이곳에서 나갈 발판이 마련해줄 수 있는 사람이었다. 무슨 수를 써서라도 반드시 양정도에게 복수하겠다는 전의를 불태웠다.

방필규가 사재성을 만나러 온 건 얼마 뒤였다. 사재성의 마음과 달리 방필규는 별반 관심이 없는 듯 심드렁한 얼굴이었다. 그렇다 해도 사재성이 지금 믿을 건 방필규뿐이었다.

"저 좀 여기서 꺼내주십쇼. 사장님 정도면 충분히 그러실 수 있잖습니까."

"그러게 이 사람아, 뇌물을 왜 받아. 형사 월급도 꽤 되잖아."

간절한 사재성의 말에 방필규는 원론적인 이야기로 받아쳤다. 애당초 사재성이 구치소에 있건 말건 상관이 없다는 태도였다. 사재성은 빈정이 상했지만 자존심 따위로 일을 그르칠 수 없으니 사정할 수밖에 없었다.

"내가 뇌물을 받은 게 아니고요! 저 여기서 꺼내주십쇼. 그럼 다 말씀드리겠습니다. 사장님도 아셔야 되는 얘기예요."

"뭔 얘긴데? 먼저 말해봐."

"절 여기 집어넣은 새끼가 지금 무슨 짓을 하고 다니냐면요……."

"왜 말을 하다 말아? 계속 말해봐."

하지만 사재성은 말을 아꼈다. 믿을 사람은 방필규뿐이지만, 절대 믿을 수 없는 사람 역시 방필규라는 걸 잘 알고 있었다. 방필규가 관심을 보인 것만으로도 일단 성공이었다.

"일단 나가게 해주십쇼. 그럼 다 말씀드리겠습니다."

가만히 듣던 방필규가 가까이 다가오며 웃었다. 웃음 속에 비아냥이 숨어 있었다.

"하하하. 이 사람, 이거…… 수 많이 늘었네. 됐다. 세금도 못 내고 사는 사람이 무슨 힘이 있다고 부탁을 하나. 다른 사람 알아봐라. 그라고 우리가 그 정도 살가운 사이는 아니잖아."

자기 할 말만 전한 채 일어서 자리를 떠나는 방필규 뒤로 사재성은 소리를 질렀다. 간절히 소리쳐 붙잡아도 방필규는 일말의 주저가 없었고, 그런 방필규의 뒷모습을 보며 치를 떨 때 후배 형사가 뒤이어 들어왔다.

"얘기 잘 안 됐어요?"

"망할 새끼! 지가 누구 땜에 지금까지 버텼는데!"

"아들새끼가 지금 양정도한테 지금 사기를 처당하고 있다고 말하시죠, 왜."

"듣고 안 빼주면! 저런 놈 한두 번 겪어봐? 빨래질당하라 그래, 씨."

"그럼 어떻게 하실 거예요?"

후배의 말에 다음 수를 생각했다. 이젠 이 방법밖에는 없었다. 사재성은 분노를 삼키고 말했다.

"그놈 좀 데리고 와봐."

"누구요?"

"그 새끼 있잖아. 양정도 옆에 딱 들러붙어 있는 놈."

사재성은 백성일을 지목했다. 양정도가 어떤 일을 꾸미고 있는지 어렴풋이 짐작되고 있었다. 그렇다면 백성일은 양정도의 계획을 모를 가능성이 컸다. 지금도 양정도와 함께 일하고 있다는 건 지난 조사로 충분히 알 수 있었고, 백성일을 만나는 건 어렵지 않으니 일단 둘 사이를 찢어놓기라도 한다면 자신이 역전할 가능성이 있었다. 사재성은 그렇게 믿었다.

외근을 나갔다는 백성일이 시청으로 돌아온 건 점심시간이 훌쩍 넘은 뒤였다. 강노승의 빈자리를 채울 새 직원과 대화를 나누던 무렵, 자신의 사무실에 들어온 백성일을 안태욱은 반갑게 맞았다.

"우리 백 과장님 오셨네. 식사는 하셨어요?"

"예. 근데 넌 여기 왜 있냐?"

안태욱에게 인사하던 백성일이 세무과에 있을 후배가 세금징수국 국장실에 있는 걸 보고 의아해하며 물었다. 그러자 안태욱이 후배 대신 부드러운 목소리로 대답했다.

"아, 세무과 심 팀장. 다음 달부터 징수2과 과장으로 발령날 거예요. 강 과장님 자리 채워야지."

안태욱의 대학 후배인 세무과 소속 심 팀장을 세금징수2과 과장으로 발령한 건 자기 세력을 탄탄히 하기 위함이었다. 그리고 자신의 명령을 듣지 않고 마음대로 까부는 직원들에게 보여주기 위한 자기 과시였다. 백성일 역시 이런 사실을 모를 리 없었다. 축하 인사와 함께 "같은 대학이 좋긴 좋네"라며 나지막이 읊조리는 백성일의 목소리가 들렸다.

안태욱은 백성일에게 술자리를 제안했다. 표면적으로는 새로 온 세금징수2과 심 과장을 축하하자는 의미였고, 속내는 백성일을 캐기 위한 조치였다. 백성일의 징계위원회가 취소된 날, 아무래도 이상한 느낌이 들어 살펴본 세금징수3과의 납부된 체납세금 내역에서는 역시 구린 냄새가 났다. 체납자들은 자신도 모른 채 체납세금을 완납한 거였고, 그 내막을 살펴보니 엉뚱하게도 최근 사기당한 적이 있던 것이다. 지금도 백성일이 무슨 일을 벌이고 있는 게 확실했고, 그게 뭔지 알아내야 했다. 이런 의도를 알았는지 백성일은 일을 핑계로 술자리를 거절했다. 머뭇거리는 백성일을 보니 안태욱의 의심은 한층 더 높아졌다.

다시 외근이 있어 나가야 한다는 모습을 보자 이제 심증이 점점 더 굳어갔다. 고릴라처럼 덩치만 큰 바보라고 생각했던 백성일이 사실 사기꾼이라는 그의 정체를 까발리고야 말겠다고 다짐했다. 안태욱은 영문을 모르는 심 과장에게 자신의 속내를 은근히 비췄다.

"심 과장. 공무원이 사기 치고 다니면 안 되는 거지? 그게 나쁜 놈인 거지, 그렇지?"

그저 "예"라고 반복하는 대답을 듣던 안태욱은 눈빛을 반짝였다. 자신이 직접 나서서 뒤를 밟기로 마음먹었다. 안태욱은 심 과장을 국장실에 그대로 둔 채 백성일의 뒤를 따라 나왔다. 백성일은 누군가와 끊임없이 통화하고 있었고, 그 모습까지도 안태욱은 의심스러웠다. 안태욱은 형사에게 전화를 걸었다.

"김 형사님. 저예요, 시청 안 국장. 내가 우리 김 형사님 실적 좀 올려드리려 그러지."

안태욱은 백성일을 놓치지 않게 조심하면서 형사와 통화를 이어갔다.

"사기요. 사기꾼 한 놈이 자꾸 나한테 꼬리를 잡히는데. 뒤밟고 있으니까 이따 연락드릴게요."

시청 건물을 나와 주차장에 도착한 백성일은 아무렇지 않게 차를 출발시켰고, 그 모습을 본 안태욱은 적당히 거리를 벌려 뒤밟았다.

백성일의 차는 계속 어딘가로 달렸다. 안태욱은 첩보 영화의 주인공처럼 몸을 숨기고 백성일을 따라갔다. 안태욱이 전화했던 형사에게서 연락이 왔다. 백성일의 행동을 전해줬지만, 형사는 아직 확신이 안 섰는지 안태욱에게 재차 정말 사기꾼이 맞는지를 확인하자 안태욱은 수화기에 대고 살짝 짜증을 부렸다.

"확실하다니까 그러네. 나 못 믿어? 잘 들어봐봐. 이 사기꾼 놈이 공무원이야. 그럼 나쁘지 않잖아?"

달리던 백성일의 차가 속도를 늦추더니 마장동 정육시장 입구로 들어섰다. 이런 곳에서 뭘 꾸미는지 이번 기회에 확실히 밝혀내겠다고 다짐했다. 차에서 내린 백성일이 들어가려고 하는 곳은 입구부터 수상했다. 비닐로 얼기설기 막아놓은 모양이나 쓰레기가 여기저기 나뒹구는 모습만 봐도 범죄의 냄새가 풀풀 풍겼다. 안태욱이 백성일을 따라 차에서 내리려 할 때 느닷없이 백성일은 걸음을 멈추고 주위를 살폈다. 정보가 새어나갔는지 머뭇거리는 백성일 곁으로 누군가 다가

가 자신을 가리켰다. 뭐가 어떻게 된 일인지 알 수 없었다. 이제 막 아지트를 찾아낼 순간인데 여기까지 와서 일이 어긋날 순 없었다. 안태욱은 차에서 내려 백성일이 서성이던 냉동 창고로 걸음을 옮기는데, 누군가 안태욱의 앞길을 막았다. 검정색 점퍼를 입고 건들거리는 남자였다. 안태욱이 남자를 피해 안으로 들어가려 하자 남자도 몸을 움직여 안태욱을 막았다. 시비를 거는 것인지, 방해를 하는 것인지 판단이 서지 않을 때 남자가 말했다.

"아저씨. 조용히 집에나 가요. 남 뒤꽁무니나 밟지 말고."

남자의 말에 발끈한 안태욱이 누구냐며 쏘아붙이고 상대를 살피는데 얼핏 품 안에 숨긴 권총이 보였다. 건장한 체격과 권총으로 봐서 경찰이 틀림없었다. 하지만 안태욱이 연락한 형사는 아니었다. 어떻게 된 일인지 점점 더 미궁으로 빠지는 느낌이었다. 그리고 오늘은 이쯤에서 물러서야 한다고 안태욱의 예민한 감각들이 소리쳤다.

그때 양정도와 조미주, 장학주는 냉동 창고에 모여 백성일을 기다리고 있었다. 양정도와 조미주는 사업설명회를 핑계로 방호석을 멋지게 끌어들였고, 백성일과 노방실은 방미나에게 확실히 눈도장을 찍었다. 기초 공사를 끝내고 자축하는 시간이었다. 이제 남은 일은 엮어낸 이들을 언제 벗겨낼지 고민하는 것뿐이었다. 이 화기애애한 분위기가 급변한 건 천성희의 전화가 왔을 때였다.

조미주에게 전화를 건 천성희는 굉장히 다급한 목소리였다. 전화를 받는 상대를 배려하지 않고 거두절미한 채 본론만 빠르게 말했다.

"미주야! 미주 맞아? 우리 과장님 지금 거기로 가고 있어? 거기, 니네 모여 있는 데! 거기 창고! 거기로 가고 있냐고, 우리 과장님 지금!"

전화를 받은 조미주는 양정도에게 백성일이 오고 있냐고 심드렁하게 물었다. 오고 있다는 대답을 들은 조미주는 천성희에게 말을 옮겼다. 조미주의 말에 천성희가 곤란한 목소리로 말했다.

"아직 확실한 건 아니…… 거의 확실한 거 같거든, 내 생각엔! 그 사람이 어떻게 알았는지는 모르겠는데! 우리 국장님이 과장님을 지금……."

천성희의 말이 다 끝나기도 전에 조미주의 낯빛이 변했다. 눈치 빠른 조미주가 지금 어떤 상황인지 파악 못할 리 없었다.

"오빠, 성희 언닌데, 아저씨 지금 꼬리 잡힌 거 같아!"

조미주의 말에 냉동 창고는 난리가 났다. 자료를 고르고 정리할 시간조차 없었다. 대포폰과 대포통장을 닥치는 대로 쓸어담아 쓰레기 봉투에 버렸고, 그동안 정리한 방필규 자료 역시 박스에 처박았다. 증거가 남아선 안 됐다. 전부 불태워버릴 생각이었다. 자료가 흩어지고, 물건들이 바닥에 굴러 떨어지고 깨졌다. 서로가 서로에게 짜증을 부렸다. 양정도는 틈틈이 백성일에게 전화를 걸었지만 계속 통화 중이라는 알림만 나와 속이 타들어갔다. 서류들을 없애고 대포통장에 불을 붙였을 때, 그제서야 백성일이 전화를 받았다. 수화기에 대고 양정도가 비명을 지르듯 외쳤다.

"오지 마요, 여기! 오지 말라고요!"

"그게 뭔 소리야?"

아직 어떤 상황인지 모르는 백성일이 태연히 물었으나 통화를 오래 할 상황이 아니었다.

"아저씨 뒤밟혔다고요! 아저씨 국장이 아저씨 따라붙었다고, 형사 끌고 여기까지! 여보세요? 듣고 있어요?"

양정도의 외침 뒤로 전화가 끊어졌다. 또다시 불안이 엄습해왔다. 침과 뇌가 모두 바싹 말라 부스러질 것만 같았다. 폭풍이 휘몰아치고 있는 냉동 창고에 노방실과 정자왕, 그리고 최지연이 들어섰다. 젖은 솜처럼 축 처져 허우적거리는 양정도를 보고 노방실이 물었다.

"뭐야, 왜 이래. 무슨 일 있었어?"

어디서부터 설명해야 할까. 자료를 버린 까닭과 대포통장을 불 태워 없앤 이유를 설명했다. 그리고 백성일의 상황도 함께 곁들였다. 모두 모였지만 백성일은 마지막 전화 이후로 연락이 되지 않았다. 결국 백성일이 냉동 창고로 오지 않은 건 다행이었지만 행방을 모르게 된 건 근심이었다.

"아직도 안 받아?"

"혼자 어디 잡혀간 거 아냐?"

모두 한마디씩 거들며 염려했다. 그러나 모두가 떠날 때까지 백성일은 돌아오지 않았다.

21
의심과 사기

백성일은 안태욱의 사무실에서 나와 일단 냉동 창고로 차를 몰았다. 이제는 사무실보다 냉동 창고가 마음이 편했고, 양정도를 비롯해 다른 사람들과 웃고 떠들 때가 더 즐거웠다. 운전하는 사이 아내에게 전화가 왔고 수화기 너머 딸의 재잘대는 목소리가 들렸다. 휴대전화를 물에 빠뜨려서 새로 사야 한다는 아이와, 절대 못 사준다는 아이 엄마의 싸움이 고스란히 넘어왔다. 이럴 때면 돈이 엄청 많아서 아이가 사고 싶어하는 걸 몽땅 다 사주고 싶지만 그럴 수 없는 형편이었다. 그렇다고 당장 휴대전화가 필요하다는 아이 요구를 무조건 무시할 수도 없었다. 어르고 달래다보니 통화 시간만 엿가락처럼 늘어났다. 출발할 때 시작한 통화가 냉동 창고가 있는 마장동 정육시장 입구에 다다라서야 끝났다.

그리고 통화 종료 버튼을 누르자마자 휴대전화가 몸을 떨었다. 양정도였다. 언제 오는지 확인하는 전화라고 생각해 통화 버튼을 누르며 다 왔음을 알리는데, 깜짝 놀랄 소리가 들렸다.

"아저씨 국장이 아저씨 따라붙었다고, 형사 끌고 여기까지!"

양정도의 말이 끝나기 무섭게 식은땀이 흘렀다. 혹시나 싶어 냉동창고로 내려가지 못하고 둘레를 살폈지만 특별히 이상한 모습을 발견하지 못했다. 그때 누군가 백성일에게 다가와 말을 걸었다.

"시청부터 따라오더라고요."

남자 가리킨 손끝에는 안태욱의 차가 멈춰 서 있었고, 어리둥절한 백성일이 상대에게 되묻자 남자가 용건을 밝혔다.

"아, 저 경찰입니다. 사재성 반장님 아시죠? 뵙고 싶다고 하셔가지고……."

사재성, 기억하고 있는 이름이었다. 마진석에게 사기 칠 때 긴급체포를 하겠다며 집에 왔던 형사였다.

"아, 근데 제가 저번에도 갔었잖아요? 제가 아무…… 그게 없어가지고 풀려났었거든요."

백성일이 긴장하는 모습을 보이자 형사가 말했다.

"오래 안 걸려요. 걱정하지 마시고 가시죠."

"아니, 그니까 제가 왜 가야 되는 건지……."

아무리 생각해도 자신이 사재성을 만날 이유가 없었다. 백성일이 불쾌함을 보이며 저항하니 형사는 식은 낯빛으로 조용히 말했다.

"학주 저 새끼네, 한번 털어줘요?"

명백한 협박이었으니 백성일은 다른 선택을 할 수 없었다. 형사를 따라 순순히 차에 올랐다. 형사와 함께 찾아간 곳은 구치소였다. 유리벽 너머 앉아 있는 사재성을 보니 백성일은 지금 상황이 어색하기만 했다. 자신을 긴급체포로 48시간이나 잡아뒀던 인간, 노방실을 협박해 손을 떼게 했던 사람, 그런 사재성이 구치소에 갇힌 채 자신을 찾은 이유를 아무리 생각해도 알 수 없었다.

"아, 진짜 이해할 수가 없네. 저를 왜 여기로 데려오신 거예요? 할 말 있으면 말씀하세요."

백성일의 물음에 사재성은 천천히 입을 열었다.

"양정도. 어디까지 알고 있어요? 정도 그놈한테 그만 놀아납시다. 그러다 나처럼 돼."

"그런 얘기하려고 여기 데려오신 거예요? 얘기 잘 들었습니다. 일어나볼게요."

실없는 이야기라고 생각한 백성일이 자리를 털고 일어나려 하자 사재성이 버럭 소리를 질렀다.

"앉아, 이 새끼야! 야, 백성일. 니네 애들 손대게 하지 말고 내 말 끝까지 듣고 가."

조금 전 형사가 자신을 여기로 끌고 올 때와 똑같은 협박이었다. 같은 협박에 계속 놀아날 생각은 없었지만 사재성 얼굴에는 뭔가 간절히 하고 싶은 말이 있어 보였다. 한껏 힘을 준 사재성이 백성일에게 나지막하게 이어 말했다.

"내 말 잘 들어. 정도 그 새끼, 나 하나 잡아놓겠다고 등신 행세하면서 몇 년을 버틴 놈이야. 나 잡아놓겠다고! 안 본 지 20년도 넘은 우리 큰형 명의 대포통장에 돈 집어넣어놓고 비리로 엮은 거라고, 나를."

백성일은 어디서 들은 적이 있는 것 같은 이야기라는 생각이 들었다. 마진석을 함정에 거의 다 빠뜨렸을 때 식당에서 들었던 이야기, 장학주와 양정도가 하던 그 이야기와 많이 닮아 있었다. 양정도가 확실히 엮었냐고 묻던 모습이 생각났다. 그리고 자신이 나타나자 서둘러 대화를 접던 모습도 함께 떠올랐다. 백성일 표정에 변화가 일자 사재성이 이를 놓치지 않고 계속 말했다.

"정도 그놈 처음에 어떻게 만났어? 다시 생각해보면 이상한 게 한두 가지가 아닐 텐데? 당신이 정도 찾아가서 세금 걷자고 사기 치자 그러진 않았을 거 아냐?"

사재성의 말에 백성일은 천천히 기억을 복기했다. 마진석과 함께 때마침 나타난 사기꾼. 그리고 거절하기 힘든 제안. 60억을 받아내주겠다고 호언장담하던 모습. 머리가 점점 혼란스러워졌다. 생각해보니 사재성의 말에 틀린 부분이 없었다.

"양정도 그놈 만난 게 우연 같지? 세상에 우연 없어. 나 봐. 그놈 믿다가 이렇게 됐잖아. 지금 방필규 공사 치는 중이지? 방필규 체납 세금 500억, 그거 받으려고."

듣고만 있는 백성일은 머리에 열이 쏠리는 느낌이었다. 구치소에 갇힌 사재성이 이렇게 속속들이 자신의 일을 알고 있는 것도 의문이었다.

"방 사장 공사 끝나면 백성일 당신 어떻게 될 거 같아? 톡 까놓고 말해서 사기꾼 새끼가 세금 걷는 거를 도와준다는 게 말이 안 되잖아.

양정도 그 새끼가 방필규 돈 500억 갖고 튀면, 다 그쪽이 독박 쓰게 돼 있어. 당신은 지금 정도랑 사기를 치고 있는 게 아니라, 정도한테 사기를 당하고 있는 거라니까? 어차피 다 쓰면 용도 폐기당할 거 슬슬 줄 갈아탑시다, 이제."

들으면 들을수록 앞뒤가 딱 맞는 이야기였다. 자신을 도와주고 있다고는 하지만 정작 백성일은 양정도에 대해 아는 것이 별로 없었다. 사재성이 계속 말했다.

"양정도 그 새끼가 나한테 누명 씌웠다는 증거, 그거만 찾아서 재한테 갖다줘. 그럼 그 증거 갖고 항소 걸면 나 여기서 나갈 수 있어. 내가 나가면 정도 그놈 처리해줄게."

그때 사재성의 후배 형사가 소형 녹음기를 백성일 앞에 내려놓았다. 무슨 뜻인지 확실히 알 수 있었다.

"정도 그놈은 감옥 가고, 나는 복직하고. 그쪽은 아무 일도 없었던 것처럼 계속 하던 일 마저 하고."

"아니, 내가 당신 말만 믿고 정도 뒤통수를 치라고요? 내가 왜 그래야 되는데?"

"그럼 양정도 그 새끼 말을 믿을래? 그 사기꾼 새끼 말을?"

아직 사재성의 말을 믿을 수 없었다. 하지만 정말 양정도를 믿고 있는지 백성일 자신도 확실하게 대답하기 어려웠다. 구치소에서 나온 백성일은 혼란스러운 기분으로 냉동 창고로 향했다.

냉동 창고에 들어서니 양정도 혼자 뭔가를 부지런히 정리하고 있었다. 백성일을 본 양정도가 싸늘한 얼굴과 목소리로 말했다.

"왜 전화 안 받아요? 사람이 연락이 돼야지 말이야…… 걱정했잖아요!"

"미안해. 내가 일이 좀 있어가지고."

"무슨 일? 혹시 아저씨 혼자 경찰에 잡혀가고 그랬던 거 아니죠?"

무슨 예감이 들었는지 양정도는 정확하게 백성일을 꿰뚫어봤다. 자신도 모르게 백성일은 거짓말이 나왔다.

"아냐. 그런 거 아니야."

백성일의 표정을 살피던 양정도가 말을 이었다.

"다행이네. 아저씨네 국장 어떻게 할 거예요? 냄새 맡은 거 같던데."

"그거 내가 알아서 할게. 너희들한테 피해 안 가게."

답답한 마음에 덧칠을 하듯 대답했는데 양정도의 입에서 나온 말은 예상 밖이었다.

"우리가 걱정인 게 아니라, 아저씨 때문에 그러지. 조심해요. 예? 나는 감옥 안 가고 아저씨는 안 잘리고. 그 약속 지켜야지. 그렇죠?"

마진석에게 세금을 받아낸 뒤 다미식당에서 한 약속이었다. 양정도의 말을 듣는 순간 백성일은 마음이 흔들렸다. 미안한 마음과 의심스러운 마음이 뒤섞였다. 지금 양정도가 정말 100퍼센트 자신을 신뢰하고 있다면 어떻게 해야 할까. 계속 사무실을 정리하던 양정도가 입을 열었다. 마치 지금 백성일 심정을 알고 있다는 말이었다.

"아저씨. 제가 한 말 너무 신경 쓰지 마시고…… 우리 한 배 탔잖아요. 뭐, 나도 아저씨한테 신세 진 것도 있고. 도와주는 것도 있고, 고맙게 생각하는 것도 있고…… 뭐, 다 같이 잘되자고 이러는 거니까 너무 신경 쓰지 마."

마음이 무거운 백성일은 양정도를 불러 무겁게 입을 뗐다.

"정도야…… 내가 잘할게. 잘하자."

양정도는 싱긋 웃어 보이며 말했다.

"잘하고 있는데 뭐. 아저씨 잘하고 있어요."

양정도가 지금 자신의 심정을 얼마나 알고 있는지 가늠할 수 없었지만 적어도 저 미소가 진심이길 바랐다. 백성일은 사재성이 건넨 녹음기를 만지작거리며 입술을 깨물었다.

백성일이 양정도와 어울린 뒤로 천성희의 마음고생은 끊이지 않았다. 안 그래도 경찰에 걸릴까봐 불안하던 심정이었는데, 이젠 안태욱까지 백성일의 뒤를 캐고 다녔다. 백성일에게 잠깐 이야기하자고 불렀지만, 말을 꺼내기도 전에 백성일은 고개를 저었다. 걱정하지 말라고, 자기가 다 알아서 하겠다는 말이 조금도 믿음직스럽지 않았다. 때려서 말릴 수도 없는 백성일의 모습은 고집 생기기 시작한 사춘기 아들을 보는 것만 같았다.

아침부터 외근 나간다며 일어선 백성일 뒤로 안태욱에게 호출이 왔다. 천성희는 곧바로 국장실로 갔다.

"앉아. 저기 커피 있으니까 필요하면 타 먹고."

"전 괜찮은데 국장님은?"

"어. 프림 빼고, 블랙으로 찐하게 한 잔."

아직까지는 일상적인 안태욱의 모습이었다. 안태욱이 백성일 뒤를 캐고 다니는 걸 이미 알고 있는 천성희는 그가 어떤 말을 꺼낼까 가슴이 두근거렸다. 커피를 타는 동안 소파에 앉아 턱을 괴고 있던 안태욱이 말했다.

"어디까지 알고 있어, 성희 너는? 너희 과장이 뭔 짓을 하고 다니는지 알고 있었냐고 묻는 거야, 나는."

"무슨 말씀인지 잘……."

말을 흐리며 대답을 피했지만 불안까지 피하진 못했다. 커피를 젓는 손이 마음대로 떨렸다. 안태욱은 이 모습을 놓치지 않고 말했다.

"알고 있었지?"

"예? 뭘?"

"당황했어? 왜 손을 떨어?"

"무슨 말씀하시는 건지 잘……."

말을 계속 피해도 안태욱은 집요하게 물고 늘어졌다. 저 높은 하늘 위에서 다 보고 있었다는 듯, 알면서도 한번 확인해보려는 듯한 느낌의 질문을 쏟았다.

"너도 같이한 거야? 확실하게 얘기해야 돼, 나한테는. 그래야지 내가 너 도와준다. 경찰이 너희 과장 쫓고 있어. 곧 있으면 상황 끝날 거라고. 그러니까 성희야. 만약에 너도 너희 과장 따라서 체납자들 사기치고 다녔으면 지금이라도 발 빼. 그럼 백성일 과장은 몰라도 성희 너는 살 수 있을 거 같은데, 내 생각에는."

뜨끔할 이야기가 안태욱 입에서 줄줄 흘러나왔다.

"뭘 말하시는 건지, 전 이해가……."

한번 부인한 걸 다시 번복할 수 없었다. 천성희는 정신을 바짝 차리고 무슨 말인지 이해할 수 없다는 말만 되풀이했다. 그런 천성희의 모습을 이미 파악한 듯 안태욱은 말을 끊었다.

"이해했어, 성희 너는. 아님 말고. 나가봐. 말 끝났으니까."

안태욱 때문에 진땀 났던 시간이 끝나자 이번에는 폭풍 같은 시간이 찾아왔다. 세금징수국 입구에 방필규가 들어오는 모습이 보였다.

"이렇게 생겼네, 세금징수국이."

방필규의 등장은 순식간에 세금징수국을 작은 우리로 만들었다.

"익숙한 얼굴들이 많네."

양들 사이에 난입한 늑대처럼 방필규는 거리낌 없이 세금징수국 사무실 여기저기를 둘러보며 말을 붙였다. 불쌍한 양들은 무슨 일인지 어리둥절해 겁을 집어먹었다. 흥분한 몇몇 조사관들이 자리에서 벌떡 일어나 방필규를 노려봤지만, 초식동물의 가련한 울부짖음에 지나지 않았다. 방필규는 자기 할 말만 계속했다.

"공개세무법정 때문에 왔어요. 일들 봐요. 나 신경 쓰지 마시고."

국장실 입구에서 천성희와 마주친 방필규는 미소를 머금었다. 압수수색을 당할 때보다 한층 더 여유가 생긴 모습이었다.

"천 조사관 별일 없지? 별일 있으면 안 되지. 좋은 일 하는데."

빳빳하게 굳어 멈춰선 천성희는 분노가 치밀었다. 자살을 선택한 체납자 박상호, 의문의 사고를 당해 병원에 누워 있는 인턴 안창호, 책임을 지고 물러난 과장 강노승까지. 그들 모두의 불행이 방필규 한 사람 때문에 시작된 일이었다. 노려보는 천성희를 보고도 방필규는 아랑곳하지 않았다. 대드는 강아지를 보듯 오히려 귀엽다고 여기는 얼굴이었다. 방필규는 웃으며 국장실로 들어갔다.

안태욱은 방필규가 가져온 서류를 보며 변호사를 바꾸는 것과 같은 자잘한 조언을 했고, 방필규 또한 별일 아니라는 듯 미소를 지으며 수용했다. 부드러운 분위기가 이어지려 할 때 안태욱이 조심스럽게 말을 꺼냈다.

"그런데요, 사장님. 이건 아직 저희 시장님한테도 보고 안 드린 얘긴데요……."

이어 안태욱이 꺼낸 말은 쉽사리 납득이 되지 않는 이야기였다. 믿기 어려웠지만 낮은 목소리로 정황을 설명하는 모습이 공연히 하는 소리가 아니었다.

"사기를 쳐서 체납 세금을 받는다고? 안 국장 밑에 있는 놈 중에 하나가?"

"제가 요즘 꼬리 잡고 있으니까 조만간 상황 정리는 쉽게 끝날 거 같습니다. 근데 마진석 씨 다음으로 누굴 작업하는지 아직 잘 모르겠어요. 혹시 모르니까 사장님도 조심하세요."

시청을 나와 집으로 돌아오는 중에도 방필규의 머릿속에선 안태욱이 해준 이야기가 떠나지 않았다.

"그럼 그때 진석이 그놈 말이 진짜였다는 거야?"

자신도 모르게 혼잣말이 흘렀다. 근심 어린 마음에 방호석에게 전화를 걸었다.

"응, 그래. 아빠다. 요즘 네 주변에 말이다……."

한편 방필규가 안태욱과 만나러 들어가는 모습을 보던 천성희는 불현듯 나쁜 상상이 떠올랐다. 안태욱은 지금 백성일을 주시하고 있었다. 이미 마진석에게 사기를 쳐서 세금을 받아냈다는 걸 알고 있는 안태욱이 지금 방필규를 만난다면 백성일에 대해 어떤 이야기를 할지 몰랐다. 그렇다면 백성일은 안팎으로 궁지에 몰릴 것이다. 그런 상황을 막을 수 없다면 적어도 미리 준비하라고 귀띔은 해야 했다. 바로 백성일에게 전화를 걸었지만 또 연결이 되지 않았다. 그렇다고 속만 썩이고 앉아 있을 수 없는 노릇에 다시 휴대전화 통화 목록을 뒤져 조미주에게 전화했다. 정말 이렇게까지는 하고 싶지 않았지만 양정도를 만나야만 했다.

조미주가 양정도에게 퉁명스럽게 휴대전화를 건넸다. 누군지 알려주지도 않고 받은 수화기 너머에선 뜻밖의 목소리가 들렸다. 천성희가 자신에게 먼저 만나자고 이야기할 줄은 상상도 못 했다. 양정도는 전화를 끊자마자 곧바로 나갈 채비를 했다.

"어디 가?"

전화를 건네줄 때부터 심기가 불편해 보이던 조미주가 양정도를 잡아 세우며 물었다. 잠깐 나간다고 대수롭지 않게 대답하자, 조미주는 이해할 수 없다는 얼굴로 바라보며 말했다.

"왜 이렇게 말을 잘 들어? 내가 보자고 할 땐 안 보잖아."

실망 가득한 표정 속에 화난 모습이 숨어 있었다. 양정도는 웃음으로 넘기려 장난스럽게 대답했다.

"상황이 다르잖아."

"무슨 상황이 다른 건데? 사람이 다른 건 아니고?"

차갑게 말하는 조미주를 보니 무슨 말을 해도 이해할 것 같지 않았다. 그런 모습이 투정 부리는 여동생 같아 머리를 쓰다듬어주며 자리를 피했다.

서원시청 근처 커피숍에서 만난 천성희는 자신이 보고 들은 이야기를 빠짐없이 전했다. 이야기를 다 듣고 난 양정도는 말을 되짚으며 하나하나 확인했다.

"경찰이 우릴 쫓고 있고, 너희 국장이 방필규를 만났다고?"

"응. 우리 국장님 알잖아. 너랑 과장님이 무슨 일을 하고 있는지."

양정도는 딱 한 번 안태욱을 만난 적이 있었다. 안태욱이 백성일 뇌물 수수 혐의 제보자를 만나러 왔을 때였다. 양정도는 제보자로 연기해 안태욱과 몇 마디 대화를 나누었고, 아주 짧은 순간이었지만 단박에 어떤 사람인지 알 수 있었다. 권위적이며 집요한 인물, 자신의 앞길에 방해가 된다면 불도저처럼 모두 깔아뭉갤 인물로 보였다.

"그러니까 네 말은, 너희 국장이 말했을 수도 있다? 우리가 방필규 공사 친 걸?"

"만약에 그런 거면 진짜 여기서 관둬야 돼. 그 말 하려고 만나자고 한 거야."

"알겠어. 방필규 만나면 직접 물어볼게. 살짝 떠보지 뭐."

"그렇게 대충 대답할 문제가 아니라!"

"대충 대답한 거 아니야. 문제가 생길 수도 있다는 거지, 진짜 문제가 생긴 건 아니잖아. 오버야."

"그러다 진짜 문제 생겨서 과장님 다치면! 네가 책임질 거야?"

"그런 일 없어. 걱정하지 마."

양정도는 부러 별일 아닌 것처럼 허세를 떨었다. 걱정시키고 싶지 않은 마음이었는데, 천성희의 목소리에 분노가 차오르는 게 느껴졌다. 천성희는 싸늘한 눈으로 양정도를 바라보며 말했다.

"말 참 쉽다. 책임감이라는 게 없어, 너한테는? 그날도 그렇고, 지금도 그렇고. 너한테는 말이 너무 쉬워. 그러니까 주변 사람들이 상처받는 거고."

그 말에 늘 개구쟁이 같던 양정도 얼굴에도 그늘이 생겼다. 말을 마친 천성희는 자리에서 일어났다.

"쉽게 말한 적 없어, 너한테는."

양정도는 나가려는 천성희의 손목을 붙잡으며 말했다. 그러나 더 이상 말을 이을 순 없었다. 천성희는 그런 양정도의 손을 뿌리치며 물었다.

"뭐 하나만 물어보자. 그때 왜 그랬던 거야? 왜 네가 사기꾼인 걸 말했냐고. 그냥 말 안 하고 헤어지자고 했을 수도 있었잖아. 그래…… 네가 말 안 하고 그냥 떠났어도 달라질 게 없다는 거 알아. 아는데! 굳이 말할 필요는 없었잖아? 네가 사기꾼인 거 나한테 말 안 해도……."

양정도는 짧은 한숨을 내쉬었다. 전하지 못한 진심이 속을 끓였다. 시간을 두고 천천히 말하고 싶었던 진실이었다. 양정도가 천천히 말을 꺼내려 하는 순간, 피가 얼어버릴 만한 충격을 받았다. 천성희 뒤로 방호석이 다가오고 있었다.

양정도는 방호석이 언제부터 자신을 봤는지 알 수 없었다. 어디까지 이야기를 들었는지, 뭐라도 알고 찾아왔는지도 가늠할 수 없었다. 그러나 눈이 마주친 이상 모른 척할 수도 없었다. 양정도는 크게 웃으며 방호석에게 인사했다.

"아이고, 방 대표님!"

"그렇죠? 조 대표님 맞죠? 전 커피 사러 왔다가. 허허. 서원 진짜 좁아요, 그렇죠?"

방호석이 웃으며 인사하는 사이 천성희가 슬쩍 자리를 피했다.

"어디 가세요, 사모님?"

눈치보다 눈길이 빠른 방호석이 천성희를 잡고 물었다. 우물쭈물하던 천성희가 방호석 말을 부정하며 나섰다.

"저 사모 아닌데요."

"사모님 아니에요? 어제 그러셨잖아요. 오늘 점심에는 순지하이라는 사람이랑 미팅하고, 저녁땐 사모님 만나신다고……."

이제 어리둥절한 건 방호석이 되었다. 양정도를 보며 어떻게 된 일이냐는 표정을 지었다. 이제 수습은 양정도의 몫으로 돌아왔다. 얼굴에 잔뜩 웃음을 머금고 양정도는 천성희에게 다가갔다. 그리고 짧은 귓속말로 "대충 화내고 빠져"라고 전하며 연기를 시작했다.

"아, 가스나 진짜! 칠칠치 못하구로. 니 그라고 갈라고? 화 풀으라고. 니 이대로 집 가면, 또 안방 문 걸어 잠가뿔고 방구석에서 새초롬하게 또 삐져 있을 거 아이가! 하루 종일! 저번에도 뭐, 하루 종일 밥도 안 먹고! 친정을 가니 마니 온 짐 다 싸면서 뒤집고 엎어놓고……."

양정도의 연기는 좋았다. 타이밍, 호흡, 상황 모두 완벽했다. 문제가 있다면 동료와 관객이었다. 천성희는 적응을 못 했고, 방호석은 무슨 이야기인지 갈피를 잡지 못했다. 어떻게 이 난관을 헤쳐나가야 할지 절망스러웠던 양정도는 자신도 모르게 고개가 처졌다. 그때 양정도 뒤에 선 방호석을 보고 천성희가 입을 열었다.

"순지하이…… 약속 왜 깼어?"

양정도는 순간 귀를 의심했다.

"어?"

고개를 들어 천성희를 바라봤다. 큰 눈으로 양정도에게 사인을 보내고 있었다. 양정도는 기회를 놓치지 않았다.

"내가 말했다 아이가. 내일 하루 미루자꼬…… 아니, 당일날 시간 미루는 게 그게 사람이 할 짓이가!"

"미뤄달라면 그렇게 했어야지! 순지하이가 투자한다 그랬다고!"

"그래. 천억이 대수가? 내는 약속이 더 중요하다. 가 말고도 돈 쎄리박겠다는 사람 쎄고……."

만담을 펼치는 둘 사이에 난처하게 된 건 방호석이었다. 슬쩍 끼어들어 물었다.

"혹시 저랑 약속하신 거 때문에……."

"방 대표님 되세요? 방 대표님 때문에 우리 남편 천억 날렸어요. 어떻게 책임지실 거예요?"

천성희와 이 상황을 넘어갈 수 있을까 불안했던 마음이 단박에 사라지는 순간이었다. 오히려 덕분에 비난의 화살이 자기한테 몰린 방호석이 어색하게 웃어 보였다.

"됐고요. 얼마나 대단하신 분인진 모르겠는데, 이거 하나만 알아두세요. 우리 남편, 천억짜리 계약 깨고 내일 방 대표님이랑 약속 잡은 거예요. 그러니까……."

잘 모면해가던 천성희가 갑자기 말문이 막혔다. 일단 사태는 수습했지만 더 이상 어떻게 말해야 할지 몰랐다. 머뭇거리다 입 밖으로 꺼낸 말은 생각지 못한 대사였다.

"그러니까…… 내일 저녁에 우리 남편…… 맛있는 거 사주세요."

뜬금없는 소리에 양정도와 방호석 모두 놀란 표정이었다. 천성희 역시 자신이 스스로 무슨 말을 하는 건지 몰라 당황한 얼굴이었다. 머리를 거치지 않고 목구멍에서 그냥 나온 것 같은 말이었다.

"비, 비싸고 맛있는 거 사주시라고요. 천억짜리 계약 생각 안 나게. 진짜 맛집 같은 데, 줄 서서 기다리는…… 그런 데서……."

그 황당한 말에 양정도가 귀엽다는 얼굴로 천성희를 보자 천성희는 부끄러움이 밀려왔다. 목소리가 움츠러들어 뒷말이 들릴락 말락 하게 마저 말했다.

"식사 진행하시면 될 거 같아요……."

얼굴이 달아오르는 게 느껴져 도망치듯 자리를 빠져나왔다. 그 모습을 지켜보는 양정도 얼굴에 웃음이 걸렸다.

양정도는 방호석과 근처 편의점으로 자리를 옮겼다. 양정도가 커피를 사는 사이 방호석은 방필규와 통화 중인 듯했다. 얼핏 들리던 '요즘 세상에 누가 사기를 당하냐'는 방호석의 말이 양정도를 안심시켰다. 양손에 커피를 든 양정도가 시치미를 떼고 방호석에게 물었다.

"아버님, 와요?"

"아니 뭐, 사기 조심하라고요. 신경 쓰지 마세요. 그건 그렇고, 저 때문에 천억 날리시고…… 진짜 생각할수록 미안해서 어쩌죠."

"신경 쓰지 마시라니까 자꾸 또. 괜찮아요. 방 대표님. 돈은요. 똑같이 생긴 게 많다 아입니까. 여짝에서 천억 날려도 저짝 가서 또 볼 수 있으요, 천억. 근데 사람은요, 똑같이 생긴 게 읎지요. 세상에 딱 하나! 딱 하나밖에 없는 게 사람입니다."

"말씀은 감사한데…… 제가 너무 죄송해서 뭐라도 보답하고 싶어서요."

"아휴, 됐십니다. 보답은 무슨."

이제 본론이 나올 차례라고 느껴졌다. 뜸을 들이는 방호석을 보니 그가 꺼낼 이야기가 짐작됐다. 큰 결심을 하는 듯 방호석은 숨을 고르고 입을 열었다.

"그럴게 아니라 제가 조 대표님 회사에 투자를 좀 하는 건 어떨까요?"

"투자요? 아…… 아입니다, 됐십니다. 방 대표님 말고도 우리 회사에 돈 넣겠다는 사람……."

"아니, 아니에요."

말까지 잘라가며 방호석이 치고 들어왔다.

"아니, 저 좋자고 하는 거예요. 조 대표님 도와드리려고 하는 게 아니라. 투자금 500프로 받는다면서요, 조 대표님 회사에 투자하면."

준다고 덥석 물면 사기꾼이 아니었다. 겸양을 떨고 호의를 거절해야 진짜 사기꾼이었다.

"그렇긴 하죠…… 아, 아입니다. 됐십니다. 그냥 저랑 방 대표님은요…… 계속 이렇게 좋은 사이, 친구 사이……."

"아니, 아니. 돈 많이 넣을 거 아니니까 부담 갖지 마시고요. 내일 얘기하죠. 집사람이 기다려서요. 연락드릴게요. 오늘 죄송해요. 들어가요."

"하아, 그기 아닌데. 좋은 사이로 지내야 하는데…… 그게 맞는데, 우리는!"

양정도는 짜릿함을 느꼈다. 어쩌다 방호석 눈에 띈 일이 전화위복이 되었다. 싫다고 하는데도 돈다발을 싸들고 오겠다는 방호석이었다. 일이 훨씬 쉽게 풀릴 모양이라고 생각됐다. 흐뭇하게 웃는 양정도에게 방호석이 느닷없는 제안을 하기 전에는 확실히 그렇게 생각했다. 친구로 지내자는 말이 마음에 들었는지, 좋은 사이로 지내야 한다는 말에 고무된 건지 방호석은 부부동반 만남을 제안했다.

좋던 기분에 구정물을 쏟아붓는 말이었다. 철부지라고 생각은 했지만 설마 이 정도일 거라곤 생각 못 했다. 비즈니스와 친목의 구분도 못하는 칠푼이. 없는 부인을 만들어오는 건 쉬운 일이지만, 우연히 만난 가짜 부인을 다시 데려오는 건 쉽지 않은 일이었다. 게다가 그 가짜 부인이 헤어진 전 여자친구라면 더 복잡한 문제였다. 양정도의 머릿속에 다시 복잡한 생각들이 날뛰기 시작했다.

그날 저녁 양정도는 천성희의 집을 찾았다. 기억에만 의존해 찾아간 동네는 그때 모습 그대로였다. 해가 저물고 한참을 기다려서야 천성희가 터벅터벅 걸어오는 모습이 보였다. 눈이 마주치자 양정도는 활짝 미소를 지으며 천성희에게 다가섰다. 투명인간을 대하듯 지나치려는 천성희에게 살갑게 말을 붙였다.

"아니, 할 말이 있는데 전화를 하고 싶어도 전화번호를 모르잖아. 미주는 연락 안 되지, 백성일 그 아저씨한테 물어보기도 좀 그렇고."

모르는 사람인 척 지나려던 천성희가 백성일 이름을 듣고 걸음을 멈췄다.

"백 과장님한테 얘기하지 마. 아까 있었던 일."

"안 하지. 그러니까 찾아왔지. 전화 안 하고."

장난스런 웃음을 지으며 말했지만, 천성희의 표정은 풀어지지 않았다.

"왜 웃어?"

"웃기잖아. 거기서 맛있는 거 사주라는 얘기가 왜 나오냐고."

"재밌어? 너 나 아니었으면 큰일 났어. 고마운 줄 알아, 아주."

"아니, 화내고 빠지라니까 거기서 순지하이 얘길 왜 하냐고."

"다짜고짜 화를 어떻게 내? 그냥 욕하고 빠져? 그게 말이 돼? 아, 몰라…… 얘기할 힘도 없다. 할 말 있음 하고 가, 빨리."

"너 나랑 밥 먹어야겠다."

양정도가 어려운 이야기를 가벼운 얼굴로 뱉었다. 이렇게밖에는 할 수 없는 이야기였다. 그러고는 자초지종을 설명했으나 천성희는 길길이 뛰며 거부했다.

"안 된다고 했어야지!"

"안 된다고 했지. 죽어도 안 된다고 했지. 근데 계속 조르잖아. 너한테 미안하대. 그러니까 순지하이 얘길 왜 해가지고 이상한 상황을 만들어, 네가."

"내가 거길 왜 가! 안 가! 네가 알아서 해!"

"나도 알아서 하고 싶지."

"아, 몰라! 죽었다 그래, 그냥! 더 이상 거기에 나 껴놓지 말라고!"

"나도 너 불편하게 만드는 거 원치 않지."

"죽어도 안 된다 그랬어야지! 넌 그랬어야지!"

"그렇게 얘기했다니까, 죽어도 안 된다고 그렇게 얘길했다고. 아무튼 난 말했다. 간다."

"아, 어디 가! 나 안 가! 나 얘기했다?"

천성희가 원망의 소리를 질렀지만 양정도는 대꾸 없이 돌아섰다. 흔적도 남지 않았다고 생각했던 감정에 작은 불꽃이 일었는지 양정도의 입꼬리가 자신도 모르게 말려 올라갔다.

22
한편

냉동 창고에 혼자 남은 백성일은 고민이 멈추지 않았다. 손에 쥐어진 소형 녹음기를 바라보니 구치소에서 만났던 사재성의 이야기가 귓가를 맴돌았다. 긴 한숨이 나왔다. 아무리 고민해도 답이 나오지 않았다. 양정도를 믿을 수밖에 없다고 생각하며 녹음기를 책상 서랍에 던져넣었지만 불안이 사라진 건 아니었다. 끝나지 않을 고민에 빠져 있을 때 노방실에게서 전화가 왔다.

"딸내미 움직였다는데 우리도 움직여야지?"

복잡한 심정으로 전화를 끊고 노방실을 기다렸다. 백성일이 짠 계획인 만큼 진행까지 모두 백성일의 몫이었다.

"첫 삽은 잘 떴고, 간단하게 공사 끝낼 수 있을 거 같으니까. 좀만 더 힘내시죠."

작전에 들어가기 전 다시 한번 계획을 정리해 말하고 마무리 짓는 백성일의 목소리에는 힘이 없었다. 백성일은 노방실과 정자왕에게 각자 해야 할 일을 맡겼다. 노방실에게는 비싼 진짜 골동품을 찾아 사오는 일을 부탁했다. 방미나가 한눈에 반할 만한 물건이어야 했다. 정자왕과 최지연에게는 싸구려 모조품을 부탁했다. 배경으로 쓸 만하면서도 적당히 골동품 냄새가 나는, 그러나 뜯어보면 알아차릴 수 있는 제품들로 구하라고 시켰다. 백성일의 지시를 이해 못 한 정자왕이 물었다.

"그렇게 해서 어떻게 하시려고요?"

"우리가 어떤 사람인지 말로만 들었잖아. 보여줘야지. 세금 안 내려고 골동품 긁어모으는 여자한테 '우리도 자기만큼 더럽고 때 탄 사람들이다. 돈 되는 일이면 직업윤리고 나발이고, 닥치는 대로 한다' 이런 걸 한번 보여줘야지. 봐야 믿어, 사람은."

노방실이 백성일의 말을 듣고 확인하는 듯 물어왔다.

"보여주고, 그다음은?"

백성일이 당연하다는 것처럼 살짝 웃어 보이며 말했다.

"친구해야죠."

백성일의 진짜 목적은 방미나와 친구가 되는 거였다. 흠집 있는 사람끼리 모여 서로 힘을 모아 사리사욕을 챙기는 그런 친구. 지금까지가 모두 방미나와 그런 관계를 만들기 위한 준비였다.

이제 무대는 물론 장치 준비까지 모두 마쳤다. 며칠간 정자왕과 최지연은 인사동을 오가며 방미나에게 눈도장을 찍었다. 고서적이나 골동품을 넘기고 조심스럽게 뒷돈을 챙기는 모습을 자연스럽게 흘렸다. '문화재청'이라고 적힌 직원 출입카드와 골동품을 넘기는 모습을 본 방미나는 예상대로 크게 개의치 않았다. 모두 백성일의 예상대로였다.

방점은 노방실이 준비한 진품 청자였다. 청자를 몰래 빼돌리다 방미나에게 걸리고, 방미나에게 입을 다물어달라는 조건으로 청자를 건네 호감을 얻을 계획이었다. 그러나 청자를 이용한 호감은 미끼일 뿐이었다. 썩은 직원이 넘쳐나는 조직이라는 인상은 이미 충분히 심어줬으니, 이제는 개인의 사리사욕을 위해 문화재를 팔아넘기는 직원이 있고 그 직원들의 수장 역시 만만치 않게 나쁜 놈이라는 확신을 심어주는 것이 진짜 목표였다.

방미나의 동선을 살피고 준비에 들어갈 때였다. 갑자기 백성일은 지금 하고 있는 일에 대한 의구심이 일었다. 지금 백성일이 계획한 일은 500억 원짜리 사기였다. 아무리 사람이 좋아도 500억 원을 앞에 두고 군말 없이 세금으로 낼 수 있을까? 그리고 며칠 전 사재성의 말이 귓가를 울렸다. 그가 말했던 '용도 폐기'라는 단어가 눈앞에 떠다니는 듯했다.

하지만 겁을 먹거나 망설이면 거기서 작전은 실패였다. 백성일은 짧은 한숨을 내쉰 뒤 마음을 다잡았다. 저 멀리 걸어오는 방미나를 향해 천천히 걸음을 옮겨 우연히 부딪치는 척하려 할 때, 방미나가 고개를 돌려 누군가에게 반갑게 인사를 했다. 방미나가 옮긴 시선 끝에는 방필규의 모습이 보였다.

하마터면 놀라서 청자를 떨어뜨릴 뻔했다. 심장이 파도처럼 출렁였다. 백성일은 6년 전에 한 번 방필규와 마주한 적이 있었다. 김민식과 가택수색을 갔던 그날이었다. 여기서 방필규가 자신을 알아본다면 지금껏 해온 모든 게 허사였다. 당황한 백성일은 고개를 숙여 빠르게 그들 옆을 지나가려다 그만 방필규와 어깨를 부딪쳤다.

식은땀이 주륵주륵 흘렀다. 빨리 이곳을 벗어나야 했다. 그때 방필규가 백성일을 불러 세웠다.

"어른이랑 부딪쳤으면 '죄송합니다' 사과를 하고 가야지. 젊은 사람이……."

행여 자신을 알아본 게 아닐까 불안했던 백성일은 안도의 숨을 내쉬었다. 짧게 고개인사를 하고 황급히 걸음을 옮겨 자리를 피했다.

첫 계획은 이렇게 무산됐다. 다음 기회를 노리며 모두 헤어진 이후 집으로 돌아가던 백성일은 생각을 멈출 수 없었다. 계획한 오늘이 어그러진 탓인지 백성일의 고민은 더욱 깊어졌다. 아직도 사재성의 말들이 끊임없이 자신을 괴롭혔다. 어떤 선택이 옳은지 이젠 판단할 수 없었다. 정상적인 판단은 무리라고 생각한 백성일은 정면 돌파를 선택했다. 늦은 시간이었지만 이대로 있을 수 없어 자동차 핸들을 꺾어 가던 길의 방향을 바꿨다.

백성일이 찾아간 곳은 양정도의 오피스텔이었다. 현관벨을 누르니 문이 열리며 양정도가 웃는 얼굴로 백성일을 맞아줬다. 저 웃음 뒤에 정말 칼을 숨기고 있는지는 알 수 없었다.

"이 시간에 자주 오시네. 연락도 없이."

"어. 그냥 지나가다가 잠깐 들렀어. 들어가도 돼?"

"안 된다 그러면 그냥 갈 건가? 들어와요."

문을 활짝 열고 환영하는 양정도를 보자 마음이 약해졌다. 몇 번을 다짐하며 왔지만 입술이 쉽게 떨어지지 않았다. 양정도는 냉장고에서 맥주를 꺼내 건네며 백성일에게 물었다.

"갑자기 공사 틀었다면서요? 방필규 만나서. 아저씨 알아본 건 아니고?"

"아냐. 얼굴은 기억 못 하는 거 같더라고, 다행히."

맥주를 마시는 동안 긴 침묵이 이어졌다. 백성일은 주머니 속에서 만지작거리던 소형 녹음기를 탁자 위에 올리며 힘겹게 입술을 뗐다.

"저기…… 저기, 정도야. 마진석 사기 칠 때 우리 잡아넣었던 형사 알지? 그 사람 뇌물 수수로 감옥 가 있는 거 알고 있었어? 그 사람이 이걸 주더라고. 그, 그 사람 말은…… 네가 나를 이용하는 거고, 쓸모 없어지면 버릴 거니까 네가 자기한테 누명 씌운 거 녹음해서 가지고 오면 자기가 알아서 한다고…… 이걸 주더라고."

백성일의 고백에 양정도의 표정이 어두워지더니 입에서 짧은 탄식이 터졌다. 양정도가 물었다.

"그 얘길 지금 나한테 왜 해줘요?"

"내가 그 사람 말을 믿는 건 아닌데. 너한테 솔직히 얘기를 하고, 확인을 하는 게 맞는 거 같아서."

양정도는 잔뜩 미안한 표정으로 고백한 백성일에게 말했다.

"제대로 알고 오셨네. 그 형사 말이 맞다고요. 나 아저씨 이용하는 거야.”

그 말에 백성일은 얼굴이 하얗게 질렸다. 설마설마하면서도 절대 아니라고 믿던 일이었다.

“야, 장난치지 마. 어? 왜 그래?”

“방호석, 방미나한테 사기 쳐서 방필규 돈 500억 땡기고 최철우 회장 친척 명의 몰래 파서 만든 페이퍼 컴퍼니에 그 돈 태우면 방필규는 사기를 당한 게 되고, 최철우는 사기 친 게 되는 거고. 이 사건 불거지면 방씨 일가 다단계 회사까지 신문사에서 들쑤시고 다닐 거고, 그럼 사기 친 놈도 사기꾼이 되는 거고 사기당한 놈도 사기꾼 되는 거고. 그 타이밍에 방송국에 이렇게 제보하려고 했어요. ‘천갑수 서원시장, 세금징수국 백성일 과장과 함께 고액 체납자한테 사기 쳐서 체납세금을 징수했다. 사회적 파장이 예상된다’ 이렇게요.”

앞뒤가 딱딱 들어맞는 양정도의 말에 백성일은 오히려 웃음이 나왔다. 궁금증과 분노가 뒤엉킨 고함이 터져나왔다.

“야, 너 그 말, 그 말 진짜야? 어? 너 그 말 진짜냐고…… 어? 진짜냐고! 야, 양정도! 진짜냐고!”

흥분한 백성일을 보며 양정도는 말이 없었다. 의자에서 일어나 추궁하자 이번엔 양정도가 해맑은 웃음을 터뜨렸다. 백성일은 당최 상황을 이해할 수 없었다.

“아, 진짜 웃겨가지고…… 이 아저씨 안 되겠네? 지금 이 말을 믿어요? 뭐야, 아이 씨, 진짜. 미치겠네. 이 아저씨 귀여워가지고. 그러니까 사기를 당하지. 어떻게 사람이 이렇게까지 순수해?”

"아, 진짜…… 너 진짜 왜 그러냐, 나한테."

순간 긴장이 풀렸다. 양정도는 웃는 얼굴로 말했다.

"그냥 말 지어낸 거예요."

너무나 현실성이 높은 시나리오였다. 정말 이대로 한다면, 모든 상황이 양정도가 원하는 대로 풀려갈 수 있는 그런 이야기였다.

"야, 근데 지어낸 말이 아닌 거같이 하잖아, 지금. 뭐, 최철우 회장 나오고 천갑수 얘기 나오고."

"아저씨가 저번에 나한테 얘기했잖아요. 아저씨 처남, 그분 제삿날에 그 무슨 관계고, 무슨 사이고, 무슨 사연 있고, 막 이런 거. 그런 거 막 섞어서 지금 지어낸 거라니까? 진짜 표정 참……."

"야, 너 진짜 그러지 마. 나 간이 작잖아. 소심한 사람이잖아. 너! 아유 놀래라, 진짜…… 그래, 네가 그런 놈이 아니지."

"아저씨! 쓸데없는 생각하지 말고, 방미나 어떻게 할 건지나 고민해요. 아니, 우리 잡으려던 형사 면회를 왜 가? 그럼 그 형사가 정도 새끼 좋은 놈이니까 믿고 잘 따라라, 그래요? 말 같지도 않은 소릴 해, 한 번씩!"

양정도의 환한 웃음을 보고야 백성일은 마음이 놓였다. 혼자 고민했던 시간들이 바보처럼 느껴졌다. 백성일에게 양정도는 신비한 힘이 있는 사람이었다. 어떤 말을 해도 밉지 않았고, 믿게 만드는 힘이 있었다.

마음고생이 끝난 백성일은 다음 날 산뜻한 마음으로 출근했다. 방필규가 다녀간 뒤 세금징수국도 오히려 안정이 된 모습이었다. 둘레를 살피고 백성일이 몰래 사무실을 빠져나왔다. 냉동 창고로 향하기를 얼마 뒤, 백성일에게 천성희로부터 문자 한 통이 날아왔다. '안 국장 붙었어요' 하지만 백성일의 행동에는 여유가 생겼다. 걱정하는 천성희에게 전화를 걸어 알아서 하겠다며 안심시켰다.

백성일은 자신 뒤에 안태욱이 붙었다는 사실을 이미 출발할 때부터 알고 있었다. 한번 당한 경험이 있으니 미리 준비가 되어 있었다. 어설프게 다른 곳으로 방향을 바꿔 의심을 살 필요도 없었다. 안태욱의 위치를 확인하며 인도 쪽으로 차선을 바꿨다. 뒤따르던 안태욱도 똑같이 차선을 옮겼다. 백성일이 슬쩍 속도를 높이자 따라붙으려고 안태욱 역시 속도를 올렸다.

안태욱의 차 앞으로 사람이 달려든 건 그때였다. 스키드 자국을 남기며 급정거한 차 앞으로 사람이 굴러 떨어졌다. 팔을 뒤틀며, 사지를 꿈틀대는 사람은 장학주였다. 안태욱 얼굴에 당혹스러움이 물들었다. 뒷거울로 그 모습을 지켜보는 백성일 입에 웃음이 걸렸다.

지난번 방필규의 등장으로 취소했던 계획을 변경 없이 오늘 그대로 할 예정이었다. 다시 좁고 어두운 인사동 골동품 가게 앞에서 방미나를 기다렸다. 장소, 시간, 물건도 문제없었다. 그리고 예상한 대로 방미나가 나타나면서 백성일이 준비에 나섰다. 나무 상자에 잘 포장된 청자를 들고 백성일이 성큼성큼 걸었다. 방미나와 한 걸음씩 가까워질수록 긴장이 더해갔다. 커다란 덩치의 백성일이 방미나를 슬쩍 치고 들어갔다. 굽이 높은 구두를 신은 방미나가 발목이 꺾여 어린아이처럼 쓰러졌다. 백성일이 짐짓 동작을 과장해 말했다.

"아이고! 미안합니다. 못 봐가지고…… 괜찮으세요?"

사과하는 척하며 백성일은 방미나의 얼굴을 살폈다. 그리고 혹시 방미나가 기억하지 못할까 싶어 알은척했다.

"아이구, 여기서 또 만났네요! 미안합니다. 미안합니다."

백성일을 노려보는 방미나는 아는 얼굴이라는 표정이 역력했다. 그러면서도 백성일이 들고 있는 상자에도 눈길을 뻗치고 있었다. 모두 백성일이 예상한 그대로였다. 사과를 핑계로 방미나를 승합차로 끌어드렸다. 백성일은 커피를 건네며 어울리지 않게 주접을 떨었다.

"제가 실수도 좀 했고, 좋은 데서 대접해야 되는데 저희도 상황이 좀 여의치가 않아가지고……."

다 안다는 표정으로 방미나가 말을 뺏었다.

"왜요? 무슨 나쁜 짓 하셨어요? 아니 어제도 그렇고…… 추 팀장님 밑의 분들 많이 바쁘시던데요, 하루 종일."

"아, 뭔가 오해를 또 하셨구나. 그런 건 아니고……."

"설명 안 하셔도 돼요. 그렇게라도 다 사셔야죠. 월급 얼마 안 되잖아요, 거기도."

며칠 동안 인사동에서 마주친 보람이 있었다. 백성일이 파놓은 함정으로 방미나는 훌쩍 뛰어들어가 있었다. 백성일이 말했다.

"아니, 사실 그렇잖아요. 상속세 그런 건 왜 만드냐고요, 예? 부모가 자식한테 재산 넘기는데 나라에 돈을 왜 내야 돼? 그렇잖아요. 나라에서 애 낳을 때 해준 게 뭐 있다고. 미역국을 끓여줘봤어, 아님 배냇저고릴 사줘봤어? 저는 어렸을 때 집에서 태어났어요. 어머니가 병원비가 없어가지고. 그래서 이름이 그냥 애기였다니까, 애기. 언제 죽을지 모른다 그래가지고."

백성일의 입에서 '상속세'라는 단어가 나오는 순간 방미나의 눈이 반짝였다. 그리고 이야기를 듣는 내내 얼굴에서 노기가 깨끗하게 사라지고 웃음이 떠올랐다.

"위장 증여 도와주시던 거였어요? 골동품 넘기면서?"

생각보다 이해가 빨랐다. 방미나가 먼저 이야기를 꺼냈으니 백성일은 맞장구만 치면서 장단을 맞춰주면 됐다.

"위장 증여라기보다는 그…… 잘못된 법 때문에 상처받으신 분들, 그런 분들한테 약도 좀 발라드리고. 그런 일을 하는 거죠, 부업으로."

"물건들은 어디서 조달하시는데요?"

솔직하고 적극적인 성격이었다. 백성일이 미끼로 준비한 나무 상자를 가리키는 모습이 안에 무엇이 들었는지 안다는 말투였다.

"이런 거 어디서 구하시냐고요. 회사에서 물건 빼돌리는 건 아니실 거 아니에요."

"아이, 그건 좀…… 말씀드리기 좀 그러네요."

"더 할 애기 없겠네. 수고하세요. 집 가기 전에 경찰서나 들렀다 가야겠다."

당돌하기까지 했다. 밀고 당길 틈도 없이 방미나는 미끼를 물고 힘싸움을 벌였다.

"잠시만요. 잠시만 앉아보세요. 아이, 참 성격 있으시네. 아이, 알겠어요. 말씀드릴게."

나가려는 방미나를 잡고 백성일은 자세를 고쳤다. 은밀한 이야기, 이 이야기는 절대 비밀이라는 분위기를 잡았다.

"제 친구 놈 중에 하나가 부산항 감정관실에 있거든요. 해외에서 들어오는 물건들이 그래요. 감정관실에서 위작 판결만 내려주면, 아주 쉽게 넘어오거든요. 그걸 좀 이용하는 건데……."

"문화재 감정관실 사람 통해서 위작 판결 내리고 세관을 통과한다? 진짜 문화재를?"

"그렇죠. 가격도 좋아요, 그런 것들이. 야로로 들어오는 거라 가격도 싸."

말을 보태 설명하지 않아도 방미나는 이해가 빨랐다.

"이것도 그렇게 들어온 거예요?"

"아휴, 이건 아니에요. 귀한 거예요, 이건. 보여드릴까? 물건 볼 줄 아시니까. 자…… 이건 원래 손으로 만지면 안 되는 건데, 저는 전문가니까. 저는 이상하게 손자국이 안 나요, 이런 걸 만져도. 보여드릴게. 빛깔 한번 보세요."

백성일이 청자를 꺼내자 은은한 푸른빛이 차 안을 밝혔다. 골동품을 수없이 봐왔을 방미나가 그런 빛을 놓칠 리 없었다.

"와, 이거 색 너무 곱다."

빛깔을 보며 감탄하는 방미나에게 백성일이 수작을 걸었다.

"역시 물건 볼 줄 아시네. 구하기 힘든 거예요, 이게. 이거 사모님 드릴게요."

놀라 입을 다물지 못하는 방미나에게 백성일은 다시 제안했다.

"가지세요. 그냥."

"제가 이 귀한 걸 어떻게 가져요? 짝퉁이에요?"

"짝퉁은 무슨. 방금 보셨잖아, 얼마나 좋은 건지. 전 이런 건 짝퉁 취급 안 해요. 옷만 짝퉁 입지."

"근데 이 귀한 걸 왜 저한테?"

다 넘어온 방미나에게 확신을 줘야 했다. 이런 비싼 청자를 무턱대고 막 내줄 사람은 없으니까. 하지만 백성일이 짜놓은 계획에는 청자를 건네줘야 할 이유가 분명히 있었다. 같은 비밀을 공유하는 대가였다. 그 핑계로 포장해 청자를 넘겼다.

"감사의 표시라고 생각하세요. 그래야 또 오늘 우리끼리 비밀도 좀 지켜주실 거 같고. 받으시고 우리 한 배 타는 걸로 하시죠. 사모님 난처할 때 제가 도와드리고, 저 난처할 때 사모님도 좀 도와주시고 그럼 되지. 예?"

백성일의 말을 가만히 듣던 방미나는 당돌하던 조금 전과 달리 망설이는 모습을 보였다. 조심성이 보통 많은 게 아니었다. 백성일이 다시 한번 물었다.

"어떻게, 가져가실래요? 제가 가져갈까요?"

그 말에 방미나는 결국 손을 내밀었다. 역시 의심보다 탐욕이 더 많은 사람이었다.

그렇게 방미나를 보내고 남은 일은 방미나의 전화를 기다리는 일이었다. 의심이 많은 성격이니 당장 청자의 가치를 알아볼 게 틀림없었다. 하지만 그럴 줄 알고 노방실이 2천만 원이나 주고 마련한 거라

어딜 가도 비슷한 가치를 인정받을 물건이었다. 백성일은 방미나 스스로 이 청자가 진품임을 확인한다면 먼저 안달이 나서 전화를 해올 거라는 계산을 했다. 노방실, 천지연, 그리고 정자왕과 승합차로 이동하며 초조하게 전화를 기다릴 무렵 정말 백성일에게 방미나의 전화가 걸려왔다.

"저예요, 추 팀장님. 아까요…… 이제부터 한편이라 그랬죠, 우리?"

"예. 그랬죠. 당연히 한편이죠."

"그럼, 추 팀장님! 제 상처에도 약 좀 발라주실 수 있으시겠어요?"

"그럼요! 제가 치료해드리겠습니다. 걱정하지 마세요!"

"사실 저도 상처 많이 받았거든요, 잘못된 법 때문에. 제 상처도 좀 치료해주실래요, 팀장님?"

백성일은 주먹을 불끈 쥐고 승합차 안에 환호가 터졌다. 가장 어려운 단계를 무사히 넘긴 기쁨이었다. 방미나에게 신뢰를 얻었으니 남은 건 그들의 재산을 가로채는 것뿐이었다.

천성희는 온종일 신경 쓰여 수도 없이 시계를 보며 고민했다. 6시가 가까워질수록 가슴이 방망이질을 시작했다. 한숨과 함께 양정도의 얼굴과 목소리가 떠올랐다.

"너 나랑 밥 먹어야겠다."

가볍게 말했지만 가벼울 리 없는 말이었다. 백성일이 빠진, 양정도 혼자만 얽힌 일이라면 거절했을까? 자신할 수가 없었다. 손에 잡히지 않는 일을 접고 퇴근을 서둘렀다. 시청 로비를 걸을 때 모르는 번호로 전화가 울렸다. 불길한 예감이 들었다.

"오고 있지?"

불안한 예감 그대로 양정도의 전화였다. 무슨 말을 하는지 듣기도 싫었다.

"안 가! 죽어도 안 가! 죽었다고 그래!"

자신이 뭐라고 소리를 질러도 양정도는 듣지 않고 자기 할 말만 계속 지껄였다.

"여기가 어디냐 하면……."

양정도의 마지막 말이 끝나기도 전 눈앞에 양정도가 서 있었다. 평소와 달리 말쑥한 양복 차림으로 머리까지 손질을 마친 모습이었다. 얼마 전부터 양정도가 나타난 이후 심장이 덜컹거린 적이 한두 번이 아니었다. 미쳤거나 간이 배 밖으로 나오지 않고서야 어떻게 시청으로 찾아올 생각을 했는지 이해되지 않았다. 서둘러 쫓아내려 했지만 양정도는 들은 척도 안 했다. 어쩌지 못하고 울상이 된 천성희 뒤로 누군가 인사하며 다가왔다. 무슨 일인지 방호석까지 시청 앞에서 기다리고 있던 거다.

"아직도 화 많이 나셨나봐요?"

지금이 어떤 상황인지도 모르면서 방호석은 천성희와 양정도의 사이를 걱정했다. 그런 방호석을 보자 양정도의 행동이 커졌다. 은근히 천성희 어깨에 손을 올리며 감싸 안았다.

"아입니다. 어젯밤에 다 풀었는데 화는 무슨. 그치, 여보야? 와 말이 읎노. 안 그르나, 여보야?"

천성희는 또 양정도 손바닥 위에서 놀아나는 기분이었다. 이대로 따라가자니 자존심이 상했지만, 그렇다고 여기서 판을 깨고 나갈 수도 없는 노릇이었다. 일단 억지로 웃으며 양정도 장단에 맞춰줬다.

"어, 다 풀었지. 다…… 하하, 하하하."

천성희가 어떤 심정인지 뻔히 알 만한 양정도는 시치미를 떼고 상큼하게 웃어 보이며 말했다.

"자 그럼 우리, 밥 무러 가까?"

늦은 밤, 갑자기 찾아왔던 백성일이 떠나고 혼자 남은 양정도는 고민이 깊었다. 후회가 잔뜩 남은 얼굴로 휴대전화를 꺼냈다. 원하지 않던 상황이었다. 휴대전화 너머로 용건만 간단하게 전달했다.

"백성일이 알았어요, 좀 더 타이트하게 갈게요."

백성일과 마시다 남은 맥주를 들이키며 고민했지만 지금 판단이 옳다고 믿었다. 쌓인 고민에 허우적거리고만 있을 수 없었다. 당장 양정도에게 닥친 과제는 방호석과의 약속이었다. 천성희가 일하는 서원시청에 찾아갔다. 양정도는 예상처럼 불쾌한 표정과 당황한 표정으로 범벅이 된 천성희를 레스토랑으로 이끌었다.

자리에 앉아 케이크에 초를 꽂고 생일 축하 노래를 부르자 천성희가 양정도에게 속삭여 물었다.

"나, 생일이야?"

그 질문에 양정도는 한껏 목소리 높여 노래를 불렀다. 미리 말을 못 해준 잘못이었지만 이 정도 변수는 알아서 적응해주길 바랐다. 천성희가 해줄 일은 그저 큰 사고 없이 장단만 맞추는 거였다. 케이크를 치우자 스테이크가 나왔고, 방호석은 게걸스럽게 등갈비 뼈를 집고 빨았다. 그때 방호석의 아내가 웃으며 대화를 시작했다.

"우리 희진 아빠 먹는 거 너무 귀엽죠? 어떻게 이렇게 귀엽게 먹어?"

"이 사람, 저 먹는 게 귀여워서 결혼했대요. 하하하하. 그런데 조 대표님 뭐가 그렇게 좋으셨어요?"

죽이 잘 맞는 부부였다. 대화도 질문도 부부동반 모임에 자연스럽게 녹아들 수 있는 평범한 것이었다. 문제는 천성희와 양정도의 관계였다. 대답을 못 하는 천성희를 향해 방호석이 다시 말을 붙여 물었다.

"조 대표님 좋아서 좇아 다니셨다면서요, 대학교 때."

"아…… 예. 제가 좇아다녔죠. 대학교 때."

천성희가 눈치 빠르게 응수했지만 표정이 좋지 않았다.

"그러니까 왜 좇아다니셨냐고요."

"그게…… 잘 기억이 안 나는데."

"말하기 쑥스러워서 그러시는구나. 말해보세요. 뭐가 그렇게 좋으셨어요, 조 대표님?"

"말해봐라. 나도 궁금하네. 내 어디가 그르케 좋았는데?"

천성희와 달리 방호석의 아내가 기분 좋은 얼굴로 되묻고, 거기다가 양정도까지 끼어들어 대답해달라고 했지만 천성희의 표정은 점점 어두워졌다. 웃음기가 싹 증발해버린 건조한 얼굴이었다. 그리고 아마도 진심인 듯한 말은 한순간에 양정도를 미안하게 만들었다.

"진짜 기억 안 나. 진짜야. 아무것도 기억 안 나."

어색한 분위기 속에 천성희가 말을 이었다.

"그게 그렇더라고요. 사람이 누구한테 크게 상처를 받으면요, 좋았던 게 기억이 안 나요. 내가 그 사람을 왜 좋아했고 어떤 감정을 느꼈는지, 뭘 했는지 기억이 안 나더라고요. 저는 그랬어요."

그러고는 무거운 분위기만 이어졌다. 적어도 양정도에게는 미안함에 짓눌린 자리가 되었다.

양정도는 방호석의 아내, 게다가 천성희까지 있는 자리에서 식사 중간에 방호석에게 사업 이야기를 꺼낼 수 없었다. 자리를 마치고 발렛파킹해놓은 방호석의 차를 기다릴 때, 양정도는 방호석을 따로 불렀다. 그러자 먼저 이야기를 꺼낸 건 몸이 달아오른 방호석이었다.

"그럼 제가 얼마를 담그면 될까요?"

"얼마를 박든지 그거는 뭐, 방 대표님 마음인데요. 솔직히 얘기하죠. 푼돈 박아봐야 푼돈밖에 몬 건집니다. 싸나이답게, 남자답게! 통 크게 한번 놀아보실랍니까?"

'통 크게'라는 말에 겁을 집어먹은 방호석에게 양정도는 계획한 대로 혹할 이야기를 풀었다. 그러나 몇 번을 이야기해도 방호석은 이해를 하지 못했다.

"밀반입이요?"

"말이 밀반입이지 법적으론 문제될 게 하나 없십니다. 지금 중국이 그렇잖아요. 하루가 멀다 하고 문화재가 나오고, 모조품들도 판을 치고 있다 아입니까."

단순한 이야기였다. 모조품과 함께 진품을 섞어 들여올 테니 그것에 투자하라는 이야기였다. 그런데 이렇게 쉬운 이야기를 방호석은 쉽게 이해하지 못하고 있었다.

"아니, 모조품을 진짜루 속여가 판다는 게 아이고, 모조품에 진짜를 섞으가, 섞어서 갖고 온다고. 섞어서! 갖고 온다고! 이해를 못 하시고! 제가 지금 중국말 합니까?"

양정도가 몇 번을 다시 설명한 뒤에야 방호석은 알아듣는 시늉을 했다. 하지만 이해를 했다 해도 투자는 다른 문제였다. 투자금 이야기를 꺼내자 슬쩍 한발 물러서는 방호석이었다. 양정도는 자존심을 살살 건드리기 시작했다.

"아, 방 대표님. 중국에서 물건 싸게 가져온 것들 한국에서 되팔면 적어도 수익이 열 배 이상 건집니다. 언제까지, 언제까지 다단계 푼돈 만지면서 살 깁니까! 거, 애 분유 값은 나와요?"

"그래도 전 힘들 거 같은데……."

"돈이 돈을 벌고, 부자가 부자 되는 세상 아입니까. 아니, 나는 방 대표님이 개털이모 이런 제안도 안 하지. 언제까지 억대 부자로 살 깁니까. 지금 중국은요. 억은 취급두 안 해! 아니, 아들 생일이라고 1, 2억 저금통에 너주고 있는데 지금. 방 대표님. 억 보지 말고, 조 봅시다. 발음두 더 좋다 아입니까. 억보다 조! 조가 좋다!"

억대 부자를 넘어 통 크게 놀자는 말에 방호석의 마음이 흔들리는 듯했다. 어느새 '힘들 것 같다'던 말이 '확실한지 확인하자'는 말로 바꿔었다.

"물건은 미리 볼 수 있는 거죠? 일 시작하기 전에."

기다렸던 반응에 양정도는 환한 미소를 비추며 말했다.

"아무 문제가 없십니다. 가입시다."

이야기를 겨우 끝내고 방호석과 방호석의 아내가 차를 타고 가자 그 자리에 양정도와 천성희 둘만 남았다. 어색한 공기가 흐르려던 찰나 양정도는 천성희의 손목을 잡아 이끌었다.

"차 시청에 있지? 택시 타야겠네? 여기 택시 안 다니니까 조금만 걷자."

해가 진 도시는 생각보다 아름다웠다. 양정도는 아주 오래간만에 따뜻한 기분이 들었다. 그리고 조금 전 잡았던 손의 온기를 조금만 더 느끼고 싶었다. 넓은 도로로 나오자 천성희는 택시를 잡았다. 아쉬움이 잔뜩 남았지만 붙잡을 명분이 없었다. 택시에 오르며 천성희가 말했다.

"이젠 나 끌어들이지 마, 진짜."

"그래. 그런 일 없게 할게. 들어가."

떠난 천성희 뒤로 양정도에게는 끈적한 미련이 남았다. 아쉬움에 천성희에게 다시 전화를 걸었다. 수화기 너머 들리는 천성희 목소리에 말을 잃었다가 겨우 입을 열었다.

"잘 가고 있냐고, 그냥…… 미안하다. 좋은 기억을 나만 갖고 있어서…… 끊을게."

전화를 끊고 나자 그날의 기억이 다시 양정도를 덮쳤다. 헤어지던 그날, 자신이 선택한 방법이 최선이었다고 말할 자신이 없었다.

"나 너한테 한 거, 그거 사랑 아냐. 사기지."

그날 자신이 뱉었던 말이 부메랑처럼 되돌아와 양정도를 괴롭혔다. 그렇게 모질게 말을 뱉고도 양정도는 숨어서 천성희를 볼 수밖에 없었다. 울먹이는 모습을 보고도 달려가 안아주지 못했다. 자신을 기다리는 사람은 천성희가 아닌 사재성이었다.

"너 설마 걔 진짜 좋아했냐? 아니지? 그럴 리가 없지, 너 같은 놈이. 야, 인마! 딱 봐도 돈 한 푼도 없게 생겼구만. 뭔 할 짓이 없어서 그런 여자를 꼬셔가지고……."

양정도는 울음이 터지기 직전이었지만 더 이상 약한 모습을 보일 수 없었다. 울음이 터지면 견딜 수 없을 것 같았다. 입술을 꽉 깨물고 겨우 말을 뱉었다.

"아저씨. 제가요. 스무 살 넘고 처음으로 했던 게요. 진짜로 했던 게 다 가짜가 됐거든요. 그러니까요…… 그냥 가주시면 안 돼요?"

옛 기억에 씁쓸한 웃음이 터졌다. 천성희와 헤어진 날이었고, 손목에 수갑이 채워지던 날이었다.

23
환상

"이제 공사 두 개 합칠게요."

오랜만에 모두가 냉동 창고로 모였다. 양정도는 일사불란하게 역할을 나눠 맡겼다. 두 팀으로 나눠 진행을 시작했을 때부터 그려온 그림이었다. 우선 정자왕에게는 중국 골동품 사진을 검색해 모아달라고 부탁했다. 그리고 정자왕이 추린 골동품 사진을 보고 조미주에게 비슷한 물건을 찾게 시켰다. 장학주는 안태욱을 맡았다. 다시는 백성일에게 신경 쓰지 못하도록 적당히 괴롭히기로 했다. 백성일에게 주어진 임무는 공부였다. 이젠 진짜 골동품 전문가만큼 알아야 했다. 양정도가 한 뭉치의 자료를 건네며 외우라고 주문했다.

양정도는 이미 골동품 밀수로 재미 좀 보자고 방호석을 꾀어둔 상태였다. 골동품에 까막눈인 방호석에게 샘플을 들이민다면 방호석의 선택지는 하나뿐이었다. 자신의 친누나이자 UN커뮤니케이션 고문인 방미나에게 도움을 요청할 것이다. 방미나 역시 이런 부탁을 받게 되면 취할 수 있는 행동은 하나였다. 유일하게 믿는 골동품 전문가. 공신력 있는 직장에, 적당히 지저분한 사람. 문화재청 추 팀장으로 믿고 있는 백성일뿐이었다. 준비가 끝났을 때 양정도는 방호석에게 전화를 걸었다.

"방 대표님. 샘플이 드왔는데 어떻게, 보실랍니까?"

짧은 한 통의 전화로 모든 상황이 양정도가 바라는 대로 흘렀다. 방호석은 방미나를 불러냈고, 방미나는 백성일을 찾았다. 게임에 필요한 인원이 모두 테이블에 앉은 모습이었다. 약속 장소로 잡힌 UN커뮤니케이션 회의실에서 양정도와 백성일은 처음 보는 사이처럼 만났다. 양정도는 조미주가 구해온 도자기를 조심스레 꺼내 보여주며 말했다.

"이깁니다. 중국에서 큰 거 한 장 주고 갖고 온 거!"

"이게 그렇게 비싼 거예요? 찰흙으로 만든 거 같은데?"

방호석이 호기심을 보이는 사이 백성일은 감정 도구를 꺼냈다. 그 모습을 본 양정도가 짐짓 불쾌한 표정을 지으며 물었다.

"아, 근데 저분은 누구?"

"누나 아는 분이래요. 문화재청에 있는……."

말을 아끼는 방미나를 대신해 방호석이 대답했다.

"문화재청에 아는 사람도 있고, 참 좋겠다. 이럴 줄 알았으면 저한테 미리 얘길 하시죠. 그럼 나도 전문가를 데리고 왔지."

"조 대표님 기분 나쁘신 거 아니죠?"

"아입니다. 사람이 사람 믿는 게 쉽나, 어디…… 에이! 조심히 만지세요, 전문가님."

양정도는 일부러 말꼬리를 늘려 기분 나쁘게 말했다. 참 좋은 재주였다. 양정도의 연기에 맞춰 백성일도 연기를 시작했다. 돋보기로 여기저기 살피며 꼼꼼히 보는 척을 했다. 한참을 보던 백성일은 혼잣말을 중얼거렸다.

"이러면 안 되는데. 이게 이러면 안 되는 건데……."

백성일의 혼잣말에 먼저 반응한 건 방미나였다.

"왜요? 가짜예요?"

백성일은 한참을 집중하는 척하며 대답 대신 계속 혼잣말을 읊었다.

"이러면 안 돼. 맞아…… 이건 아니야."

답답한 방미나가 백성일을 채근했다.

"그게 무슨 말씀이냐고요."

"이런 거를, 개인이 가지고 계시면 안 된다고. 박물관에 있어야지. 여러 사람이 봐야 되는 물건인데…… 역사적으로 중요한 물건이에요, 이건."

백성일의 말에 방미나 얼굴에 화색이 돌았다. 그 와중에 영문을 파악하지 못한 방호석은 어리둥절한 표정이었다. 백성일은 설명을 더하기 시작했다.

"이게 당나라 당삼채라고 하는 물건인데요. 당삼채가 세상에 처음 공개된 것이……."

"그래서 얼만데요?"

'당나라'라는 단어를 듣는 순간 오래된 물건이라고 생각한 방호석이 말을 잘랐다. 골동품 같은 건 원래 관심 없고 궁금한 건 따로 있었을 테다. 그러나 한 번 더 애태울 필요가 있었다. 백성일은 이 당삼채라는 도자기에 대한 설명을 계속 이었다.

"잘 좀 들어보세요. 20세기 이후 중국 내 철도 건설 현장에서 연유 그릇들이 무더기로 출토된 이후에……."

"그래서 얼마냐고요?"

백성일이 말끝에 힘을 줄 때마다 말이 잘렸다. 골동품을 보는 눈이 어느 정도 있다던 방미나 역시 관심은 다른 곳으로 쏠렸는지 반짝이는 눈을 하고 물었다. 그러나 백성일은 쉽게 그들이 원하는 대답을 하지 않았다.

"끝까지 한번 들어보시고. 1928년 룽하이 철도가 건설되었을 때……."

"아이 씨! 얼마를 받냐고요, 한국에서!"

계속 설명하던 백성일을 결국 멈춰 세운 건 방호석이었다. 안달이 난 얼굴이었다. 지금 눈앞에 있는 찰흙 덩어리가 얼마인지, 자신이 얼마를 벌 수 있는지만 중요해 보였다. 성질을 부리는 방호석을 보고 백성일이 말했다.

"적어도 5억은 받죠, 이 정도면."

'5억'이라는 숫자에 방호석과 방미나의 턱이 툭 떨어졌다. 상상을 초월하는 액수였는지 어안이 벙벙한 모습이었다. 그런 둘을 보고 양정도가 웃음을 지으며 말했다.

"1억이 5억이 돼뻣네. 마술이 따로 없다. 그죠?"

방호석은 헤프게 웃음을 흘렸다. 옆에 앉은 양정도의 손까지 부여잡는 걸 보니 누가 봐도 좋아 죽겠다는 얼굴이었다. 이윽고 백성일과 방미나가 자리를 떠나고, 방호석과 양정도만 회의실에 남아 이야기를 나눴다.

"암만 생각을 해봐도 우리 조 대표님, 감탄을 안 할 수가 없어요. 이런 아이템은 어떻게 알아내셨어요?"

"글로벌리제이션 시대 아입니까. 바다 하나만 건너모 대륙이 코앞인데 쪼매난 땅에서 서로 지지고 볶고 살 필요 있습니까, 어디?"

"그렇죠. 글로벌. 세계화. 하하하."

방호석은 입을 다물지 못하고 맞장구를 쳤다. 1억 원이 5억 원으로 변하는 마법을 눈으로 확인한 순간, 안 그래도 부실하던 방호석의 이성은 저 멀리 대륙 너머 우주를 달리고 있었다.

"아무튼, 그건 그렇고요. 다음 주부터 격주로 중국에서 물건 들어올 긴데……."

"아, 그렇죠. 이건 샘플이라면서요. 몇 개나 들어오는데요?"

"어림잡아 300개 정도?"

"300개…… 150억?"

양정도가 웃으면서 말을 이었다.

"1500억이죠. 방 대표님은 계산 참."

"아, 1500억! 1500억!"

"300개, 개당 1억. 300억. 300억 박으모 인건비 떼고, 커미션 떼고, 감정비 떼고, 유통비 떼고 해가…… 딱 1500억 반절."

"7…… 750억!"

"계산 잘하시네, 이번에는. 750억. 750억 건질 깁니다, 300억 박으모. 뭐 어떻게, 생각 있습니까?"

그러나 300억 원이라는 상상을 초월하는 투자 액수에 방호석은 겁을 집어먹었다.

"하, 좋은 기회긴 한데……."

"와요? 물건들 의심돼서 그럽니까? 아님 뭐, 아까 그 문화재청 그 분한테 싹 다 감정 맡기면 되고."

"하, 그럼 급전을 땡겨야 되는데……."

발을 담그고 싶지만 금액에 질린 방호석을 살살 구슬렸다. 투자금으로 얻게 될 이득, 이 정도 돈도 없냐는 조롱, 그리고 어설프게 자리 잡은 자존심을 건드렸다.

"아, 급전! 급전…… 제 생각엔요. 방 대표님. 급전 땡기는 게 맞는 거 같은데. 두 배 반 장사 아입니까. 아님 제가 뭐 빌려드릴까요?"

"아뇨, 아뇨. 조 대표님한테 어떻게 빌려요. 이런 아이템 껴주는 것만으로도 감사한데…… 예! 합시다! 돈 만들어볼게요, 최대한 빨리."

방호석은 호탕하게 돈을 마련하겠다며 힘을 줘 말했다. 결심이 확고한 얼굴이었다. 양정도는 흐뭇하게 상대를 보며 말했다.

"얼만지 안 까먹었지요? 300억. 300억입니다. 아셨겠죠, 방 대표님?"

"이렇게 와주셔서 너무 감사드려요."

감정을 마치고 나온 백성일에게 방미나가 인사를 했다.

"감사는요. 한편끼리 돕고 사는 거지."

대답하는 백성일을 보며 미소 짓던 방미나가 백성일이 원하는 질문을 했다.

"추 팀장님 오늘 시간 어떠세요?"

기다렸던 질문이었다. 없던 시간도 만들 마음이었고 꺼내지 않았다면 나서서 하고 싶은 말이었다. 백성일은 짐짓 모르는 척 물었다.

"특별한 건 없는데, 왜요?"

"그럼 저랑 같이 어디 좀 가실래요? 제가 보여드릴 게 좀 있는데."

방미나는 백성일을 자신의 집으로 안내했다. '고래등 같은 기와집'이라는 표현을 처음 만든 사람은 아마도 이런 집을 보고 만들었겠다는 생각이 들었다. 게다가 기와 하나, 정원에 심은 나무 하나까지 모두 배치를 생각하고 심은 듯 자연스럽고도 아름답게 조화를 이루고 있는 집이었다.

"그 부산항 통해서 들어온다는 물건은 언제쯤 볼 수 있을까요?"

"한 보름 정도 기다리시면 될 거 같아요."

의심이 보통 아닌 방미나가 마음을 여는 소리가 들렸다. 처음 백성일이 만나 이야기했던 물건에 관심을 가지고 물었다.

"제가 얼마 정도 베팅하면 되는데요?"

"지금 친구 놈한테 도자기 위주로 물건 봐놓으라고 얘긴 했는데, 일본에서 가격을 좀 세게 부르나봐요. 조율 중입니다."

"그래서 얼만데요?"

방미나의 말에 백성일은 기분 좋은 얼굴을 보였다. 돈 앞에서 성격이 급해지는 방미나에게 에두르지 않고 금액부터 말했다.

“줄 거 주고, 뺄 거 빼고. 한 200억 정도 보시면 돼요.”

“수익은요?”

“최소 3배. 팔다가 걸리지만 않으시면.”

백성일의 말을 곰곰 씹던 방미나가 결단 대신 다른 말을 꺼냈다.

“잠깐 저 따라오시겠어요?”

방미나가 이끄는 곳은 웅장한 한옥 저택과 어울리지 않았다. 경비까지 따로 세워둔 모습으로 봐서 이 집에서 가장 중요한 곳인 듯했다.

“저는요, 추 팀장님. 사람을 잘 못 믿어요. 나이를 먹을수록 사람은 자기를 숨기잖아. 마음도 숨기고, 주름도 숨기고. 근데 애들은 안 그래요. 이빨이 깨지면 깨지는 대로, 때가 타면 탄 대로, 그대로를 보여줘. 그래서 우리가 그 가치를 인정해주는 거고.”

지하로 연결된 계단을 걸으며 방미나가 말했다. 쓸데없는 소리 끝에 도착한 곳은 문이 굳게 잠겨 있었다. 방미나는 평소 가지고 다니던 키홀더를 꺼내 여러 열쇠 중 하나를 손에 쥐고 잠긴 문을 열었다. 마침내 열린 문 뒤에는 입이 떡 벌어질 모습이 펼쳐졌다. 수많은 골동품들이 각자 자리를 잡고 보관되어 있었다.

“이것들 모은 지 20년 정도 됐는데 말은 다 진품이라지.”

놀란 백성일을 보고 방미나가 미소를 보이며 이어 말했다.

“추 팀장님이 다시 감정 좀 해주시겠어요? 수고비 제대로 쳐드릴게요. 추 팀장님은 묘하게 믿음이 가네요. 한편이라 그런가.”

방미나와 마찬가지로 백성일 얼굴에도 웃음이 번졌다.

"그니까 네 말은, 지금 백성일 과장이 방필규 사장을 노리고 있다는 거잖아. 500억."

백성일이 방미나와 만난다는 소식을 전해들은 안태욱은 몇 번이나 다시 확인했다. 심복으로 세금징수2과 과장 자리에 앉힌 대학 후배 심 과장의 보고는 혼자 듣고 끝낼 문제가 아니었다. 그렇게 주의를 줬는데도 백성일이 방필규를 노리고 있다는 소리였다.

안태욱은 생각에 잠겼다. 한참을 고민하다 인터폰을 들었다. 아무리 생각해도 자기 선에서 정리할 수 있는 문제가 아니었다. 시장실에 연락해 천갑수에게 상황을 이야기했다.

"그게 무슨 소리야?"

보고를 들은 천갑수 역시 사태의 심각성을 바로 알아차렸다. 깜짝 놀란 천갑수는 안태욱을 시장실로 불렀고 둘은 함께 세금징수3과로 향했다. 천갑수가 들어서자 모든 직원들이 일어나 그를 맞이했다. 분주한 모습 속에 백성일의 빈자리가 눈에 들어왔다.

"백성일 과장은 어디 갔나요?"

당황하는 조사관들 가운데 김 조사관이 황급히 변명했다.

"외…… 외근 나가셨습니다."

"아, 외근. 왜 과장만? 조사관들은 여기 다 이렇게 사무실에서 일하고 있는데."

맨 처음 세금징수국을 만든 사람은 다름 아닌 천갑수였다. 그러니 세금징수국의 틀을 짜고 기틀을 세운 천갑수가 업무 내용을 모를 리 없었다. 날카롭게 따져 묻자 천성희가 나섰다.

"구청에서 관리가 안 되는 체납자가 있어서요. 그 자료 받으러 서남구청 갔습니다."

천갑수는 백성일을 두둔하는 천성희를 빤히 바라봤다.

"확실해요, 천성희 조사관? 백성일 과장 서남구청 간 거 확실하냐고요."

"예, 맞습니다."

천성희의 확고한 대답을 듣고 천갑수는 잠시 생각에 빠졌다. 이렇게까지 나온다면 모르는 척 눈 감고 넘어가줘야겠다고 판단했다.

"그래요. 백성일 과장 들어오면 시장이 좀 보자 한다고, 그렇게 전해줘요."

시장실로 돌아온 천갑수는 머리가 아파왔다. 처음 보고를 한 안태욱 역시 천갑수의 기분을 알고 섣불리 입을 열지 못했다.

"성희도 알고 있는 거야?"

천갑수의 입에서 천성희의 이름이 나오자 안태욱은 아차 싶었다.

"제가 미리 말씀드리려고 했는데……."

"알고 있는 거냐고!"

천갑수의 표정은 그동안 본 적 없을 만큼 사나운 모습이었다. 안태욱은 어쩔 수 없다는 표정으로 대답했다.

"예. 그런 거 같습니다."

"같이하는 거야?"

점점 더 말하기 어려운 이야기를 꺼내는 천갑수였다. 맞다고 하기엔 사건이 너무 컸고, 아니라고 하기에는 증거가 너무 많았다. 정확하게 사실만 정리해서 말했다.

"그거까진 아직 잘…… 죄송합니다. 그래도 백성일 과장이 방필규 사장한테 사기 치려는 정황은 확실히 잡았습니다. 방필규 사장한테 전화 한 통 넣을까요?"

천갑수는 안태욱의 말에 아무 대답도 하지 않은 채 깊은 고민에 빠진 듯했다.

사재성은 백성일이 구치소로 왔다간 뒤 그에게 미행을 붙였다. 양정도와 관계를 끊고 자신에게 줄을 댈 거라고 믿고 있었는데 결과가 예상대로 흘러가지 않았다.

"제가 준 녹음기도 양정도 이 새끼한테 주더라고요. 어디 줄 설지 확실히 정한 거 같습니다. 어떡하죠?"

사재성은 후배의 말에 웃음이 나왔다. 어차피 돈 보고 모인 사기꾼 무리였다. 백성일도 당연히 배신할 줄 알았던 자신의 생각이 순진했다. 하지만 설령 백성일이 양정도를 선택한다고 해도 사재성에게는 두 번째 카드가 있었다.

"우리 같은 사람들 말을 누가 제일 잘 듣냐?"

이해가 안 간다는 표정의 후배를 두고 사재성이 말을 이었다.

"죄 짓고 사는 놈들은 우리 말을 안 들을 수가 없지? 그러니까 우리 프락치 짓 하면서 지 친구 팔아넘기고, 조직 배신하고 그러는 거 아니야. 아까 한 놈 왔다 갔어, 양정도 그 새끼 팔아 넘길 만한 놈. 내 말 잘 듣더라고, 죄 지은 게 많으니까."

양정도부터 손발을 묶고 이 누명을 벗어야 했다. 그러니 지금 사재성은 무슨 수를 써서라도 양정도를 꼬꾸라뜨려야 했다. 그게 자신이 살 방법이었다. 양정도 옆에서 일하는 놈들 가운데 당장이라도 감옥에 집어넣을 수 있는, 그런 인물을 생각했다. 사재성은 조미주를 활용하기로 마음먹었다. 백성일 때와 마찬가지로 며칠 전에 조미주를 구치소로 불렀다.

백성일이 실패할 가능성을 생각해 사재성은 충분히 알아들을 수 있게 조미주를 협박하고 거부할 수 없을 만한 제안을 했다. 그리고 자신의 바람처럼 조미주는 양정도의 근황을 수시로 알려왔다. 양정도가 방호석, 방미나에게 가짜 골동품으로 사기를 친 날에도 조미주는 사재성을 만났다.

"그래서 방필규 아들딸, 걔들이 거의 넘어왔다고? 500억 쉽네, 씨. 그럼 이제 슬슬 시작해라. 방필규 찾아가서 딜 해. 500억 날리고 싶지 않으면 나 꺼내주라고."

조미주가 대답을 않자 사재성이 겁을 주기 시작했다.

"왜? 하기 싫으냐? 정도 배신하려니까 겁나?"

"그게 아니라요……."

안 그래도 잔뜩 겁먹은 조미주를 더 궁지로 몰았다.

"장 형사 불러. 장 형사 부르라고! 네 머리끄댕이 잡고 감방에 처넣으라 그러게."

"죄송합니다."

사재성의 말에 겁을 집어먹었는지 조미주가 사과를 했다. 사재성이 원하던 모습이었다. 채찍을 한번 후려쳤으니 이제 당근으로 꼬셔내면 됐다. 조미주가 선택할 수 있는 건 하나뿐이라고 생각했다.

"내 말 잘 들어. 양정도 그 새끼 치면 넌 그냥 계속 살던 대로 살 수 있어. 계속 발정 난 새끼들 후리면서 그렇게 살 수 있다고, 내가 뒤봐줄 테니까. 그런데 만약에, 시청 그 새끼처럼 정도 그놈한테 들러붙으면, 넌 그냥 뒤질 때까지 빵에서 썩는 거야. 내가 그렇게 만들 거야. 그리고 분칠해서 먹고사는 넌 다시는 얼굴에 분 못 바르게, 그렇게 만들 거라고. 알아들었냐?"

조미주의 얼굴은 누가 봐도 고민하며 갈등하는 모습이었다. 고개를 숙인 채 결정을 못 내리는 조미주에게 사재성이 말했다.

"넌 이제 어디 줄 설 거야? 어떻게 할 거냐고, 썅!"

방호석의 전화를 받은 방필규는 곧바로 UN커뮤니케이션으로 내달렸다. 물가에 내놓은 자식처럼 늘 불안하던 아들이었다. 행여 사고가 날까 걱정은 했지만, 이렇게 큰 사고를 칠 녀석인 줄은 몰랐다. 사무실에 도착해 방호석을 발견하자 울화가 터졌다. 방호석의 뺨을 붙잡고 윽박을 질렀다.

"이 못난 새끼야! 이 한심한 놈아! 이 멍청한 놈아! 내가 너를 어떻게 키웠냐! 내가 어떻게 키웠냐고!"

"아빠…… 잘못했어! 다…… 다신 안 그럴게!"

방호석은 겁을 잔뜩 집어먹었다. 방필규의 호통에 큰 어깨를 들썩이며 울음을 터뜨리는 아들을 보자 마음이 약해졌다. 곧 분노가 사그라지며 안쓰러움이 커졌다. 우는 방호석을 안아 진정시키고 곧 회의실로 들어가 이야기를 시작했다.

아들 방호석, 딸 방미나 외에 방필규가 모르는 얼굴이 끼어 있었다. 백성일 패거리와 한패라며 자백한 조미주였다. 방필규가 도착하기 직전, 방미나와 방호석은 조미주를 통해 양정도와 백성일의 정체를 듣게 되었다. 그들이 접근한 이유와 방식을 미리 알렸다는 조미주는 잔뜩 겁에 질린 모습이었다. 조미주는 자신이 왜 사기 행각을 말할 수밖에 없었는지 조심스럽게 방필규에게 이야기했다. 조미주의 이야기를 들은 방필규가 생각이 많아진 얼굴로 말했다.

"사재성이, 그놈을 빼달라고?"

조미주의 입에서 사재성의 이름이 나온 순간 지난 기억이 떠올랐다. 사재성이 자신을 구치소로 불러 하려던 이야기가 아무래도 지금 이 일과 관련이 있는 것 같았다. 방필규는 자신이 아는 인맥을 천천히 곱씹어 이 일을 해결할 인물을 떠올렸다. 부탁할 만한 곳이 한군데 있었다. 방미나를 보며 입을 열었다.

"시청 안 국장, 서부지검에 아는 사람 있다고 했지? 안 국장 그놈한테 부탁해봐."

"제가 연락해볼게요, 아빠."

"그래. 전화 한 통 너놔라. 밥 한 끼 하자고. 그건 그렇고……."

방필규의 눈이 매섭게 바뀌더니 조미주를 바라보며 이어 말했다.

"이 사기꾼 새끼들을 어떻게 처리해야 되나."

방필규는 이 괘씸한 놈들을 용서할 수 없었다. 고민한 끝에 방미나와 이야기해 일단 이 둘을 방미나의 집으로 불러들이기로 했다. 사기꾼 놈들의 얼굴을 직접 보고 버릇을 고쳐주기로 마음먹었다. 다음 날 방미나와 방필규는 각자 백성일과 양정도에게 전화를 걸어 둘을 방미나의 집으로 불러냈다.

"와, 근데 누님 집으로 오라캅니까?"

"저희 누나가요, 음식을 잘해요. 식사 같이하재. 저 도와줘서 고맙다고. 아무튼 빨리 오세요."

아무 일도 아닌 척, 고마워서 보답 하려는 척, 하지만 그 자리에서 둘을 붙잡아 경찰서로 보내기 위해 일단 방미나의 집으로 끌어들이는 작전이었다. 괘씸한 마음에 조미주까지 불러 함께 기다리고 있었다. 동료를 배신한 탓인지 불안해 보이는 조미주가 방미나를 붙잡고 애원했다.

"고문님. 고문님. 저 부탁드릴 게 있는데요. 저 이 자리에서 빠지면 안 될까요? 저 그 사람들 다신 못 볼 거 같아요. 정도 오빠 마주할 자신이 없어요."

"이럴 줄 모르고 일 저질렀어?"

"대표님! 저 진짜 한 번만 빼주세요. 저 그 사람들 보면 진짜 죽어요. 진짜!"

방미나는 끈질기게 자신의 팔과 어깨에 엉겨붙는 조미주의 손을 거칠게 치워냈다. 금방이라도 울 것 같은 얼굴의 조미주를 외면한 방미나는 양정도와 백성일이 오는 시간에 맞춰 지하 창고를 지키던 경비원들까지 모두 불러 모았고 방필규까지 방미나의 집을 찾았다.

"뭐 아빠까지 오셨어요. 우리가 알아서 한다니까."

"어떤 놈들인지 쌍판을 봐야지."

잠시 후 마당으로 들어온 양정도와 백성일은 방필규를 보고 놀라는 듯했다. 뭔가 일이 뒤틀렸다고 생각했는지 굳은 얼굴들이었다. 둘이 마당에 들어서서 분위기를 살필 때 방필규는 경비원들에게 둘을 경찰서에 넘기라 명령했다. 대기하고 있던 경비원들이 달려나와 둘의 손발을 제압했고 그 모습을 보고 흥분한 방호석이 양정도에게 달려가 멱살을 움켜쥐었다.

"야! 야, 잠깐. 너 일로 와봐, 너. 너 이 새끼 내가 처음부터 알아봤어! 우리 아빠가 누군 줄 알아! 이 자식이, 진짜! 너 내가 사준 밥값 내놔, 이 새끼야! 뭐, 500프로? 이거 완전 또라이네, 이 새끼 이거!"

방호석이 흥분해 날뛰는 동안 방미나는 조미주를 불렀다. 잔뜩 겁먹은 표정의 조미주가 모습을 드러내자 양정도의 시선은 배신감과 허탈함으로 조미주에게 고정되었다. 경비원 손에 잡혀 끌려나갈 때까지 그렇게 말없이 조미주를 바라보았다.

얼마 뒤 백성일과 양정도를 잡아둔 경찰서에 도착한 방필규는 경찰서장에게 난감한 소리를 들었다. 대답을 못 하고 눈동자만 굴리는 경찰서장에게 혼내듯 말했다.

"어떻게 안 되겠나? 아직 사기를 친 건 아니더라도 혐의라는 게 있잖아. 우리 아들이 밤낮 안 가리고 와서 진술을 하는데, 진술도 잘 맞아 떨어지고 몇 년 동안 감옥에 보낼 수 있잖아! 나한테 사기 치려고 한 놈들인데."

"그게요, 형님. 생각만큼 쉽지가 않습니다. 제 권한으로는 48시간 긴급체포는 가능한데, 그 이상은 힘들어요. 따님 말이 더 신빙성 있는 건 알겠는데, 돈이 오간 흔적도 없고. 따님은 덩치 큰놈한테 몇 억 되는 도자기도 선물 받았고, 양정돈가 하는 그놈은 아드님 회사 VIP 고객이라면서요."

"그거는! 사기 치기 전에 환심을 살 목적이고!"

"알지요. 모르겠습니까, 그걸 제가? 근데요, 형님. 증거가 없다니까요. 무슨 100원짜리 하나라도 오간 흔적이 있어야 사기로 집어넣든가 하죠. 지금 현재 상태로는 방법이 없습니다. 걔들이 자제분들을 사기로 걸면 몰라도…… 아귀 맞추긴 그게 더 쉬워요. 실질적으로 오고 간 게 있으니까."

"진 서장 말로는 나한테 줄 수 있는 도움이 없다, 이거지? 알았다. 그럼 내가 알아서 할게."

방필규는 더 이상 할 말이 없다고 판단이 되자 지체 없이 서장실을 나왔다. 어서 빨리 다른 방법을 찾아봐야 했다.

긴급체포를 당한 양정도와 백성일은 유치장에 갇히게 되었다. 일단 백성일은 천성희에게 이야기해 휴가를 내고 꼼짝없이 그 안에서 이틀을 보냈다. 그러나 둘의 표정은 아쉬움이 없었다. 48시간이 지나 긴급체포에서 풀려난 후, 허기진 둘은 다미식당으로 향했다. 우선 국밥을 시켜 서로 아무 말 없이 먹었다. 그리고 배불리 먹은 백성일이 기운이 난다는 듯 말했다.

"살겠다, 이제. 바로 갈 거냐, 방호석한테?"

"그래야죠. 아저씨는?"

"방미나한테 가야지. 그리고 방필규도…… 이따 보자."

양정도와 헤어진 백성일은 방미나에게 전화를 걸었다. 지금까지는 모든 게 양정도가 계획한 대로 흘러왔다. 이제 남은 건 이들의 선택이었다. 방미나에게 전화를 건 후 방미나의 집으로 향했다.

백성일과 마주 선 방미나 주위에는 사늘한 공기가 흘렀다. 방미나는 팔짱을 낀 채 백성일을 내려보더니 불편한 침묵 속에 입을 열었다.

"왜 보자고 했어요?"

"드릴 말씀이 좀 있어서요."

"뭐? 도자기 돌려달라고?"

백성일은 마지막으로 방미나에게 기회를 주려고 했다. 협박이나 사기가 아닌 진심이었다.

"아니 뭐, 그 정도로 파렴치한은 아니고. 내가 마지막으로 뭐 하나만 물어볼게요. 세금, 정말 낼 생각 없어요? 그쪽 아버지가 체납한 세금. 국세 452억5천. 지방세 45억2천. 총 497억7천만 원. 그 돈 낼 생각 없냐고."

백성일의 말을 들은 방미나가 실소를 흘리며 사납게 말했다.

"이 새끼가 미쳤나? 야! 너 돌았어? 상황 파악 안 되니, 너 지금?"

"되죠. 되니까 이렇게 말로 착하게 부탁드리는 거 아니에요? 세금 내시라고."

고상한 얼굴로 백성일을 내려보던 방미나의 가면이 날아가 없어졌다. 비웃음을 가득 품고 험한 소리를 내뱉었다.

“야, 이 새끼야. 너 증거 없다고 풀려나니까 뵈는 게 없어? 우리 아빠가 너네 가만둘 거 같아?”

“아이고, 말 진짜 싸가지 없게 하시네. 그 아버지에 그 자식이구만. 아줌마! 상황 파악이 안 돼요? 경찰서에서 며칠 밤새니까 시차 적응이 안 돼? 이 아줌마 이해를 못 하네. 아이고, 답답해. 아줌마! 미주가 우리 배신한 거 아니야. 아줌마한테 뭘 빌릴 게 있어서 그래서 간 거라고, 아줌마한테.”

백성일의 말에 방미나가 머뭇거렸다. 가만 생각하니 이상했다. 순순히 범죄 모의를 고백한 것도, 소용없다는 걸 뻔히 알 텐데 순진하게 애원하며 자신한테 매달리던 모습도 수상했다. 방미나는 다급하게 주머니를 뒤져 키홀더를 확인했다. 다행히 열쇠들은 무사히 모두 있었다.

“시청에 안 국장이라고 내 윗사람이 하나 있는데 우리가 그쪽 아버지 사기 치려는 걸 걔가 알아서, 우리가 먼저 선수 친 거예요. 기다릴 시간이 없더라고.”

이틀 전 모두가 양정도와 자신을 체포하는 데 집중하고 있을 때, 조미주는 방미나에게서 키홀더를 훔쳤다. 며칠 전 방미나가 백성일에게 지하실을 열어 보여줄 때 몇 번째 열쇠인지 유심히 봐둔 뒤 조미주에게 일러주었으니 키홀더의 많은 열쇠 중 지하실의 열쇠를 찾아내는 건 어렵지 않았다. 조미주는 미리 준비해둔 양초를 말랑하게 녹인 뒤 그 위에 열쇠를 눌러 재빠르게 열쇠 모양을 복사했고, 키홀더는 다시 방미나의 옷 주머니에 돌려놓았다. 방미나와 방호석이 밤새 조사받는 동안 나머지 팀원들은 복사한 열쇠로 방미나의 지하실을 열어 도자기들을 모두 꺼냈다. 그런 사실은 전혀 몰랐을 방미나를 향해 백성일이 말했다.

"지하실 안 가봐요? 집 비어 있었잖아, 우리 경찰서 끌고 갔을 때."

백성일의 마지막 말에 방미나가 서둘러 움직였다. 구두도 제대로 못 신고 지하실로 뛰어 내려갔고, 백성일은 천천히 그 뒤를 밟았다. 지하실 문을 열고 그 안에 아무것도 없는 걸 확인한 방미나는 망연자실하게 멈춰 섰다. 이제야 어떤 상황인지 알았다는 얼굴이었다.

"이틀 동안 다 현금화시켰고, 우리가 잡혀 있는 동안 생긴 일이라 우리랑 엮지도 못해요. 증거도 하나도 없고. 어때요? 이제 세금 낼 생각 좀 들고 그래요?"

방미나의 표정이 변했다. 마진석 때와 같은 모습. 위선과 교양, 권위가 사라지고 덫에 걸린 초식동물 같은 얼굴이었다. 진정이 안 되는지 거친 숨을 몰아쉬며 백성일에게 매달렸다.

"추 팀장님…… 백성일 씨, 제가 어떻게 하면 될까? 내가 잘못했어요, 내가. 그러면 안 되는 건데, 내가 잘못했어요. 우, 우리 그냥 합리적으로 생각을 해요. 내가 어떻게 하면 될까? 우리 이거, 원상복귀만 시켜주시면 내가 30억 드릴게요. 어때요? 적어요? 50억 드릴게요. 괜찮죠? 내가 약속할게요. 내가 우리 아빠한테 얘기할게요, 50억."

"우리 마누라가 족발집을 하는데, 먹고살 만해요. 괜찮아."

"그럼 내가 어떻게 할까? 내가 어떻게 하면 돼요, 백성일 씨? 백 과장님. 말만 해요."

"당신 아버지한테 전화해요. 당신이랑 더 이상 할 말 없고, 당신 아버지한테 전화해서 나 바꿔."

울먹이며 사정하는 방미나를 바라봤다. 그동안 얼마나 많은 사람들이 이렇게 방미나에게 사정을 했을지 가늠되지 않았다. 그들의 사정을 방미나는 한 번이라도 들어준 적이 있을까. 그들의 아픔을 대변해 백성일은 버럭 소리를 질렀다.

"전화하라고, 빨리!"

울먹이며 휴대전화를 꺼낸 방미나가 방필규에게 전화를 걸었다. 호흡곤란을 일으키며 백성일에게 휴대전화를 넘겼다. 백성일은 화를 삼키며 입을 열었다.

"방필규 씨. 돈이면 다 되는지 알았지?"

"너 누구야?"

"나 서원시청 세금징수3과 백성일이에요. 내 이름은 기억 못 하시네. 내 얼굴도 기억 못 하더만. 며칠 전에 봤잖아요. 인사동에서도 보고. 6년 전에 당신이 그런 말을 했어……."

백성일은 6년 전 그날의 기억을 떠올렸다. 떠난 김민식과 함께 있었던 그 자리에서 방필규가 오만하게 내뱉던 그 말. "나 국가에 의무 없어! 국가가 나한테 의무 있지!" 모두를 절망에 빠뜨렸던 그날의 상처가 다시 아려왔다.

"네가 왜 국가에 의무가 없어. 어디서 개소릴 하고 앉아 있어! 어? 그래, 그렇다 치자. 당신에 국가에 의무 없다고 쳐. 근데 당신은! 당신 때문에 다친 사람들, 상처받은 사람들! 그 사람들한테 평생 의무감 갖고 살아야 돼."

수화기 너머 방필규는 아무 말도 없었다.

"그래, 내가 당신 의무 다할 수 있도록 도와드릴게. 내 말 잘 들어. 방필규 씨. 당신이 체납한 국세 452억5천, 지방세 45억2천!"

목이 메였다. 마지막 말을 하기까지 6년의 시간이 걸린 일이었다. 백성일은 이 말을 방필규에게 꼭 전해주고 싶었다. 숨을 한 번 고르고 백성일은 6년을 기다린 말을 방필규에서 전해줬다.

"총 497억7천만 원의 세금을! 완납하셨습니다."

전화를 끊자 한숨이 나왔다. 백성일은 앞에서 눈물범벅으로 정신을 못 차리고 있는 방미나에게 휴대전화를 건넸다.

"이런 부모 밑에 태어나서 권리라고 생각하고 많이 누렸지. 이제 의무도 좀 지키고, 사람답게 사세요."

홀가분한 기분이었다. 김민식이 하려고 했던 일을 자신의 손으로 마무리한 거였다. 지하실을 나와 올라가는데 양정도에게서 전화가 걸려왔다. 방필규를 만나기로 한 양정도였으니 일을 다 끝내고 전화한 거라 생각했다. 그런데 수화기 너머 양정도는 청천벽력 같은 말을 꺼냈다.

"아저씨, 미안한데요. 나 이 돈 세금 못 낼 거 같은데……."

백성일은 장난이라고 생각했다. 오피스텔에서 거짓말로 자신을 놀렸던 것처럼 짓궂은 장난일 거라 믿었다. 백성일은 양정도에게 장난치지 말라 했지만 양정도는 진지한 목소리로 백성일의 기대를 박살내 버렸다.

"아니에요, 진짜. 진짜예요. 나 이 돈 좀 따로 쓸 데가 있어서 그래.

내가 이 돈 쓸게요? 그래도 되죠?"

"야. 야…… 너 무슨 소릴 하는 거야, 지금. 그 돈을 네가 왜 써, 새끼야! 너…… 너 어디야, 지금!"

"내가 어딘지는 아저씨가 알 필요 없고…… 나 이 돈 쓸 테니까 그렇게 알아요. 어차피 일은 내가 다 했잖아."

"입 다물어, 새끼야! 야, 정도야. 너…… 하지 마. 이상한 짓 하지 마! 정도야, 너 나한테…… 너 거짓말한 거 없다며. 그 형사가 나한테 장난친 거라며!"

"세상에요, 아저씨. 어디 믿을 게 없어서 사기꾼 말을 믿나? 돈 잘 쓸게요."

백성일은 갑자기 손이 떨리기 시작했다. 아무리 진정하려 해도 떨리는 손을 멈출 수 없었고 눈앞이 흐려왔다.

방미나의 집을 나와서도 정신을 차릴 수 없던 백성일은 갈피를 잡지 못해 휴대전화를 이리저리 돌리며 정신을 붙잡으려 애썼다. 이제 어떻게 해야 할지 막막했다. 가슴에 무거운 쇠공이 달린 기분이었다. 양정도의 마음이 바뀌었다면 우선 돈부터 못 움직이게 잡아둬야 했다. 가슴을 가라앉히고 장학주에게 전화를 걸었다. 백성일에게 상황을 들은 장학주의 목소리도 덩달아 심각해졌다.

"지금 정도 그 새끼 어디 있어! 아니, 아니여…… 잠깐. 돈, 정도한테 없는디? 노 여사가 갖고 있는디, 그 돈!"

당황하는 장학주의 목소리를 듣고 얇디얇은 희망마저 가볍게 끊어져버렸음을 깨달았다. 절망이 파도처럼 백성일을 덮쳤다.

24
반격

양정도와 백성일을 잡아넣은 다음 날, 방필규는 최철우 회장의 연락을 받았다. 식사를 함께하자는 연락이었지만 분위기가 심상치 않았다. 찾아간 약속 장소엔 최철우와 천갑수가 앉아 있었다. 침묵만 흐르는 자리였다. 식사가 끝나자 최철우는 방필규를 밖으로 물렸다.

"방 사장. 자리 좀 비켜줘, 식사 다 했으면."

방필규로서는 이해할 수 없는 행동이었다. 방필규와 최철우는 동고동락한 사이였다. 그리고 천갑수를 서원시장으로 만든 것 역시 둘의 힘이었다. 그런 관계에서 천갑수를 남기고 자신만 나가 있으라고 하는 건 납득되지 않는 처사였다.

"예? 아니 그래도 제가 이 자리에 남아 있는 게……."

방필규가 말해봤지만 최철우의 뜻에는 변화가 없었다. 오히려 얇은 칼날로 찌르듯 자신을 쳐다보는 눈빛을 읽은 방필규는 그저 물러날 수밖에 없었다. 식당에서 나와 복도로 걸음을 옮겼다. 방필규를 발견한 안태욱이 찾아와 인사를 건넸다.

"벌써 다 얘기 끝나셨습니까?"

"아니다. 내만 잠깐 나왔다."

안태욱 역시 방필규와 같은 표정이 되었다. 무슨 일인지 알 수 없다는 얼굴, 방필규의 불편한 얼굴을 보던 안태욱은 짐작 가는 일이 있는 듯 물었다.

"혹시 얘기하셨습니까?"

넌지시 6년 전 일을 묻는 안태욱에게 방필규는 손사래를 쳤다.

"안 했다. 안 국장 말 듣고 안 것도 아닌데 뭐."

그때 방필규의 휴대전화벨이 울렸다. 전화를 받아 든 방필규는 믿을 수 없었다. 지금 벌어지고 있는 일은 자신의 상상을 훨씬 뛰어넘는 것들이었다. 지금 당장 최철우나 천갑수에게 이야기할 틈도 없이 서둘러 자신의 집으로 향했다.

집에 도착한 방필규는 거실 소파에 앉아 자신을 기다리는 양정도를 발견했다. 자신을 본 양정도가 일어나며 자신을 응시했다. 두 손을 모으고 공손한 자세로 서 있는 양정도를 보고 말했다.

"네가 김 상무 아들이었어?"

거실에 서 있는 양정도를 보니 방필규는 웃음이 터졌다. 어떻게 이런 일이 있나 싶었다. 지금까지 있었던 일이 어떤 연유로 벌어진 건지 감이 잡혔다. 응접실에 양정도를 데려와 앉혔다.

"그래서 나한테 접근했나? 네 엄마 복수하려고?"

"어디 김 상무님뿐입니까. 우리 아버지, 양 반장님은요? 그래요. 백번 양보해서 우리 엄마 일은 우리 쪽 잘못도 있다고 쳐요. 그런데 양 반장님 일은 아니지. 당신, 그러면 안 됐어…… 옛날 얘기해봤자 구차해지니까 서로, 일 얘기 하죠. 그쪽 따님 방미나 집에 있던 골동품, 우리가 다 싹쓸이해서 현금화시켰어요. 정신 번쩍 들죠? 사기 쳐서 번 돈, 사기로 똑같이 날리니까."

양정도의 말이 비수로 변해 날아와 깊숙이 박혔다. 눈앞에서 건방을 떨며 웃는 양정도를 보자 방필규는 심장이 욱신거리는 고통이 느껴졌다. 말을 잇지 못하던 그때 전화가 걸려왔다. '돈이면 다 되는지 아냐'고 따져 묻는 목소리의 주인은 세금징수국 세금징수3과 과장 백성일이였다. 그리고 뭐라 하기도 전에 '497억7천만 원의 세금을 완납했다'는 말을 남기고 전화가 끊겼다. 어이가 없어 웃음이 났다. 방필규는 바쁘게 머리를 굴렸다. 지금 벌어진 일들, 여기 나타난 놈들, 그리고 자신의 위치. 이성적으로 냉정하게 생각하니 방법이 있었다. 아직 상대가 순진한 게 다행이라고 생각했다.

"젊은 놈들 머리가 좋네. 너는 에미 애비보다 낫고. 뭘 모르나본데 그 돈 세금 내도 다시 돌려받으면 돼. 시장이랑 꽤 친하거든. 다른 방법도 있고, 네 생각보다."

충격적인 말일 거라 생각했건만 양정도는 표정에 큰 변화가 없었다. 아무리 까불어봐도 부처님 손바닥 위에 재롱을 부린 거였다는 걸 알려준 것임에도 생각보다 냉정한 반응이었다. 그런 양정도가 휴대전화를 꺼내 어딘가로 전화를 걸었다.

"아저씨. 미안한데요. 나 이 돈 세금 못 낼 거 같은데…… 아니에요, 진짜. 진짜예요. 나 이 돈 좀 따로 쓸 데가 있어서 그래. 내가 이 돈 쓸게요. 그래도 되죠?"

양정도의 통화 내용을 듣던 방필규는 냉정을 유지할 수 없었다. 이미 세금으로 낸 줄 알았던 돈이 아직 묶여 있다는 소리였다. 차라리 세금으로 내버렸다면 방법이 있었다. 하지만 이렇게 개인의 손에 들려 있는 거라면 문제가 달랐다. 방필규의 심정을 눈치챘는지 양정도가 다시 한번 방필규 턱 밑으로 칼을 밀어넣었다.

"이제 어쩌실 거예요? 그 친한 분들이 도움 못 주실 거 같은데. 이제 방법 없어요. 그 돈 찾으려면 어떻게든지 저랑 쇼부 쳐야 되니까. 하기 싫어도."

방필규는 참담한 심정으로 대답을 삼켰다. 눈앞의 애송이는 자신의 상상을 훨씬 뛰어넘는 놈이었다.

"사과하세요. 회사 문제 생기니까 우리 엄마한테 회사 명의 돌려서 대신 감옥 보낸 거 사과하시고요. 그 사건 수사했던 양지택 반장, 뇌물 수수로 엮어서 감옥 보낸 거 사과! 사과하시라고요."

방필규는 그날의 기억이 되살아났다. 경찰이 들이닥치자 무릎을 꿇고 매달리던 양정도의 모친. "사장님! 제발 좀 도와주세요. 제발 저, 잘못 없다고 얘기 좀 해주세요. 예?" 매달려 애원했지만, 방필규는 "못 배운 티 좀 내지 마라" 하며 양정도의 모친을 나락으로 떨어뜨렸다. 한 번도 후회한 적 없던 그날이 기억이 어쩐지 생생하게 떠올랐다. 그 기억이 불편해지려던 찰나 양정도가 말했다.

"사과만 하면 돼요. 다 끝나."

"이 새끼가 어디서 지금!"

"자존심 부리실 때가 아니에요, 지금. 그 골동품 다 파니까 정확히 498억8천만 원 나오더라고요. 예? 그 돈 다 날리고 싶으세요? 저는요! 사과만 하시면 그 돈 다 돌려드릴 생각 있다니까요?"

"이 새끼가!"

"지금 욕하신 거예요? 저한테? 대단하시네."

양정도는 말을 멈추고 휴대전화를 꺼내 또 어딘가로 전화했다.

"노 여사님. 저예요. 이 사람 그 돈 필요 없는 거 같으니까 계획대로 진행하시죠. 아니, 나한테 욕을 하더라고…… 5분요? 알겠습니다."

양정도의 통화 내용을 들은 방필규의 표정이 일그러졌다. 분명 자신의 돈과 관련된 문제였다.

"뭐가 5분이야!"

"그건 아실 필요 없으시고요. 5분 남았어요. 나한테 사과 안 하면, 1분에 100억씩 날리는 거예요. 하기 싫어요, 아직도?"

틀림없이 미친놈이었다. 100억 원이라는 돈의 크기도 제대로 모르는 놈이었다. 복수나 원한을 지닌 놈이라면 수도 없이 겪어왔다. 하지만 이런 미친놈은 상대할 자신이 없었다. 방필규가 아무 말도 하지 않자 양정도가 씁쓸한 웃음을 지으며 말했다.

"그래요. 알겠어요. 와…… 사과 한마디면 간단하게 끝날 일을 진짜 어렵게도 하시네. 이해가 안 되네요."

양정도가 말을 마치고 자리에서 일어났다. 순간 머리에서 번갯불이 튀었다. 이래서는 안 된다고 온몸의 신경이 외쳤다. 방필규는 벌떡 일어나 삿대질을 하며 외쳤다.

"야! 너 내가 누군지 아나! 너 사람 잘못 건드렸어! 내 손가락 하나면, 너 끝이야, 인마!"

방필규는 한껏 화를 쏟아냈지만, 양정도의 표정에는 변화가 없었다. 뭔가 실수했다는 생각이 들었다. 혹시 역린을 건드린 건 아닌지. 두려움이 엄습했다. 일단 자리를 나서는 양정도를 소리쳐 붙잡았다.

"자, 잠깐만!"

방필규는 분노를 누르며 이성적으로 생각했다. 자존심이 상한다 해도 일단은 당장 허리 굽혀 500억 원을 지켜야 했다. 한참 뜸을 들이다 분노를 삭이며 간신히 입술을 떼며 양정도의 등 뒤로 말했다.

"미안하다."

"예? 뭐라고요?"

"미안하다고."

이미 자존심은 바닥으로 떨어졌다. 새파랗게 어린 녀석에게 이런 수모를 당할 줄은 몰랐다. 그런 방필규에게 양정도가 다시 한번 칼을 꽂았다.

"존댓말."

그 한마디에 숨이 막혀왔다. 하지만 방필규는 이미 너덜너덜 걸레짝이 된 자존심을 챙길 여유가 없었다.

"미안합니다. 니네 엄마……."

"양 선생님 모친. 존댓말요."

"양 선생님 모친. 김경애 여사. 김 여사 속여서 감옥 보낸 거 죄송하고. 양지택 형사님 뇌물 수수 먹여서 감옥 보낸 거…… 죄송합니다."

"아니야. 아니다, 이거. 진심이 안 느껴지잖아요. 진심으로 사과하세요. 우리 전에 한번 봤는데. 얼굴은 기억 못 하시는 거 같고. 그때 한 말은 기억해요?"

양정도의 말을 듣고 나서야 어렴풋이 기억이 떠올랐다. 양지택이 유죄 판결을 받던 날, 사나운 짐승처럼 달려들던 젊은 청년의 모습이 기억났다. 자신이 했던 말도 어슴푸레 떠올랐다. 정확히 기억나지 않는 방필규에게 양정도가 기억을 각인시켰다.

"그때 한 말 똑같이 해드릴게요. 너무 마음 아파하지 마요. 사는 게 다 이래. 이래야 살고."

방필규는 자신을 지탱하던 마지막 자존심마저 꺾어야 한다는 걸 깨달았다. 남은 방법이 없었다. 털썩 무릎을 꿇고 읍소하기 시작했다.

"죄송합니다! 정말 죄송합니다! 한 번만 용서해주십쇼! 부모님께 드린 고통! 평생 짊어지고 살겠습니다! 죄송합니다! 한 번만 용서하십시오!"

이런 방필규를 보고도 양정도는 차가운 눈빛을 거두지 않았다. 그리고 천천히 전화를 꺼내 또다시 통화 버튼을 누르고 말했다.

"재미없다. 던져요, 노 여사님."

"야, 이 새끼야!"

참아왔던 분노가 한꺼번에 솟구쳤다. 본능적으로 튀어올라 양정도의 목을 움켜잡고 흔들었다. 양정도는 방필규의 붙잡은 손을 한동안 막지 않고 있다가 천천히 손을 뿌리치고 차분하게 말했다.

“다 있던 데로 가는 거예요. 다 있던 데로.”

방필규는 포효를 내질렀다. 분노가 식지 않아 자신을 통제할 수 없었다. 짐승처럼 울부짖으며 그대로 쓰러졌다.

그리고 그날 언론에서는 좀처럼 보기 힘든 뉴스가 나왔다.

‘서원 도심에서 돈 벼락 소동! 총 금액 500억 추정’

뉴스 자막 위로 고층 빌딩들 옥상에서 돈다발이 비처럼 쏟아지는 장면이 나오고 있었다.

최철우 회장에게 이른 점심 초대를 받은 천갑수는 머리가 아파왔다. 마진석에 이어 방필규까지 안 좋은 일에 휘말렸다는 보고가 계속되던 차였다. 마진석이야 그렇다 치더라도 방필규는 달랐다. 명실상부 최철우의 오른팔로 알려진 인물이었다. 그런 사람을 세금징수국에서 법을 들이밀며 자극했다면 이는 필시 최철우에게 알려질 일이었다. 그러니 이 연락은 자신의 걱정이 현실이 되어 온 것이라고 이미 짐작하고 있었다.

방필규와 최철우 사이에서 먹는 식사는 맛을 느낄 수 없을 정도로 조용한 침묵이 숨을 조르는 자리였다. 끝나지 않을 것 같던 식사가 끝날 무렵 최철우는 방필규를 밖으로 물렸다. 놀란 눈을 하고 묻는 방필규만큼이나 천갑수도 놀랄 일이었다. 곧바로 방필규가 자리를 떠나자 최철우가 입을 열었다.

"왜 말 안 했어요?"

"뭘……."

"따님 때문입니까? 따님이 그 일에 관련 있을 수도 있으니까? 애비 된 입장에서 자식새낀 지켜야 되니까? 그래서 얘기 안 한 거예요?"

최철우의 말에 천갑수는 곧추설 솜털마저 꽝꽝 얼어붙었다. 천성희는 천갑수가 이혼한 전 아내 사이에 낳은 딸이었다. 시청에서도 안태욱을 제외하고는 아무도 모르는 사실이었다. 누구에게도 말하지 않은 그 비밀을 최철우가 족집게처럼 집어들고 물었다. 절대 다쳐서는 안 될 유일한 혈육. 최철우는 그 점을 알고 천갑수를 압박해 들어왔다.

"지금 나가서 다리만 하나 건너면 시장님 대신할 사람 수십 수백 명이 절 기다리고 있어요. 그러니까 이런 실수 두 번 다시 하지 마세요. 남한테 하는 건 실수지만 나한테 하는 건 실수 아니야. 배신이지. 아시겠죠?"

최철우의 압박은 여기까지였다. 이미 최철우가 모든 걸 알고 있는 눈치였고, 천갑수는 아무 말도 할 수 없었다. 최철우는 더 이상 긴 말을 하지 않고 조용히 천갑수를 응시했다. 그 눈빛 속에는 많은 말이 담겨 있었다.

시장실로 돌아온 천갑수는 뒷맛이 좋지 않았다. 최철우의 압박만이 전부가 아니었다. 뭔가 거대한 폭풍이 다가오고 있음이 느껴졌다. 별개의 것이라 생각했던 각각의 일들이 거대한 목적을 이루기 위한 준비 작업 같았고, 틀어놓은 텔레비전에서는 평생 한 번이나 볼까 싶은 장면이 뉴스에 나오고 있었다. 빌딩 옥상에서 500억 원 상당의 현금이 투척됐다는 뉴스였다. 안태욱이 시장실로 달려온 건 이때였다.

"시장님! 방 사장님이!"

안태욱의 얼굴이 사색이 되었다. 이것 역시 방필규와 관련이 있는 건가? 천갑수의 머리에 빠른 계산이 서기 시작했다. 무리를 지어 달려드는 불운은 여기서 끝나지 않았다.

천갑수의 목을 충분히 조르고 돌아온 최철우는 텔레비전을 켜놓고 바둑을 두기 시작했다. 그때 기가 막히는 뉴스를 접했다. 누군가 빌딩 옥상에서 500억이나 되는 돈을 뿌렸다는 뉴스였다. 뉴스를 보던 최철우는 방필규가 사기꾼과 엮였다던 이야기가 뇌리를 스쳤다. 자신의 예감이 틀리기를 바랐지만, 돌아가는 사정이 안 좋은 방향으로 흐르고 있다는 느낌이 들었다. 곧바로 비서를 불러 서원시청으로 향했다.

이내 늘 입던 것처럼 수수한 옷차림으로 시청 입구에 들어서자마자 안태욱이 허겁지겁 달려나왔다. 헤어지지 얼마되지 않은 최철우를 다시 마주하게 된 안태욱의 얼굴과 목소리에는 곤란하다는 감정이 잔뜩 실려있었다.

"어쩐 일로 여기까지……."

"시민이 시청 오는 데 무슨 문제 있습니까?"

최철우가 불편한 속내를 보이며 말하자, 안태욱은 어색하게 웃으며 기분을 풀어주려는 듯 말했다.

"저…… 회장님, 보는 눈이 많습니다. 가급적이면 외부에서 자리를 하시는 게……."

안태욱의 말에 최철우가 싸늘하게 바라보며 말했다.

"세금 안 내는 놈은 시청 오면 안 된다, 그런 법 있습니까?"

"그게 아니고요, 회장님……."

말을 잇지 못하는 안태욱을 최철우는 몰아붙이며 말했다.

"그럼 문제될 거 없네요. 난 시민으로서 당당한 권리를 행사하러 온 겁니다. 올라갑시다."

그대로 시장실로 들어가 다시 천갑수와 마주 앉은 최철우는 불쾌한 얼굴을 했다. 사람 좋은 노인 행세를 하는 건 여기까지였다. 마치 이 집무실의 주인인 양 거만하게 소파에 앉은 최철우의 눈빛은 외모에서 보이는 인자함과는 전혀 달랐다.

"어떻게 하실 겁니까?"

최철우가 날카롭게 묻자 천갑수가 조심스레 대답했다.

"관할 공무원들 총 동원해서 잔량 수거에 총력을 기울이고 있고……."

"전 어떻게 하고 있느냐를 물은 게 아니고, 어떻게 할 거냐고 물은 거 같은데요. 제가 말씀드릴까요? 우리가 어떻게 하면 되는지."

최철우가 천갑수의 말을 잘랐다. 천갑수 얼굴에 불편함이 엿보였지만 서열과 관계 정리를 확실히 할 마음이었다. 최철우는 차 한 모금을 마신 뒤 다시 천천히 입을 열어 인자한 모습으로 누구보다 잔인한 생각을 말하기 시작했다.

"꼬리부터 자릅시다. 꼬리가 너무 많아요, 나나 시장님이나. 그 돈 찾는다고 해도 돈 출처 파기 시작하면 나까지 다쳐. 사람들이 봤잖아요, 우리만 본 게 아니고. 필규 버립시다. '불법 다단계 회사 만들어서 부당 이득을 취했다' 이 정도 혐의면 길게 한 바퀴 정도 받을 거고……."

최철우는 양보하듯 방필규를 포기하고 있었다. 진심인지 분간할 수 없는 이야기였다. 천갑수는 염려되는 점을 짚어 물었다.

"괜찮으시겠습니까? 두 분 관계도 있으신데."

"관계는 무슨, 허허. 노인네 가죽이 더 두꺼운 법입니다, 시장님. 그 집 애들도 애비 따라 보내고, 그래야 구색이 맞춰져. 그렇게 하면 우향그룹 꼬리는 정리되는 거고. 다음은 서원시. 칼춤 한번 춰야겠습니다, 시장님. 똘똘한 놈 쳐내는데 마음 상하시겠죠. 다 압니다. 그래도 어쩌겠습니까. 우리가 죽을 순 없잖습니까."

최철우는 그에 상응하는 대가를 서원시에 요구하고 있었다. 그런 최철우의 제안에 천갑수는 어쩔 도리가 없었다. 이 정도 선에서 정리할 수 있다면 천갑수에게도 나쁘지 않은 조건이었다. 천갑수는 말없이 최철우의 제안을 받아들였다.

"다음이 중요한데…… 백성일이라는 그놈. 그놈은 어떻게 하실 겁니까? 상황을 보니 사기꾼한테 이용당한 거 같던데."

몇 시간 전 식사 자리에서 나눈 대화로 충분히 느꼈듯이 최철우는 어쩌면 천갑수 자신보다 더 빨리, 그리고 더 많은 내막을 알고 있는 것 같았다. 그리고 백성일을 건들자면 딸 천성희 역시 무사하지 못할 수 있다는 판단이 섰다. 천성희만큼은 감싸야 했다. 천갑수는 최철우가 손을 뻗기 전에 자신이 나서기로 했다.

"그 문제는 제가 처리하겠습니다."

"그럼 그 문제는 시장님께서 알아서 처리해주세요. 그리고 이건 좀 민감한 얘기긴 한데…… 세금징수국 말입니다. 부서 폐지 어때요?"

조마조마한 분위기가 흐르던 차에 최철우 입에서 폭탄이 떨어졌다. 꼼꼼한 최철우는 이 모든 상황에서 어디서부터 문제가 시작된 것이고, 무엇을 해야 자신이 안전한지 가장 잘 알고 있었다. 문제의 핵은 세금징수국이었다. 누구의 문제가 아니었다. 그런 부서가 존재한다면 끊임없이 자기를 겨누는 칼날은 계속 나타날 것이라고 생각한 것이다. 찻잔을 집어든 천갑수의 손이 가볍게 떨렸다.

"그건 좀 곤란할 거 같은데. 시민 호응도 좋고, 언론 관심도도 제일 높은 부서라 폐지를 논하기는……."

최철우는 아직 세상을 잘 모른다는 눈으로 천갑수를 바라보며 말했다.

"내 밀린 세금이 얼만지 아십니까? 천억입니다, 자그마치 천억. 시장님. 내가 서원시를 위해서 한 일이나 시장님을 위해서 한 일이 천억 값어치가 안 된다고 보십니까?"

혼란스러운 천갑수에게 압박의 수위를 높인 최철우의 설교가 이어졌다.

"대중은 감싸는 게 아니고 부리는 겁니다. 말은 듣는 척, 눈은 무서운 척, 행동은 존중하는 척, 그렇게 부리는 겁니다. 우리가 없으면 개들도 없어요. 우리가 개들 거둬 먹이는 거 아닙니까. 비싼 돈 들여가면서. 올해 안으로 세금징수국 해체하세요. 내가 점점 힘들어지려고 그래요. 내 말 잘 알아들으셨죠, 시장님?"

점잖고 공손한 말투였지만 무시무시한 내용이었다. 도끼처럼 무겁고 날카로운 눈빛을 받은 천갑수는 얼어붙어 아무 말도 할 수 없었다.

양정도의 전화를 받은 노방실은 방필규의 돈을 챙겼다. 다른 사람 모르게 단둘만 이야기한 계획이었다. 돈이 든 상자들을 서원시 고층 빌딩 곳곳으로 옮겼다. 500억 원이 오직 양정도의 판단에 따라 공중 분해될 일이었다. 어떤 결론을 내리던 노방실은 양정도의 의견을 존중할 생각이었다. 그때 전화를 통해 던지라는 양정도의 말을 듣고 잠시 망설였지만 미련이 남지는 않았다. 노방실은 무전을 통해 빌딩 옥상 곳곳에 있는 수행원들에게 돈다발을 공중으로 던지라고 명령을 내렸다. 돈이 꽃잎처럼 흩날리는 모습을 뒤로한 채 노방실은 자리를 떠났다.

그렇게 손을 턴 노방실은 빌딩 밖을 나와 휴대전화를 꺼냈다. 수화기 너머 양정도의 목소리가 들렸다.

"정신없죠, 거기도?"

"응. 그러네."

양정도의 공손한 목소리가 솔직한 마음을 표현했다.

"아이고, 고생 많으셨습니다. 돈만 쓰셨네…… 고마워요."

"그거 내 돈 아니야. 왕 회장님 돈이지. 나야 왕 회장님이 지시한 대로 한 것뿐이니까, 나한테 고마워하지 마."

"그래도요…… 건강하세요. 최 비서님한테도 감사하다고 좀 전해 주세요."

그렇게 양정도가 전화를 끊으려고 할 때 노방실이 막고 물었다.

"근데, 괜찮겠냐?"

"뭐가요?"

"백성일 그 사람 말이야. 괜찮겠냐고."

"어쩌겠어요. 일은 벌어졌는데. 방법 없잖아요."

"이제 와서 얘기다만…… 왕 회장님 때문에 너 도운 거고, 왕 회장님 때문에 여기까지 왔다. 그러니까 앞으로는 내 도움 바라지 마. 네 살길 네가 알아서 찾으라고. 알았어?"

"알겠습니다. 연락 안 할게요, 죽을 때까지. 건강하세요. 더 부자 되시고."

양정도의 마지막 인사에 웃음이 섞여 있었다. 그러나 노방실에게는 너무 쉽게 알아차릴 수 있을 만큼 억지로 쥐어짠 웃음이었다.

그때 냉동 창고는 폭탄이 터진 듯 난리가 나 있었다. 그리고 백성일이 도착했을 땐 이미 모두 패닉에 빠져 어수선할 뿐이었다.

"야, 정도 어디 갔어! 어떻게 됐어?"

장학주에게 물었지만 조금 전과 똑같은 대답이었다.

"전화 안 받아."

"미주야. 정도 갈 만한 데, 아는 데 있어?"

조급한 백성일은 조미주에게도 물었지만 모른다는 대답뿐이었다.

"노, 노 여사라도 찾아가야 되는 거 아녀?"

장학주는 돈을 쥐고 있는 노방실을 찾자고 했다.

모두가 배신감에 빠져 있었다. 백성일에게 이 돈은 밀린 세금, 그 이상의 의미였다. 세금징수국 선배들의 아픔과 후배들의 눈물을 대신하는 돈이었다. 그런 돈을 가로챈 양정도를 용서할 수 없었다. 분노로 이성이 마비된 백성일은 양정도의 오피스텔을 찾았지만, 이미 모든 짐을 싹 뺀 오피스텔에는 술병 몇 개만 남아 있을 뿐이었다. 텔레비전을 켜 돈다발이 하늘을 뒤덮듯 쏟아졌다는 뉴스를 눈으로 확인하는 순간, 하늘에서 내리는 돈이 어떤 돈인지 알 수 있었다. 함께 따라왔던 조미주가 망연자실한 백성일에게 말했다.

"저 가요. 형사 협박까지 쌩까고 오빠 도와준 건데 내가 뒤통수 맞았네. 앞으로 저 볼 일 없을 거예요. 형사들이 나 찾을 거거든. 도망쳐야지."

"정도, 그 새끼 때문에 내 일 다 망쳤어. 민식이 형, 창호, 노승이 형…… 내가 그 사람들 볼 낯이 없네. 정도, 그 새끼 때문에……."

"정도 오빠 너무 원망하지 마요. 자기 주머니에 넣은 것도 아니잖아. 돈, 걷는 게 중요한 게 아니라 어떻게 쓰느냐가 중요한 거 아니에요? 그냥 시청 안 거치고 사람들한테 바로 갔다고 생각해요. 갈게요."

조미주가 백성일을 위로하는 건지, 양정도를 두둔하는 건지 모를 말을 했지만 백성일의 귀에는 들어오지 않았다.

좌절하고 있는 와중에 천성희에게서 전화가 걸려왔다. 시청을 지키고 있는 천성희에게 미안함이 몰려왔다. 모두를 배신한 것 같은 기분으로 전화를 받았다.

"과장님 무슨 일 있는 거 아니죠? 갑자기 그렇게 월차를 써달라 그러면 어떡해요. 곤란해서 혼났네."

"어, 미안해. 일이…… 급한 일이 좀 있었어. 사무실은 별일 없지?"

"그럼요. 별일 없어요. 과장님도 별일 없으시죠?"

별일 없는 목소리가 아니었다. 걱정도 잠시, 백성일은 당장 양정도의 일이 더 마음 쓰였다.

"그럼. 별일 있을 게 뭐 있어. 좋아. 걱정하지 말고…… 내일, 내일 봐. 내가 일찍 출근할게. 끊는다."

고민이 끝나지 않는 사이 장학주에게 기다리던 연락이 왔다. 노방실이 사무실로 나타났다는 전화였다. 백성일은 서둘러 장학주가 있는 노방실의 사무실 건물로 출발했다.

처음부터 돈이 목적이었던 장학주는 그 누구보다도 가장 뜨겁게 분노했다. 노방실의 사무실 건물 앞에 승합차를 주차시킨 채 노방실이 나타나기만을 기다렸다. 승합차에는 정자왕을 비롯 덩치 좋은 마장동 수하들이 각자 방망이 하나씩을 챙겨 대기하고 있었다. 잠시 후 노방실이 건물 안으로 들어가는 모습을 확인한 뒤 모두와 함께 내렸다. 가만두지 않겠다는 분노로 이성이 마비된 상태였다.

사무실 층수를 확인해 찾아 올라가자 검은 양복을 입은 사내들 사이로 노방실의 딸이며 비서 노릇을 하는 천지연이 나타났다. 이런 마당이라면 당연히 엎드려 빌어야 정상일 것 같았는데, 천지연은 차가운 얼굴로 장학주를 내려보다 한마디만 했다.

"돌아가세요."

"뭔 개소리여. 왔는디 어딜 가?"

험한 말이 곧바로 튀어나갔지만 천지연은 털끝 하나 흔들리지 않았다. 오히려 장학주가 걱정된다는 듯 도발을 걸었다.

"다쳐. 좋은 말로 할 때 돌아가시죠."

"협박하는 겨, 지금? 애들아. 느이들 다친다는데 겁나는 놈 있음 지금 빠져."

아무도 도망가지 않을 거라는 자신이 있었다. 겁을 집어먹고 도망가는 정자왕 빼고는 그래도 장학주의 생각처럼 다들 듬직하게 있는 자리를 꿋꿋이 지켰다.

"봤제? 우리 애들 그딴 말에 막 쫄구 안 그랴."

바람대로 따라준 수하들을 믿고 장학주는 목소리를 높였다.

"노 여사한테 할 말 있으니까 비키라고!"

"장학주 씨. 꼭 이렇게까지 해야겠어요?"

"이렇게까지 한 게 누군디야! 우리 뒤통수 친 게 누구냐구, 어!"

분위기는 점점 심각해졌다. 평소 히죽거리던 장학주의 얼굴이 아니었다.

"역공사 쳐도 다 이해하기로 했던 거 아니었나?"

"이해는 하는디 용서가 안 디야! 내가 막, 답답해서 미치겠어! 어!"

"방법 없는 거죠?"

"방법? 노 여사가 정도 그 새끼 모가지 따갖구 오믄 생길 수도 있구, 방법."

"그럼 없는 거네."

"내 생각두 그랴."

도돌이표가 찍힌 것처럼 빙글빙글 돌던 대화 끝에 장학주는 결단을 내리고 수하들에게 말했다.

"저것들 저울 달 자신 있냐?"

천지연 역시 사태를 돌이킬 수 없다고 판단하고 검은 양복을 입은 사내들에게 조용히 명령을 내렸다.

"적당히."

뒤이어 백성일이 도착했을 땐 이미 엄청난 몸싸움이 지나간 뒤의 장면이었다. 검은 양복 차림의 사내들이 장학주의 수하들을 꿇어앉히고 겁을 주고 있었다. 그 사이에서 마찬가지로 무릎을 꿇고 눈물을 흘리는 장학주가 억울한 듯 말했다.

"쪽수가 딸려가지구…… 자왕이, 그 돼지 새끼만 도망 안 갔어두 말여……."

얼굴도 서로 아는 사이에 이렇게까지 할 수 있을까 싶을 정도로 꽤 맞은 모습이었다. 긴장한 백성일이 주위를 살필 때 천지연이 또박또박 걸어왔다. 옆에 있던 장학주에게는 눈길도 주지 않은 채 백성일을 보며 말했다.

"여사님이 뵙고 싶으시대요. 가시죠."

그 말에 천지연을 따라 간 사무실에는 잔뜩 고민 중인 표정의 노방실이 앉아 있었다. 늘 보아온 당당하고 오만한 얼굴이 아니었다. 백성일을 본 노방실은 천지연을 물렸다. 아주 잠깐의 침묵조차 칠흑처럼 어두웠다. 천지연이 나간 걸 확인한 백성일이 입을 열었다.

"정도 어디 있어요?"

"몰라."

"왜, 왜 배신했어요?"

"나는, 내가 모시는 회장님 지시대로 한 거야. 그러니까 배신은 맞는 말이 아니지."

한숨이 나왔다. 왜 다들 이렇게 나오는지 이해할 수 없었다. 백성일은 언성이 높아졌다.

"말 참 쉽게 하시네. 정도 어디 있냐고요, 지금!"

"몇 번을 말해. 모른다고. 아! 근데…… 그 사람은 알지도 모르겠다."

노방실은 당최 알쏭달쏭한 목소리로 양정도의 행방은 모른다고만 하고, 또 방금 말한 그 사람은 누구인지 알려주지도 않은 채 자리에서 일어나려 했다.

"아니, 어딜 가요! 자꾸 딴 소리만 하고. 정도 어디 있냐니까!"

"너희들 그, 마진석인가 하는 놈한테 공사 칠 때 기억하지? 그때 어떤 사람이 나한테 전화를 했어. 너희들은 다 잡혀 있고 양정도 그놈이 위험하니까 나더러 도와주라고. 백 과장. 우리 회장님은 정도 그놈 편인데, 난 백 과장 편이야. 당신 착하게 살았잖아. 보상받아야지."

노방실이 살짝 웃어 보이며 백성일을 바라봤다. 그리고 책상 위에 놓인 자동응답기 버튼을 누르며 말했다.

"나 밖에 좀 잠깐 나갔다 올게. 에어컨 바람, 머리 아파서."

노방실이 떠난 사무실에는 전화기에 녹음된 남자 목소리가 울리기 시작했다.

"지금 상황이 복잡하게 됐거든요? 여보세요? 지금 정도가 위험하다고요! 성일이랑 다른 사람들은 다 경찰서에 붙잡혀 있고! 아무튼 시간 없으니까 정도한테 가보라고요. 예?"

망치로 머리를 얻어맞은 느낌이라는 말. 어떤 사람이 만든 말인지 몰라도 백성일은 지금 자신에게 가장 잘 어울리는 말이라고 생각했다. 온몸의 피가 몽땅 빠진 기분이었다. 전화기에서 흘러나오던 목소리는 백성일도 잘 아는 목소리, 20년지기 친구 박덕배의 목소리였다. 박덕배가 처음부터 양정도와 짜고 이런 일을 기획한 걸까? 이용해먹을 수 있을 만한, 만만한 사람으로 자신을 선택해서 이런 일을 꾸민 걸까? 상상할 수 있는 가장 나쁜 상황이 모두 현실인 것 같았다. 백성일은 터벅터벅 사무실을 나왔다. 그리고 가장 먼저 향한 곳은 경찰서였다.

"어쩐 일이냐? 연락도 없이."

박덕배가 백성일을 발견하고 놀라 물었다.

"덕배야. 네가 예전에 나한테 보여준 파일 있잖아."

양정도와 만나게 해준 파일이었다. 마진석의 이름이 적혀 있던 파일을 떠올리며 추궁했다.

"광수대 있는 동생, 두길이라는 사람이 수사하다가 찾아냈단 거…… 시청 사람들하고 마진석 이름 적혀 있던 그 파일 있잖아, 정도 그놈이 감방에서 만들어달라 그랬다는 거. 내가 궁금해서 광수대에 전화를 해봤는데 두길이라는 사람은 없는 사람이라 그러더라."

박덕배 얼굴에 당황하는 모습이 깃들었다. 입을 열지 못하는 박덕배를 보며 백성일은 차갑게 물었다.

"야. 너 양정도 그 새끼랑 너랑, 뭐냐?"

흥분하지 않고 말하는 건 여기까지였다.

"성일아……."

"대답을 해봐. 너랑 그 새끼랑 뭐냐고. 야, 덕배야. 너 내 친구잖아. 양정도 친구가 아니라 내 친구잖아, 새끼야!"

백성일은 결국 흥분해 목소리가 정돈되지 않았다. 박덕배는 변명이라도 하려는 듯 입을 열었다.

"일단 내 말 좀 들어봐."

그런 박덕배의 모습에 더 화가 치밀은 백성일이 소리쳤다.

"답을 하라고, 새끼야!"

백성일의 고함에 경찰서 안이 어수선해졌다. 난처한 얼굴을 한 박덕배가 둘러보며 말했다.

"신경 쓰지 마. 일 봐."

박덕배의 모습을 보고도 백성일은 자리를 지켰다. 울 것 같은 표정을 한 백성일의 어깨를 감싸며 박덕배가 말했다.

"일단 나가서 얘기하자."

"이거 놔. 여기서 얘기해."

"일단 나가서 얘기해. 여기 경찰서잖아."

"지금 얘기하라고!"

"야, 백성일!"

맞서 소리를 지르는 박덕배를 보자 서운함이 아닌 배신감이 밀려들었다. 이용당했다는 기분, 양정도의 계획에 필요했기 때문에 오랜 친구인 자신에게 접근했을 거라는 상상이 마음에 상처를 줬다. 백성일은 숨을 고르고 진정하려고 했지만 아무리 생각해도 이건 아니었다. 다시 주먹이 불끈 쥐어졌다. 생각을 거듭할수록 이성이 팽팽하게 당겨졌다.

"덕배야! 너…… 한 대만 맞자."

백성일의 주먹이 박덕배를 향해 날아갔다. 그럼에도 아무 말 못 하는 박덕배를 보자 자신의 나쁜 상상이 진짜였던 것 같아 서러움까지 북받쳤다. 그런 게 아니라고 변명해주길 바라며 백성일은 박덕배를 보고 소리쳤다.

"야, 새끼야. 내가 너 평생 친구잖아! 너 어떻게 나한테 이럴 수 있어, 인마!"

그 난리를 피우는 사이, 어느새 해가 저물고 박덕배는 백성일에게 술자리를 권했다. 서로 아무 말 없이 소주만 입에 털어넣기를 얼마. 한참 취한 박덕배가 입을 열었다.

"정도 그놈, 내 사수, 양지택 형님 아들이야. 그 형님이 팀장, 내가 막내, 사재성 형님이 중간. 그렇게 우리 셋이 한 팀이었는데. 우리 그때 합 좋았다. 전국 검거율 1위도 해보고. 아무튼 그러다가, 어느 날부턴가 지택이 형님이 정신이 딴 데 가 있는 거야. 현장 나가도 멍만 때리고. 그래서 무슨 일인가 물어봤지. 그랬더니 그 형님이 그러더라.

마누라가 다단계에 빠진 거 같다고. 그래서 우리가 거기 털었지."

박덕배는 괴로운 듯 소주를 한 잔 털어넣고 이어 말했다.

"우향그룹 다단계 사기 사건. 그때 흐름 좋았다. 피해자 수도 만 명이 넘고 피해액도 몇 천억 훌쩍 넘어서, 경찰서 출입하던 애들, 기자애들 다 우리 사건에 들러붙었지. 특종 냄새가 나니까. 그런데……."

박덕배가 허탈한 듯 웃음을 지었다. 괴로운 기억을 떠올리는 모습이었다.

"근데 이 새끼들이, 갑자기 형수를 바지사장으로 세우더라. 다단계 사건이야 대표 명의자만 집어넣으면 일단 마무리되니까 형수를 바지사장으로 세워서 감옥 보내고. 사재성이 그 형…… 이젠 그 새낀 형님도 아니야, 씨. 암튼 사재성이 그 새끼 구워삶아서 지택이 형님도 뇌물 수수로 감옥 보내고. 정도 그놈도 제 부모 복수하겠다고 기획 부동산으로 역공사 준비하다가 사재성이한테 걸려서 감옥 간 거고. 한두 달 사이로 가족 세 명이 죄다 감방에 갔다. 이게 말이 되냐?"

박덕배의 말을 다 듣고서야 상황이 이해됐다. 그동안 이해하지 못했던 것들의 이유를 알 수 있었다. 하지만 사정을 알았다고 해서 화가 풀린 건 아니었다.

"그래서 빵에서 복수 준비한 거구만. 더 이상 어리숙하게 당하지도 않고 확실한 건수 물어서 제대로 복수하려고. 남들 눈에 안 띄고 조용히 움직일 수 있게, 그리고 문제 생기면 덮어씌우고 도망칠 수 있게. 나같이 최철우, 방필규한테 사연 있는 놈 끌어들일 생각도 거기서 한 거고. 1과 백성일이랑 나랑 헷갈린 것도 아니지? 애초부터 날 노리고 들어온 거잖아. 아니야?"

조작된 범죄 파일, 자동차 사기, 뜬금없는 뇌물 제보 전화, 그리고 자연스럽게 이어진 마진석과 방필규. 이 모든 게 양정도와 박덕배의 기획물일 줄은 꿈에도 몰랐다. 자신이 한 모든 선택과 판단이 사실은 누군가가 그렇게 할 수밖에 없게끔 만든 거였다.

"네가 얘기한 거냐? 내 친구 중에 등신 같은 놈 하나 있으니까 걔한테 덮어씌우면 빠져나가기 쉬울 거라고?"

"야! 무슨 말을 그렇게 해. 누가 뭘 덮어씌워?"

"상황이 그렇잖아! 양정도 그 새끼 처음 잡아준다 그런 것도 너고! 어? 그 새끼 앞에서 나 때문에 풀어준다 그러고! 너 형사가 해서는 안 될 짓 다 했잖아. 그게 다 그래서 그런 거 아니야? 나 이용해서 양정도 복수 도와주려고! 그래서 그런 거 아니야?"

백성일의 말에 박덕배가 낮은 한숨을 내쉬며 말했다.

"지금 네가 오해하고 있는 거야. 내가 너랑 정도 연결해준 건 맞는데, 합법적인 건 아니지만 사기 쳐서 체납세금 받아내려는 거까진 내가 알았는데……."

말을 잇는 박덕배의 표정이 복잡하고 미묘해졌다. 분노, 원망, 갈등이 범벅이 된 얼굴이었다. 괴로운 듯한 목소리로 말이 이어졌다.

"너도 최철우, 방필규 그 새끼들한테 맺힌 거 많잖아! 너 그 새끼들 때문에 힘들어했잖아! 너도 술만 처먹으면 민식이 형 복수하고 싶다고 그랬었잖아!"

박덕배의 절규를 듣자 백성일은 후회가 밀려왔다. 아니라고 부정할 수 없는 이야기였지만 그렇다고 이렇게 풀려서는 안 될 일이었다. 그동안 자신이 어떤 일을 겪었는지 박덕배도 알아야 했다.

"그래도 넌 그러면 안 되는 거였어, 인마. 너는 내 친구잖아."

백성일의 말에 박덕배는 한없이 미안한 눈빛을 보였다. 그런 박덕배를 보고 힘을 줘 말했다.

"양정도 이 새끼. 내가 잡을 거야! 내가 잡아서……."

백성일은 말을 마치지 못했다. 양정도를 잡아 어떻게 해야 할지 정작 자신도 알지 못했다.

25
해체

집에 돌아가는 길, 백성일은 아주 오랜만에 가족을 떠올렸다. 매일 아침 정확히 7시에 눈을 뜨고 퇴근길에 맛있는 음식을 사서 나눠먹던 그 일상이 그리웠다. 양정도를 만난 뒤 어그러진 자신의 삶을 되찾고 싶었다.

백성일은 집 앞 슈퍼에 들려 귤 한 봉지를 샀다. 그리고 불 꺼진 집에 들어서 어머니 머리맡에 귤을 올려놓았다. 비닐봉지 부스럭거리는 소리에 깬 어머니가 아들의 끼니부터 걱정하자 백성일은 서러움이 밀려왔다. 한 줌도 안 될 작은 행복, 이 행복을 지키는 게 이리도 어려운지 몰랐다. 백성일의 표정에서 근심을 눈치 챈 어머니가 잔뜩 안쓰러운 듯 물었다.

"별일 없지, 요새?"

"별일 없지, 엄마만 건강하면 돼요. 주무세요."

어머니의 이부자리를 봐주고 백성일이 나왔을 때 조용히 휴대전화가 진동했다. 화면을 확인해보니 발신자는 다름 아닌 천갑수였다. 백성일은 전화 받기를 망설였다. 지금 자신의 처지도 그렇거니와 천갑수를 보면 6년 전 일이 부록처럼 따라와 백성일을 괴롭혔기 때문이다. 고민 끝에 전화를 받았다. 수화기 너머의 천갑수는 자신의 괴로움을 아는지 모르는지 백성일을 이 늦은 시간에 불러냈다.

백성일이 천갑수와 만나러 나선 길에 6년 전 그 일이 영화처럼 펼쳐졌다. 오빠를 잃고 오열하는 아내와 절망에 빠진 자신은 주연이었고, 안태욱과 함께 장례식장을 찾은 천갑수는 조연이었다. 그리고 천갑수의 얼굴을 보며 화냈던 자신이 떠올랐다.

"아무 말 하지 마세요."

그날 자신이 천갑수에게 한 말은 이게 전부였다. 할 말이 쌓였지만 천갑수를 향하지 못했다. 터질 것 같은 가슴으로 그 자리에서 사표를 썼던 날이었다. 여기서 모든 걸 끝내려던 순간 아내는 백성일의 손목을 잡았다.

"하지 마. 하지 말라고."

"네 오빠야!"

"당신은 내 남편이야. 살아야지. 우리라도 살아야지."

눈물이 마르지 않은 아내의 모습을 본 순간 마음이 흔들렸다. 또 장례식장 구석에 늙은 어머니와 지쳐 잠든 딸아이의 모습이 눈에 들어왔다. 억울하게 죽은 선배와 자신만 믿고 사는 가족 사이에서 백성일은 선뜻 선택할 수 없었다.

"형님, 이쪽으로 오셔가지고 한잔하시죠. 시장님도 오셨는데."

천갑수와 마주 앉아 있는 안태욱이 백성일을 부르며 말했다. 태연한 그 둘을 보니 백성일의 가슴에 파장이 일었다. 그러나 참아야 했다. 억울한 죽음을 방관한 조직을 떠나는 것과 가족 사이에서 백성일은 결국 가족을 선택할 수밖에 없었다. 가장이자 어른의 무게를 견디는 건 백성일의 몫이었다. 그리고 그 순간이 쌓이고 쌓여 오늘까지 이어졌다.

텅 빈 술집에서 단둘이 만났다. 천갑수는 다시 그 옛날처럼 백성일에게 말을 붙였다.

"이렇게 술 마시는 거 오랜만이다. 이런 자리 자주 만들었어야 했는데…… 내가 미안하다."

"아닙니다."

술잔을 들고 대답하는 백성일의 불편한 마음은 6년 전 그대로였다. 그에 반해 어딘가 후련한 표정의 천갑수가 말을 이었다.

"최근에 성일이 네가 한 일, 재밌더라. 그 사기꾼 놈이 딴 맘 안 품고 끝까지 너 도왔으면 어디까지 가려고 했냐? 최철우 회장? 민식이가 못 했던 일, 네가 대신하려고 했던 거야?"

그 말에 백성일은 잠시 놀랐지만, 오히려 천갑수가 모르고 있다고 믿는 게 순진한 생각이었다. 천갑수의 오른팔이 안태욱이라는 걸 시청 안에서 모르는 사람은 없었다. 그러니 자신을 미행하던 안태욱이 천갑수에게 보고했을 게 당연했다.

"안 국장 통해서 아셨구나. 아직 끝난 건 아닙니다."

"무슨 말이야?"

"상대가 누구든 방법이 어쨌든, 세금은 공평해야 되는 거니까요. 앞으로 저는 그것만 믿고 가려고요."

"그때 민식이가 방 사장, 최 회장 체납세금 받아냈으면 뭐가 달라졌을까? 없어. 나도 성일이 너만큼 그 사람들이 싫다. 근데 방법이 없어. 우린 세금 밀린 사람들하고 싸우는 게 아니라. 돈과 싸우는 거야. 세상에서 돈이 사라지지 않는 한 그 싸움 안 끝나."

자조적인 천갑수의 말에 백성일은 차갑게 대답했다.

"언제 끝날지 모르는 싸움 귀찮아지셔서 차라리 손을 잡으신 거네요, 시장님은."

"내 시장 임기 총 6년 동안, 전임 시장이 싸지른 똥 치우는 데 정확히 4년 걸렸어. 내가 생각하는 서원시, 서민이 행복한 서원시, 그건 이제부터 시작이야. 언제 끝날지도 모르는 싸움 계속할 시간 없다, 나한테는."

"제대로 싸워보지도 않으셨잖아요."

"천억 훔친 놈한텐 사람들이 분노 안 해, 사람들은 내가 평생 만져볼 수도 없는 돈 천억 훔친 놈보다, 내 주머니에 있는 돈 10만 원, 100만 원 훔친 놈한테 화내고 손가락질한다고. 우린 그놈들하고 싸우면 되는 거야. 지금까지 잘해왔잖아, 성일이 너."

"시장님. 아니, 형님. 잠바 입고 있으면 100만 원 훔치는 거고요, 넥타이 매고 있으면 10억 훔치는 거고, 배지 달고 있으면 천억 훔치는 거예요. 다 똑같은 놈들이 옷만 바꿔 입는 거거든요."

"성일이 너도 민식이처럼 되고 싶은 거냐? 넌 민식이처럼 되면 안 되잖아. 내 사람 더 잃기 싫다. 여기까지만 하자, 응? 여기서 멈추고 다시 옛날 백성일로 돌아가. 적당히 일하고, 상사 눈치 보고. 평범하게, 그렇게 살라고. 그럼 성일이 너 살 수 있어. 일단 살아남아야지, 인마."

"얼마 전에 천 조사관이라고, 제 밑에 애가 하나 똑같은 말을 했었는데요. 제가 그때 대답, 똑같이 해드릴게요. 살아남으려고 비굴해지진 않으려고요. 사람이 너무 추해지더라고요. 아침에 일찍 출근해야 돼서…… 먼저 들어가보겠습니다."

백성일이 떠난 자리에 천갑수는 혼자 술잔을 채웠다. 채워지는 술잔만큼 답답함이 쌓이는 얼굴이었다.

형사를 피해 몸을 숨기기 전 조미주는 천성희를 찾았다. 양정도가 사라지고 함께 일하던 모두가 뿔뿔이 흩어진 지금, 마음속에 남은 찌꺼기 하나는 닦고 싶었다.

"할 말 있다며. 얼른 얘기해봐."

무슨 일인지 묻는 천성희를 보고 조미주는 크게 마음을 먹은 듯 이야기를 풀었다.

"언니가 알아야 될 거 같아서요."

"뭐를?"

"그때 정도 오빠, 감옥 간 거예요. 그러니까, 언니한테 사기꾼이라 그러고 바로 잡혀갔다고. 오빠, 언니한테 사기 치려고 만난 거 아니고…… 언니 진짜로 좋아했다고요."

조미주의 말에 천성희는 아물지 않은 상처가 아려오는 것 같았다.

"나한테 그 얘길 왜 해주는 건데?"

"오빠가 안 할 거 아니까…… 오해는 풀라고요. 많이 좋아했잖아, 둘이."

"글쎄…… 그랬었나?"

천성희도 조미주도 모두 상처만 주는 대답이었다. 천성희는 부정하는 자기 모습이 오히려 낯 뜨거웠다.

"그랬었지. 난 좀 보기 불편했지만."

"정도 좋아했구나, 너도."

"'했구나'가 아니라 '하고 있다'가 맞는데, 이제 '했구나' 하려고요. 바라만 보는 거, 내 스타일 아니야."

속내를 털어놓는 조미주 모습에서 천성희는 무언가 이상하다고 느꼈다. 유언처럼 읽힌 조미주의 말에 뭔가 큰 일이 생긴 모습이었다.

"미주야. 백 과장님이랑 정도, 무슨 일 있지?"

출근한 백성일은 깜짝 놀랄 소식을 들었다. 방필규가 자신의 자택에서 경찰에게 잡혀갔다는 이야기였다. 불법 다단계 회사를 만들어서 부당이득을 취했다는 죄명이었다. 게다가 방호석은 자신이 대표로 있는 UN커뮤니케이션에서, 방미나는 본인 집에서 체포됐다고 했다. 그 파란 속에 세금징수국도 안전하지 않았다. 방필규가 그렇게 된 것도 의아할 때 성큼성큼 세금징수국으로 찾아온 형사는 세금징수1과 백성일을 연행했다.

"경찰입니다. 징수1과 백성일 과장님? 한창희 검사 아시죠?"

"모르는데요."

"서로 가서 같이 얘기하시죠."

어리둥절한 표정으로 이야기하던 세금징수1과 백성일은 손목에 수갑이 채워지자 당황해 저항하기 시작했다. 자신이 왜 경찰서에 가야 하냐며 반항했지만 형사들의 행동에는 망설임이 없었다. 모두의 시선이 그쪽으로 쏠려 웅성웅성 난리가 난 사이에 안태욱이 나타나 무슨 일인지를 물었다. 그때 형사는 안태욱의 신분까지 확인했다.

"안태욱 국장님이시죠?"

"그런데요."

"서부지검 한창희 검사한테 사재성 씨 빼달라고 청탁하신 적 있으시죠? 여기 있는 백성일 과장님 통해서."

시종일관 당당한 안태욱에게 형사가 다 알고 왔다는 얼굴로 혐의를 말했다. 그 말을 들은 안태욱은 입술을 질끈 깨물었으나 순순히 형사를 따라 이동했다. 그런 안태욱이 복도에서 백성일을 발견하자 이성을 잃고 상처 입은 맹수처럼 달려들어 외쳤다.

"형이 그랬지! 어! 형님이 그러신 거지? 대답을 하라고! 내가 경찰서 가서 얘기 다 할 거야, 당신이 뭔 짓을 하고 돌아다녔는지! 알았어?"

안태욱은 형사에게 끌려가며 저주를 퍼부었다. 백성일은 이게 무슨 일인지 정확히 알지 못하니 어리둥절했다. 이것까지 양정도가 꾸민 일인지, 아니면 정말 사회정의가 바로 선 것인지도 알 수 없었다. 백성일은 일단 그 혼란한 상황에서 빠져나와 방필규가 있는 경찰서 유치장으로 향했다. 방필규를 만나 꼭 하고 싶었던 말을 전해야 했다.

유치장에 앉은 방필규는 여전히 평온하고 여유로운 얼굴이었다. 평소 복장 그대로, 웃음이 얼기설기 남아 있는 모습은 수갑을 차고 있지 않았다면 범죄 혐의를 받고 있다는 사실을 알기 어려울 정도였다. 그 모습을 보며 백성일이 입을 열었다.

"꼭 얼굴을 한번 봐야 될 거 같아서. 그래서 왔어요. 어때요? 세상 무서운 줄 모르고 살다가 거기 들어가 있으니까."

"모시던 회장님한테 팽 당했다고 동정하러 온 거예요? 누굴 동정하고 그럴 처지가 아닌 걸로 아는데. 당하셨잖아, 나랑 똑같이."

방필규가 양정도 이야기를 꺼냈다. 이 와중에도 죄를 뉘우치지 않고 백성일을 도발하는 뻔뻔한 방필규의 모습에 혐오감이 일었다.

"당신 때문에 수많은 사람들이 다쳤어. 민식이 형, 창호, 노승이 형, 박상호 씨. 거기다 없는 돈 모아서 당신 회사에 투자한 사람들, 다단계 회산지 모르고 속아서 당신한테 충성한 사람들. 그 사람들 다 당신 때문에 다치고 죽었어. 당신이 사람이면 그 사람들한테 무릎 꿇고 사죄해야 돼. 양심이라는 게 있으면 그 사람들한테 사과해야 된다고."

백성일의 진심 어린 이야기를 방필규는 한 귀로 흘렸다. 오히려 백성일의 얼굴을 보며 조롱하기 시작했다.

"어이, 백성일이. 너 지금 생각 많지? 믿었던 놈한테 배신당하고,

6년간 벼르던 놈 집어넣어놨는데 뭔가 기분 찜찜하고. 그쟈? 그게 우릴 못 이기는 이유야. 정의? 그게 어디 있는데? 눈에 보이지 않는 걸 잡으려고 하니까 머리에 생각만 많아지지. 우리는 돈만 봐. 500억 날리고 몇 년간 빵에서 푹 요양하면, 나와서 천억 벌고 몇 십 년간 호사 누리고. 백성일이, 너는 지금 네 뒤통수 친 놈, 양정도 그놈 때려죽이고 싶겠지만 나는 회장님 원망 안 해. 알거든, 둘 다. 더 큰 돈을 만지려면 요 정도 액션은 취해줘야 돼. 그래야 없이 사는 것들이 '아! 아직도 세상에 정의라는 게 있구나' 그렇게 생각하면서 버티지. 그놈들이 버텨야 우리가 나중에 그 돈을 싹 빼먹을 수 있고."

가만히 방필규의 말을 듣던 백성일의 입가에 어이없는 웃음이 비쳤다. 이 망종에 대한 한 줌의 연민마저 사라졌다.

"진짜 쓰레기구만. 당신 지금 쫄았지? 쫄아가지고 말이 지금 많아지는 거 같은데. 적어도 6년은 받겠죠? 지은 죄가 있으니까. 잘 한번 생각해봐. 6년 전에는 어땠는지. 우리가 당신 발톱에 때도 못 건드렸어. 근데 지금은 어때? 지금 당신 어디 있냐고. 6년 동안 이렇게 많이 바뀐 거야. 다음 6년은 또 어떻게 될지 몰라요. 빵에서 신문 많이 읽으세요. 세상 물정 어떻게 돌아가는지 알아야, 나와서 적응을 하지. 언제 나올진 모르겠지만."

방필규 표정에 노기가 서렸다. 굳은 얼굴로 백성일을 차갑게 노려봤다. 말을 마친 백성일은 일어나려다 말고 방금 생각난 듯 말을 덧붙였다.

"아, 그리고 교도관한테 이름 물어보고 '기억할게요, 그 이름' 그거 하지 마세요. 그러다 처맞아.”

그 말을 듣자 방필규가 너털웃음을 터뜨렸다. 아직 여유가 남았는지 백성일의 뒷모습을 보며 나지막이 읊조렸다.

“기억할게요, 그 말.”

시청 세금징수국으로 돌아온 백성일은 안태욱이 경찰 조사를 받고 돌아왔다는 소식을 들었다. 무척 지친 얼굴이었다. 더 이상 무슨 할 말이 남았는지 안태욱은 잠깐 이야기 좀 하자며 백성일을 찾았다. 국장실의 문을 여니 안태욱은 자신의 물건을 정리하고 있었다. 백성일이 들어오자 안태욱은 지친 목소리로 말했다.

“여기까지 올라오는 덴 10년 넘게 걸렸는데, 내려가는 건 하루네. 세상 참…….”

백성일은 짐을 정리하는 안태욱의 모습에 묘한 연민이 생겼다. 얼마 전 자신도 똑같은 행동을 한 적이 있었다. 그때 자신의 기분과 안태욱이 다르지 않다는 생각이 들었다. 절망적인 목소리로 안태욱은 계속 말을 이었다.

“먹고살려고 그랬어요. 애는 자꾸 크지. 둘째도 생겼어. 마누라한텐 뭐라 그러나. 저 짤렸다 그러면 우리 마누라 뭐라 그럴까.”

안태욱은 뜬금없이 변명을 늘어놓으며 백성일과 마주 앉았다. 그리고 반성과 후회, 분노가 엉망진창으로 뒤섞인 듯 말을 계속했다.

“그땐 제가 죄송했습니다. 난 또 우리 백 과장님이 날 이렇게 만든 줄 알았지, 사기꾼들하고 쿵작 해가지고. 근데 그게 아니더라고. 최철우가 나 친 거더만. 꼬리 잘라내려고."

왜 이리도 세상에는 이해 안 되는 일이 많은지 몰랐다. 안태욱을 자른 사람이 최철우라니. 어떻게 민간인이 시청 직원을 자를 수 있는지 이해되지 않았다.

"그게 뭔 소리야? 최 회장이 널 왜?"

"꼬릴 왜 짜르겠어요. 꼬리 때문에 몸통이 흔들릴 지경이니까 잘라내는 거지. 1과 백성일이 자르고, 방필규 자르고, 나 자르고. 그다음은 뭐겠어요? 다음은 뭘 거 같아요? 다음엔 뭘 거 같냐고요, 형님 생각에는."

백성일의 대답이 없자 안태욱은 손가락을 세워 바닥을 가리키며 본인의 물음에 스스로 대답했다.

"세금징수국. 여기."

"뭐?"

"올해 안에 우리 부서 없애버리겠대. 그렇게 쇼부 쳤대더만, 벌써."

"너 그거 확실한 거야? 아니 지들이 뭔데!"

안태욱은 백성일이 그동안 안태욱에게 들은 말 가운데 가장 진정성 있어 보이는 말을 하기 시작했다. 화가 나는지 그의 목소리는 점점 커지고 있었다.

"내가 이런 말씀드리는 거 정말 예의에 어긋나는 거 알고 있는데, 형님. 형님이랑 저랑 아무리 밑장 까고 싸웠어도 이건 아니잖아. 어? 내가 여기 지켜보겠다고 뭔 짓을 했는데. 어떤 더러운 짓까지 했는데. 내가 여기 어떻게 지켰는데! 형님. 최철우 회장 걸어요. 사기를 치든 뭔 짓을 하든 걸어서 체납세금 천억 받아내시라고. 응? 그렇게 천 시장하고 최 회장 연결고리 끊으면, 우리 징수국 삽니다. 우리가 선배들한테 어떻게 물려받은 곳인데, 여기가. 어떻게 후배들한테 물려줘야 될 그런 부선데! 최소한 그런 놈들 손에 좌지우지되게 만들 순 없잖아요. 안 그래요, 형님? 예?"

일이 너무 커져 있었다. 시작은 사기당한 500만 원만 되찾겠다는 것뿐이었는데, 이제는 세금징수국의 존폐마저 자신의 어깨에 걸려버렸다. 고민하며 뒤돌아서 나가는 백성일의 등에 안태욱의 야릇한 눈빛이 떨어졌다.

백성일 일로 마음이 불편한 박덕배에게는 남은 일이 하나 있었다. 박덕배는 박홍식 검사를 찾아가 단도직입적으로 말했다. 차를 마시던 박홍식은 놀랍다는 듯 박덕배에게 되물었다.

"최철우 자료를 넘겨달라구요?"

"예."

"최철우 어떤 놈인지 아시죠?"

"그럼요."

박덕배는 짧고 간결하게 대답했다. 많은 말을 할 이유가 없었다. 검찰에서 최철우를 모를 리 없었다.

"그런데도 건드시겠다고?"

"예."

박덕배의 짧은 반응에 박홍식이 고민하는 모습을 보였다. 검찰에에서도 내부 정보만으로는 최철우를 어쩌지 못하고 있었으니 정보를 주는 것이 어려운 일은 아니었다. 하지만 그 뒤에 불어닥칠지 모를 역풍이 걱정스러웠던 모양이었다.

"작전은 어떻게 짜셨는데? 박 형사님을 믿어야 될지, 말아야 될지 판단이 안 서네요."

박덕배는 화려한 말로 포장해 박홍식을 설득할 재주가 없었거니와 처음 찾아갔을 때부터 그럴 생각은 하지도 않았다. 솔직하게 자신이 왜 이런 일을 하려고 하는지만 짧게 전달했다.

"굳이 믿으실 필요는 없고요, 이거 하나만 생각하십쇼. 고름은 짜야죠. 그래야 새살 돋습니다."

박홍식이 깊은 한숨을 뱉었다. 고민하는 시간이 길어지고 있었다. 박덕배도 이해할 수 있는 일이었다. 그리고 긴 고민 끝에 결정을 내린 박홍식은 박덕배에게 각종 서류들을 전달했다. 드디어 마음이 조금은 가벼워진 박덕배는 양정도를 만나러 움직였다.

그때 양정도는 교도소에 수감 중인 아버지 양지택을 면회하고 있었다. 방필규가 내야 할 세금을 세상에 던진 양정도는 혼자 행동을 시작했다. 앞으로가 중요했기에 후련한 마음보다 걱정이 앞섰다.

"방필규도 정리했고요, 아버지. 최철우 하나 남았어요. 덕배 아저씨가 자료 모아준다고 했으니까 조만간 일 시작하려고요. 최철우까지 공사 끝내면 당분간 못 봐요. 그래서 왔어요. 아들 얼굴 많이 봐두시라고."

그동안 말을 하지 않던 양지택이 양정도의 말에 반응을 보였다. 그렇게 겨우 또렷이 꺼낸 말은 미안하다는 말이었다. 똑바로 자신을 쳐다도 못 보는 양지택을 보며 양정도가 말을 꺼냈다.

"갈게요. 할 일이 많네. 엄만 좋은 데 갔을 거야. 할 만큼 했어, 아버지도."

양정도는 등 뒤에 터지는 양지택의 울음을 못 본 척하고 면회실을 나왔다. 오열하는 양지택만큼이나 양정도도 울고 싶은 심정이었다. 괴롭고 힘들기에 양정도는 최철우를 용서할 수 없었다.

양지택을 만나고 온 뒤 박덕배에게 부탁한 물건을 건네받았다. 최철우를 잡기 위해 박덕배가 검사 박홍식을 만나 부탁해 받아온 자료였다.

"최철우 자료야. 친인척 관계부터 돈줄은 어디고 자금 세탁은 어떻게 하는지 거기 다 있어."

양정도가 자료를 훑어보는 사이 씁쓸한 표정의 박덕배가 말했다.

"내가 너 도와주는 거 성일이가 알았다. 정도야. 너 진짜 성일이한테 다 덮어씌우고 도망치려고 했냐?"

양정도는 대답하지 못했다.

"너 왜 나한테 그런 얘기 안 했어?"

"어떻게 해요, 그런 얘기를."

"어쩌다가 여기까지 왔냐, 우리. 이번 일 끝나면, 나 너 더 이상 못 볼 거 같다. 30년 친구 뒤통수를 쳤는데, 나도 이 정도 죄책감은 가져야지. 더 필요한 거 있음 연락하고."

박덕배만큼이나 괴로운 심정이었다. 손끝으로 심장을 찌르는 듯 괴로운 건 양정도 역시 마찬가지였다. 그리고 이 일을 멈출 수 없다는 사실에 심장이 저려왔다.

마지막 결전을 치르기 전 양정도는 만나야 할 또 한 사람이 떠올랐다. 전할 물건과 해야 할 말이 있었다. 양정도는 한참을 기다려 퇴근하는 천성희를 만났다.

"성희야. 이제 끝났나보네."

터벅터벅 퇴근하던 천성희를 보고 부러 기운을 내 말했다. 대꾸가 없는 천성희에게 양정도는 통장을 내밀며 말했다.

"줄 게 있어서."

"이게 뭔데."

"방필규 지방센데. 45억2천만 원. 나 대신에 좀 전해주라. 백성일 아저씨한테."

"뭐 하자는 거야?"

"아니, 뭐 하자는 게 아니라. 내가 내고 싶어도 가상계좌를 모르니까. 이거 백성일 아저씨가 뛰어다니면서……."

천성희가 변명을 자르고 물었다.

"돈 뿌린 거 너지? 나 아까 미주 만났어. 너…… 그때 나한테 사기 치려고 했던 거 아니라며? 너 감옥 가는데 나한테 상처 주는 거 싫어서 거짓말한 거라며. 왜, 왜 난 그걸 이제 안 건데? 왜 하필 그걸 네가 우리 과장님 뒤통수친 다음에 알게 된 거냐고, 나는."

한숨을 뱉은 천성희가 울먹이며 계속 말했다.

"다른 걸로는 다 사기 쳐도, 정도야, 사람 마음 갖곤 사기 치는 거 아니야. 상대방은 상처 받고, 넌 외로워지잖아."

"또 할 말 없게 만드네."

"주고 싶으면 네가 직접 줘. 난 그게 맞는 거 같아."

그렇게 돌아서는 천성희를 잡지 못했다. 처음 헤어지던 그날처럼 후회를 할까 두려우면서도 끝까지 불러 잡지 못했다. 그리고 그 순간 양정도는 천성희만큼이나 또렷하게 백성일의 얼굴이 떠올랐다.

26
절망

양정도에게 자료를 넘기고 얼마 뒤 박덕배는 다시 양정도의 연락을 받았다.

"아저씨. 저예요. 그 최철우 회장 아들 최상준 있잖아요. 예전에 검찰 조사 받았다고 적혀 있는데, 왜 받았는진 안 나와 있어서. 혹시 알아봐주시면 안 될까요?"

양정도는 박덕배에게 건네받은 자료 가운데 궁금한 점을 물어왔다. 안 그래도 백성일 일로 심란하던 차에 온 양정도의 전화가 반갑지 않았다. 이미 '도와주는 것도 여기까지'라고 말했지만 이번이 진짜 마지막이라고 결심하며 자료를 더 수집했다. 오래된 자료를 뽑아 하나하나 검토하는 동안 백성일이 서글픈 얼굴로 말하던 '친구'라는 단어가 떠올랐다. 이 복잡해 터질 것만 같은 상황은 박덕배 스스로도 어쩔 수 있는 문제가 아니었다. 당사자도 아니었고 해결해줄 방법도 없는 중계자였다. 어쩌면 둘이 알아서 해결을 보게 하는 것이 가장 좋을지도 모른다는 생각이 들었다. 자료가 어느 정도 정리됐을 때 박덕배는 양정도와 백성일에게 각각 전화를 걸었다. 양정도에게는 최상준의 자료를 준비했다는 전화를, 백성일에게는 양정도를 공원에서 만나려 한다는 말을 전했다.

잠시 후, 약속 시간보다 먼저 도착한 백성일과 함께 차 안에서 양정도를 기다렸다. 백성일은 여전히 퉁명스러웠지만 그래도 화가 좀 풀린 듯한 말투로 물었다.

"왜 갑자기 이러는 거냐."

"몰라, 인마. 죽이든 살리든 니네 둘이 알아서 해."

박덕배의 말에 한심하다는 듯 백성일이 다시 물었다.

"미안하긴 했냐?"

백성일의 말을 듣고 박덕배는 그동안 하고 싶었던 말을 꺼냈다.

"성일아. 내가 아는 백성일이 얼굴 제일 좋아 보였을 때가 언제인지 아냐?"

대답을 못 하고 있는 백성일을 보며 박덕배가 말을 이었다.

"요즘이야. 요즘 네 얼굴 좋아 보이더라고. 세금 안 내고 사는 놈들 사기 치고 다니는데, 그 얼굴이 좋아 보여. 이상하지? 나한테 실망한 거 알고 정도한테 실망한 거 아는데, 너한테까진 실망하진 마라. 너 잘못한 거 없어."

가만히 박덕배의 말을 듣던 백성일이 자조적인 말투로 말했다.

"몇 십억씩 사기치고 다니는데 뭐가 잘못한 게 없어."

"세상에 나쁜 놈 착한 놈만 있냐? 우리처럼 좀 덜 착하고 덜 나쁜 놈들도 있는 거지."

화가 정말 많이 풀렸는지 백성일이 구박을 시작했다.

"넌 덜 나쁜 놈이 아니라, 아주 아주 나쁜 놈이야. 불알친구를 속여 먹고. 아주 더럽게 못된 놈, 진짜."

박덕배는 욕을 먹어도 기분이 나쁘지 않았다. 그저 해줄 수 있는 건 여기까지였다. 조금이나마 후련한 기분이 들 때쯤 공원 구석에서 양정도의 모습이 나타났다. 박덕배의 눈길을 따라 양정도를 발견한 백성일은 서둘러 차에서 내리려 했다. 문을 열고 나가려는 백성일을 향해 박덕배는 다독이며 말했다.

"너무 다그치지는 마. 사연 있는 놈들끼리 좀 봐줘야지. 어떻게 하겠냐."

제발 잘 풀리기를 바라며 박덕배는 안쓰러운 표정으로 백성일을 지켜보다 이내 자리를 피했다.

공원 그네에 앉아 자신을 기다리고 있을 양정도에게 백성일이 서서히 다가갔다. 화해하려고 마음은 먹었지만 양정도를 마주한 순간 화가 치민 백성일은 다짜고짜 주먹부터 날렸다. 얼굴을 부여잡고 고통스러워하던 양정도가 "잠깐만!"을 외쳐도 백성일의 주먹질은 멈추지 않았다. 양정도는 뒷걸음치다가 다가서는 백성일에게 모래를 한 움큼 뿌렸고, 백성일이 잠시 주춤하는 사이 이를 놓치지 않고 반격에 나섰다. 귀를 맞았는지 얼굴 한쪽을 감싸고 괴로워하던 양정도가 백성일의 허리를 부여잡고 매달렸다. 양정도가 밀어 넘어뜨린 충격에 바지가랑이가 터진 백성일의 모습이나 양복 차림으로 흙투성이가 된 양정도의 모습이나 덩치 큰 사내 둘의 모습은 꼴사나움 그 자체였다.

놀이터에서 뒤엉켜 싸우는 초등학생처럼 허공에 허우적거리며 손발을 내지르고, 모래를 뿌리고, 심지어 젖꼭지를 깨무는 모습은 민망해서 차마 눈뜨고 볼 수 없었는데 이 추잡한 모습 주변으로 동네 사람들이 모이기 시작했다. 아는지 모르는지 둘의 치졸한 싸움판은 경찰에 신고당할 때까지 계속되었고, 신고를 받고 출동한 경찰이 도착할 무렵엔 둘 다 녹초가 되어 모래밭에 드러누웠다.

잠시 뒤 양정도와 백성일은 결국 유치장에 갇히게 됐다. 그 와중에도 양정도가 불만이 끊이지 않았다.

"아, 진짜 너무하네. 미안하다고요! 예?"

"야, 인마. 미안하단 놈이 무슨 사과를 그렇게 해? 싸가지 없이!"

"내가 지금 처음 사과해요? 올 때부터 지금까지 계속 사과를 하고 있는데 아저씨가 안 받아주잖아요!"

양정도는 억울하다고 했지만, 백성일은 여전히 화가 나 있었다. 다리몽둥이를 분질러놔야 그만 까불 놈이라고 생각했다.

"네 말 이제 안 믿어. 하나도 안 믿어. 네 말 믿을 수가 없어. 나를 속여먹는 사람 말을 내가 어떻게 믿어! 그리고 어른한테 싸가지 없이 주먹질이야, 인마!"

"어른요? 어른이 선빵 갈겨요? 피 터진 거 보이세요? 이도 흔들리고요. 귀는 왜 때리는 건데! 아저씨 얘기 왕왕거려서 잘 안 들린다고."

"귀는 모르고 때린 거지…… 내가 일부러 때렸어?"

귀가 안 들린다는 양정도의 얘기를 듣자 백성일은 순간 미안한 마음이 들었지만, 양정도는 여전히 등짝을 후려치고 싶은 얼굴로 한껏 까불었다.

"뭐라고요? 안 들려."

"남자가 싸우는데 모래 집어던지고!"

"안 들린다고."

"젖꼭진 왜 물어!"

"안 들린다고!"

치졸한 몸싸움이 끝나자 이번에는 저열한 말싸움이 벌어지고 있었다. 경찰서 안은 둘의 낯 뜨거운 말싸움으로 북적거렸고, 둘의 언성이 점점 높아지자 참다 못한 경찰이 소리를 들렀다.

"어우, 거 참! 조용히 좀 합시다!"

경찰에게 한소리를 듣고 나서야 둘은 입을 다물었다. 그렇게 유치장 안의 시간은 조금씩 흘렀다. 끼니때를 한참 지나서까지 갇혀 있다 보니 슬슬 허기가 밀려왔다. 벽에 기대 눈도 안 마주치고 있는 백성일에게 양정도가 먼저 말을 걸었다.

"아, 배고프네. 배 안 고파요?"

"배고프지."

아직도 양정도에게 앙금이 남은 백성일이 튕기듯 대답했다.

"뭐 먹을래요? 여기 배달시켜주는데. 말만 해요. 종류도 많아."

양정도의 말을 듣자 허기가 더 심해졌다. 침을 삼키며 뭘 시킬지 고민하다 짜장면을 선택했다. 양정도는 익숙한 듯 싹싹하게 형사를 불러 간짜장과 짬뽕을 하나씩 시켰다. 이런 것도 경험이랍시고 능숙한 양정도를 보자니 마음이 조금 풀렸다. 짜장면만 먹어 짬뽕 국물이 아쉬웠던 백성일이 슬쩍 자신의 짜장면 그릇을 양정도에게 내밀었고, 양정도 역시 선뜻 자신의 짬뽕을 내주더니 서로 그릇을 바꿔 먹으며 식사를 마쳤다.

배가 부르자 이젠 몸이 피곤했다. 눈을 붙이려고 유치장 바닥에 누웠는데 양정도가 옆으로 다가와 슬그머니 모포자락을 끌더니 자기 몸을 덮었다. 그래도 아직 화가 풀리지 않은 백성일은 양정도가 덮지 못하도록 몸을 돌려 모포를 말았다. 이번엔 모포로 유치한 싸움을 하다 결국 양정도가 새 모포를 하나 더 요청하는 것으로 끝이 났다. 자신의 것보다 깨끗한 모포를 본 백성일이 양정도의 모포 속으로 파고들었다. 양정도는 백성일에게 아무 말 없이 모포 한 쪽을 내주었다. 그리고 얼마 뒤 양정도가 슬그머니 주머니에서 뭔가를 꺼내 백성일에게 내밀었다. 그 모습을 보고 백성일이 물었다.

"뭐냐?"

"방필규 지방세 45억2천만 원."

속내를 가늠할 수 없는 놈이었다. 이걸 지금 왜 주는지 이해되지 않아 물었다.

"그건 왜 남겼냐. 그 돈 다 뿌려버리지."

양정도는 여전히 등을 돌아누운 모습 그대로 대답했다.

"눈에 밟히더라고요. 이거 받아서 아저씨가 직접 내요."

백성일은 통장을 받아 들고 양정도를 바라봤다. 통장을 펼쳐보니 정말 45억2천만 원이 찍혀 있었다. 지방세를 남긴 이유가 무엇인지 의심스러우면서도, 자신을 생각해 따로 돈을 챙겨놓은 것인지 궁금해 물었다.

"네가 그때 했던 말 있잖아. 너 그렇게 하려고 했던 거지, 원래?"

"뭐요? 방필규 공사 치고 최철우한테 던지고, 아저씨랑 시장이랑 엮어가지고 보내는 거, 그거?"

눈치 빠른 양정도가 끄트머리만 듣고도 백성일이 하려는 말의 의도를 알아들었다.

"그래. 그래서 나한테 접근한 거잖아. 덕배 시켜서. 그렇지?"

"덕배 아저씨 너무 뭐라 하지 마요. 그 아저씨는 아무것도 몰라. 내가 거기까지 생각한 거."

할 계획이 있긴 있었던 모양이었다. 박덕배 역시 이 사기꾼한테 속아 자신을 이용한 거였고, 다른 모든 일처럼 자기한테 벌어진 일 역시 양정도가 원흉이었다. 이렇게 생각이 정리되자 다른 의심이 스멀스멀 피어났다.

"근데 왜 안 했냐. 할 수 있었을 거 같은데."

"그냥…… 못 하겠더라고, 그렇게."

"왜? 나한테 미안해서?"

"그거까진 아니고. 짜치잖아."

이 비슷한 말을 백성일도 예전에 한 적이 있었다. 이 영악하고 능

글맞은 사기꾼이 조금 귀여워 보이기까지 했다. 백성일은 슬쩍 투정을 부렸다.

"닭살 돋냐? 나한테 미안했다 그러면?"

양정도의 말을 듣자 한편으론 이해가 되면서 다른 의문이 또 생겨났다. 이어 물었다.

"방필규를 내가 털려고 하는 거, 그건 어떻게 알았어? 네가 나 보챈 것도 아니고 내가 너한테 같이하자고 찾아갔는데."

"아저씨가 나 안 찾아왔으면 내가 아저씨 긁었을걸? 방필규 건들자고. 아니, 내가 설마 아저씨가 찾아오는 거까지 생각했을까? 사기는요, 아저씨, 임기응변이야. 어떤 상황이든 간에 대처를 어떻게 하냐에 그 승패가 갈라진다고. 아저씨 지금까지 봐와서 알잖아요."

백성일은 실소가 나왔다. 자신과 관련한 궁금증까지 풀리자 이젠 양정도의 생각이 궁금해졌다.

"그 많은 돈을 왜 다 길거리에다 뿌렸냐. 차라리 세금을 내지."

"그 세금 내면 뭐가 달라지는데? 방필규도 그러던데, 뭐. 그 돈 세금 내봤자 다시 돈 돌려받는다고. 시장이랑 친하다고. 돈 걷는 놈이 정의감에 불타면 뭐 해요. 돈 쓰는 놈이 그대론데. 쓸데없는 짓 한 거야, 지금까지. 내가 지금 최철우 아들내미 공사치고 있거든요? 한번 봐봐요. 내가 그 돈 슈킹해서 어떻게 쓰는지."

양정도의 말을 끝으로 백성일이 가지고 있던 의문이 모두 풀렸다. 또 어떤 마음으로 돈을 뿌렸는지 이해되기까지 했다. 말을 주고받으며 달려간 백성일의 생각은 며칠 전 안태욱이 남긴 마지막 말까지 다

다랐다. 백성일은 양정도에게 도움을 바랐다.

"정도야. 우리 부서, 세금징수국…… 없어질지도 모른댄다. 최철우랑 시장이랑 얘기 다 끝났대, 벌써."

"아쉽겠네, 아저씨?"

"나 그거 지켜야 돼. 그렇게 없어지면 안 되는 거야, 그건."

백성일의 말에 이제껏 누워 있던 양정도가 몸을 일으켜 진지한 눈으로 백성일에게 물었다.

"그래서 어떡하려고요?"

"최철우 체납세금, 천억. 우리가 받자. 최 회장 체납세금 받아서 고리 끊으면, 우리 옛날로 다시 돌아갈 수 있어. 끝까지 추적해서 반드시 징수하는 세금징수국…… 내가 옛날처럼 다시 만들 수 있다고. 그러니까 진짜로, 이번엔 진짜로 서로 믿고. 한 번만 더 하자. 최 회장 털자."

"시청에 냄새 맡은 사람이 한둘이 아닐 텐데. 어떻게 하려고요."

"최대한 빨리 끝내야지. 1, 2주 안에."

"1, 2주에 천억을?"

양정도가 한숨을 내쉬며 말했다. 말과 다르게 얼굴에는 다시 예전처럼 장난기가 감돌더니 이어 말했다.

"하긴 좀 빡세야 재밌으니까. 그럼 뭐…… 여기부터 나가야죠?"

"콜."

백성일의 짧은 대답을 듣자마자 양정도는 화해했다며 형사를 불렀다. 두 손을 맞잡은 백성일과 양정도는 다시 팀을 이루기로 했다.

모두가 떠난 지금, 일은 단둘이서 진행할 수밖에 없었다. 양정도는 백성일에게 커피를 건네며 앞으로 파고들 최철우의 허점을 설명했다. 양정도의 오피스텔 벽면에는 이미 최철우와 관련된 자료가 빼곡히 붙어 있었고, 양정도가 짚어낸 그 허점은 최철우의 아들이었다.

"최철우 회장 아들 중에 최상준이라는 놈이 하나 있는데…… 삼진공영이라고 방산업체 하나를 그놈이 주무르고 있어요, 지금. 한마디로 삼진공영이 최철우 회장 돈줄이라고. 대충 보면 알겠지만 삼진공영이 미국 무기 회사 제너럴 마틴하고 대리점 계약을 맺고 있는데. 지금 제너럴 마틴이 방위산업청이랑 전자전 장비를 거래하려고 하고 있거든요. 그걸 삼진공영 최상준이 맡아서 딜 하고 있는 거고, 대리점이니까. 근데 이번에 제너럴 마틴 한국 지부에 지부장이 새로 왔거든요. 마틴 킴이라고 이름은 미국 이름인데 한국말을 겁나 잘해. 아무튼 이놈이 왜 한국에 왔냐? 대리점 계약 연장 때문에. 계속 삼진공영이랑 갈 거냐 아님 배 갈아 타냐, 그걸 결정하러 온 거예요. 우리야 뭐, 그 사이에 껴서 분탕질 치고 돈만 겟 하면 되는 거고."

양정도의 설명에 백성일이 물었다.

"그걸 어떻게?"

"아저씨. 내가 예전에 아저씨한테 사기 쳤을 때……."

"그 얘긴 하지 마."

백성일은 그날의 기억이 떠올랐다. 중고차만 봐도 바닥이 내려앉는 듯한 기분인데, 자신에게 사기를 쳤던 양정도 입에서 그 말이 나오자 불쾌함이 되살아 입을 막았다. 양정도는 아랑곳하지 않고 이어 말하기 시작했다.

“아니, 들어봐. 내가 아저씨한테 사기 쳤을 때, 아저씨는 차를 사려고 했고 그 아저씬 차를 팔려고 했죠? 그 중간에 내가 껴든 거고. 똑같아요. 아저씨가 삼진공영, 그 차 파는 아저씨가 제너럴 마틴, 그리고 우리. 삼자 사기.”

백성일은 양정도의 말을 정리해봤다. 자신이 사기를 당하는 삼진공영이고 차를 파는 쪽이 제너럴 마틴이라면, 양정도와 팀을 이룬 자기가 할 일은 중간에서 무기를 파는 척 하면서 삼진공영의 돈을 가로챈다는 뜻이었다. 중고차도 아니고 수천억이 걸린 일인데, 똑같이 접근하는 게 가능할까 의심스러웠지만 우선 뭐부터 시작해야 할지 물었다. 빙글빙글 웃으며 백성일을 훑어보던 양정도가 시원하게 대답했다.

“옷부터 사 입읍시다. 비싼 걸로.”

백성일은 정말 오래간만에 양복을 골랐다. 험한 세금징수국 일에 양복은 불편하기 짝이 없는 옷이었다. 평생 몇 번 입어보지 않던 양복이라 안 어울릴 거라 지레짐작했던 것과 달리, 양정도가 골라준 양복을 차려입자 백성일도 대기업에 스카우트된 능력 있는 중년의 느낌을 풍겼다.

“하버드 출신에 뉴욕 무슨 로펌에 있다가 제너럴 마틴에 스카우트 됐다고 하니까, 적당히 럭셔리하고 적당히 교양 있고, 적당히 박력 있게.”

양정도의 주문에 자신 있게 영어로 대답했다.

"오케이."

"이렇게 갑시다. 오케이? 한번 해봐요. 나 보고."

"헬로. 아임 말틴 킴. 나이스 투 미츄."

"그러지 말고, 한국말 겁나 잘하니까 적당히 섞어서. 섞어서 한번 해봐요. 오케이?"

"헬로. 마틴 킴입니다. 반갑습니다."

백성일의 연기에 이 정도면 충분하다는 듯 양정도가 엄지를 번쩍 치켜들었다.

구체적인 대사를 짜고 나서, 시간에 맞춰 백성일은 삼진공영으로 향했다. 반짝이는 구두와 고급 양복이 통행증인 것처럼 어디를 들어가도 의심받지 않았다. 평소 후줄근한 모습의 백성일이었다면 공무집행을 이유로 찾아갔더라도 이런 대접은 받지 못했을 거라는 생각이 들었다. 자신감 있는 발걸음으로 대표실을 찾아가자 최상준이 먼저 다가와 백성일에게 인사했다.

"마틴 킴 지부장님?"

"예스. 마틴 킴입니다."

악수를 나누며 응대를 받았다. 최상준과 마주하자 양정도의 충고가 귓가에 울렸다.

'여기부터가 중요해요. 본사에서는 이번 재계약 관련해서 회의적이다, 이렇게 말해요.'

거드름을 피우며 준비한 대로 말하자 예상대로 최상준 표정이 굳었다. 이번 전자전 계약만 해도 몇 백억, 그다음 계약까지 모두 엮인

일에 재를 뿌리는데 아무렇지 않을 사람은 없었다. 다급해진 최상준이 무슨 일인지 묻자 백성일은 거들먹거리며 말했다.

“저희 제너럴 마틴의 이사진이 저 포함해서 다섯 명입니다. 파이브 피플. 근데 뭐 이사 연봉이라봤자 1년에 한 10억? 그 정도밖에 안 돼요. 몇 천억 몇 조를 주무르는 사람들이 1년에 10억 밖에 못 번다는 게 말이 안 되지 않습니까. 당장 최 대표님이 저희보다 많이 버실 거 같은데.”

여기까지 말하자 최상준 얼굴에 어색한 미소가 걸렸다. 선수끼리 척하면 척일 텐데 모르는 체하는 모습이었다.

“그래서! 프랭클리 스피킹 할게요. 한 사람당 에잇틴 밀리언 달러, 1800만 불. 그러면 다섯 명이니까, 9천만 불. 그거 준비하세요. 그럼 대리점 연장 계약, 제가 아무 문제없이 정리해드릴게요.”

말을 던지자 최상준이 어이없다는 듯 조용히 웃었다. 당연했다. 원화로 천억 원을 요구하는데 미치지 않고서야 대뜸 준다고 할 사람은 없었다.

최상준이 웃으며 ‘9천만 불’을 되새김할 때 문이 벌컥 열리며 누군가가 최상준을 찾았다. 그리고 주머니에서 신분증을 꺼내며 말했다.

“강진서 마약반 남대중 형사입니다. 제보가 들어와서요.”

마약반이라는 말에 최상준이 당황하는 모습을 보였다. 백성일은 그 모습을 보며 역시 양정도라는 생각이 들었다. 재미있는 걸 발견했다는 듯 웃으며 말하던 양정도의 얼굴이 떠올랐다.

‘예전에 최상준이 마약으로 검찰 조사 한 번 받은 적 있대요.’

양정도는 예전에 시청으로 백성일이 뒷돈을 받았다고 제보했었다. 궁지로 몰기 위해서였다. 최상준도 같은 방법으로 압박해 들어간 것이다. 바둥거리며 끌려가는 최상준을 경찰서로 보내고 다음 계획에 들어갔다.

최상준이 마약으로 검찰 조사를 받은 건 5년 전. 기록에는 그 뒤 마약을 한다는 정황은 없으니 증거가 안 나온다면 유치장에서 하루 이틀 조사만 받다 나오게 돼 있다. 하지만 짧은 순간, 몸도 마음도 모두 약해졌을 바로 그 순간이 최상준 목을 죄고 들어갈 순간이었다. 백성일은 경찰서로 가 최상준을 찾았다.

"본사에서 염려가 많아요, 이번 사건 때문에."

걱정해주는 척, 사람 그렇게 안 봤는데 실망이라는 표정을 지으며 말하자 최상준이 다급하게 말했다.

"지금 뭔가 오해가 있는 거고요……."

"어쨌든 마약에 손대신 거잖아요? 이번이 아니어도 손댄 적은 있잖아요, 그렇죠?"

백성일이 변명하는 최상준의 말을 가로챈 뒤 압박해 들어가자 최상준은 고개를 떨구고 말을 못 했다.

"우리 이사진이 힘을 쓰면 어떻게 잘 넘어갈 수도 있을 거 같은데…… 최 대표님. 9천만 불, 그 돈 너무 부담스러우세요? 그 정도 돈 없으신가?"

"아니요. 그런 건 아닌데……."

마음은 굴뚝같은데 해결할 방법이 없다는 얼굴의 최상준이었다.

이제 백성일이 좋은 기회를 줄 차례였다. 예전 양정도가 마진석을 걸고 백성일을 꼬시던 바로 그 방법으로 말이다.

"오케이. 그럼 이렇게 한번 해보시는 건 어떨까요? 이번 방위산업청 계약하실 때 장난을 좀 치세요. 협력업체 몇 개 껴가지고 주 전산 장비 연구개발비 좀 받으시고, 제안 대금 설명서 숫자 몇 개 손봐가지고 대금 챙기세요. 우리가 눈감아드릴게. 그렇게 주머니 채워드린다고."

이렇게 좋은 기회가 눈앞에 닥치면 누구나 갈등할 수밖에 없다. 최상준의 얼굴은 누가 봐도 고민하는 얼굴이 되었고, 백성일은 여기에 다시 한번 불을 지폈다.

"컴온, 맨! 천억 태우면 몇 천억, 아니 조 단위까지 볼 수 있는 게임이에요, 지금 이게. 저희 회사 아시잖아요. 한국 시장을 얼마나 중요하게 생각하는지."

양정도가 방호석에게 했던 것처럼 돈 많은 사람들을 꾀어낼 때 쓰는 방법. 억대 부자에게 바람을 넣어 조 단위를 굴리며 황제처럼 살라고 부채질을 해댔다. 백성일의 말이 끝나자 최상준도 재계약을 하겠다고 결단을 내렸다. 지금까지 해온 모든 사기가 최철우를 상대로 한 연습 게임 같은 느낌이었다. 사기가 이렇게 쉽다니 어안이 벙벙할 정도였다. 천억 원짜리 사기가 좋은 옷 한 벌과 몇 마디 말로 풀리는 게 실감 나지 않았다.

백성일이 마틴 킴 행세를 하며 최상준을 맡아 사기 치는 동안 양정도는 진짜 마틴 킴을 만나고 있었다. 이미 조사해둔 자료에서 얼굴을 익힌 뒤 마틴 킴의 입국 일정을 알아내 공항에서 기다렸다.

"마틴 킴 씨 맞으세요? 네. 삼진공영에서 나왔습니다."

"아, 예. 아, 근데 최상준 대표님은 어떻게……."

"저희 대표님께서 급한 용무가 생기셔서 해외에 잠깐 출장을 가셨거든요. 그래서 이번 계약은 제가 진행해야 될 거 같습니다. 전요한 실장입니다. 밖에 차 대기시켜놨습니다."

양정도는 철저하게 삼진공영 실장을 연기했고 가짜 사무실, 가짜 직원들, 가짜 직함으로 진짜 마틴 킴을 속여 진짜 계약서를 받아냈다. 마틴 킴에게 받은 진짜 계약서를 챙겨 백성일에게 보냈고, 백성일은 그걸 가지고 최상준과 계약을 진행했다. 결국 계약서는 진짜인데 당사자들은 서로 얼굴도 보지 못한 거다. 둘의 법무 해석이 끝날 때까지, 양정도와 백성일 모두 정신없이 바쁜 날들을 보냈다. 그리고 드디어 서로 계약서에 도장을 찍던 날, 백성일은 이제 모두 끝났다는 안도감에 휩싸였다. 이제 남은 건 돈이 들어오길 기다리는 것뿐이었다.

여느 날과 같은 출근길이지만 발걸음이 경쾌했다. 소홀했던 세금징수국 일에도 이제 전념할 수 있게 됐다. 아직도 방필규가 낸 지방세로 시끌시끌한 시청 직원들을 지나 자신의 자리에 앉으려 할 때, 사무실 전화가 울렸다.

"성일아……."

천갑수가 피곤한 목소리로 백성일을 찾았다. 또 무슨 일이 있는 건가 싶은 순간에 최상준에게도 전화가 걸려왔다. 돈을 보냈다는 전화였다. 모든 일이 계획대로 잘되어가는데도 이상하게 백성일의 불안은 멈추지 않았다. 우선 양정도에게 전화를 걸어 일이 잘 진행됐음을 전하고 시장실로 향했다. 결재 서류들을 살피느라 바빠 보이는 천갑수가 백성일을 똑바로 보지도 않고 말했다.

"재밌었냐? 최철우 회장님 아들 만나보니까 어때? 그 아버지에 그 아들 같았어?"

그 말에 백성일은 하마터면 심장이 입으로 튀어나올 뻔했다. 아무도 모르게 양정도와 단둘이 한 일을 어떻게 알았는지, 천갑수의 입에서 최상준 이야기가 나왔다.

"그런데 어떡하냐, 성일아. 최철우 회장…… 자식 없다."

담담한 천갑수의 말에 백성일은 오장육부가 동시에 멈추는 듯했다. 지금까지 조사한 게 모두 거짓이었나? 최철우에 관한 정보는 박덕배를 통해 받은 검찰 내부 자료였다. 그게 잘못된 정보일 리 없었다. 행여 잘못된 정보라면 누군가 양정도와 백성일을 잡으려고 일부러 만든 가짜 정보라는 소리였다. 더 깊게 고민하기도 전에 천갑수가 말을 이었다.

"너희들 잡으려고 판 짠 거였어. 그러니까 내가 그만하라 할 때 그만했어야지. 기회 줬잖아. 왜 말로 할 땐 못 알아듣니? 너도, 민식이도. 네가 어울리던 그 사기꾼 애, 최 회장한테 원한이 꽤 많은 거 같던데. 그런 애들이랑은 어울리질 말았어야지. 뭐냐, 성일아…… 이게."

그 순간 백성일은 양정도가 걱정되기 시작했다. 천갑수의 말대로라면 지금 가장 위험한 사람은 양정도였다. 시장실을 나가려는 백성일의 속내를 알았는지 천갑수가 붙잡으며 말했다.

"그럴 필요 없어. 늦었어, 이미. 이렇게 한다고 달라질 거 없다고 내가 얘기했잖아. 너는 돈과 싸우는 거지만, 돈이 사라지지 않는 한 이 싸움 안 끝난다고 했잖아. 왜 말을 못 알아듣고 그래…… 이제 알겠어, 네가 누구랑 싸우려고 했는지?"

천갑수는 웃는 것인지 우는 것인지 분간하기 힘든 표정이었다. 백성일은 천갑수의 말이 귀에 들어오지 않았다.

"저는 지금…… 빨리 정도한테 가봐야 될 거 같습니다."

자리를 뜨려는 백성일을 천갑수가 다시 잡아 세웠다.

"법정 증언해라, 성일아. 그 양정도라는 놈이 지금까지 무슨 사기를 어떻게 치고 다녔는지 성일이 네가 제일 잘 알잖아. 성일이 네가 살 수 있는 방법은 그거밖에 없어. 이제 성일이 네 선택만 남았다. 계속 시스템을 공격하는 바이러스가 될래, 시스템을 지킬래?"

백성일의 뇌는 이미 얼어붙어 아무 생각도 할 수 없었다.

"형님. 아니, 시장님…… 이거 아니잖아요. 예? 왜 자꾸 저한테 그런……."

"내 사람 더 잃기 싫다고 했잖아! 증언해. 증언하고 살아. 너라도 살아야지! 증언하고 다시 옛날 백성일로 돌아가. 적당히 일하고 눈치 보고, 평범하게 살아. 그렇게 살아, 인마. 그 사기꾼 놈은 네가 신고해서 잡힌 줄 알고 있을 거야. 경찰도 마찬가지고. 내가 너 하나 살리자고 이렇게까지 해야겠냐!"

이번만큼은 천갑수의 진심 어린 걱정이라는 걸 백성일도 알 수 있었다. 하지만 방법이 잘못됐다. 잘못되어도 이건 너무 비켜나간 거였다. 작은 정의를 실현하자고 거대한 악마를 살리는 짓이었다. 백성일은 더 이상 참지 못하고 시장실을 뛰쳐나와 양정도가 잡혀 있는 경찰서로 찾아갔다. 양정도를 찾는 건 어렵지 않았다. 수갑을 찬 채 앉아 조사를 받고 있는 양정도를 발견하곤 조용히 이름을 불렀다.

"정도야."

백성일을 발견한 양정도가 사납게 눈을 치켜뜨며 말했다.

"아저씨가 나 팔았다며?"

천갑수가 말한 것처럼 양정도는 모두 백성일이 꾸민 것으로 오해하고 있었다. 이 오해를 어디서부터 풀어야 할지 막막했다. 일단 아니라고 부인하는 순간, 양정도가 몸을 날려 달려들었다.

"배신하지 말자며! 왜! 말 좀 해봐!"

형사들이 달려들어 둘을 떼어놓으려고 했지만 필사적인 양정도를 막기는 힘들었다. 뒤엉켜 뒹굴며 욕설을 뱉던 양정도가 백성일에게만 들릴 작은 소리로 속삭였다.

"최철우 진짜 돈줄 찾아요. 그 가짜 아들 놈 말고. 최철우, 그 인간이 진짜 돈 숨겨둔 데가 어딘지 찾으라고. 나 팔고 아저씨 살아남아서! 알았어요?"

양정도의 말에 백성일은 말문이 막혔고 양정도는 더 큰 소리로 울부짖으며 몸부림을 쳤다. 몇 명의 형사가 더 달려들어 양정도를 백성일로부터 떼어냈다. 양정도는 형사들에게 끌려가면서도 백성일에게 계속 욕설을 퍼부었다. 그런 양정도를 보는 백성일의 눈동자가 불안하게 흔들렸다.

경찰서를 나온 백성일이 세금징수국으로 다시 돌아왔을 때는 이미 모두가 퇴근하고 난 뒤였다. 책상 서랍에 숨겨둔 소주를 꺼내 마시며 고민에 잠겼다. 곰곰이 기억의 조각들을 모아 하나씩 맞춰보니 백성일이 못 봤던 희미한 그림이 떠올랐다. 백성일은 천갑수에게 전화를 걸어 면담을 요청했다. 시장실로 다시 향하는 백성일의 얼굴에는 비장함이 서렸다.

"아까는 경황이 없어서 못 여쭤봤는데. 시장님이 안 국장 시켜서 저한테 그런 말 하라고 하신 거예요?"

먼저 천갑수가 어디까지 알고 있고, 또 어디서부터 시작된 일인지를 확인해야 했다. 천갑수가 대답했다.

"네가 움직여야 밟으니까."

천갑수에게 이 말을 들으면 억장이 무너질 줄 알았건만 오히려 담담했다. 백성일의 예상대로 세금징수국을 살려달라는 안태욱의 말도 모두 자신을 잡기 위한 함정이었다.

"아. 알겠네요. 저 밟으려고. 예…… 근데, 왜 밟은 놈을 살려주시겠다는 거예요?"

"한 번 밟혔으니 두 번 안 일어날 거 아냐."

"알겠네요, 무슨 말씀이신지…… 그럼 말씀대로 하겠습니다. 법정에 증언 서고, 예전처럼 그렇게 살겠습니다. 시장님이 원하시는 대로 그렇게 하겠습니다."

"믿어도 되냐?"

"예. 대신요…… 세금징수국, 그것만 살려주세요. 우리 세금징수국, 형님이 만드신 거잖아요. 부서 폐지만 안 되게, 그것만 막아주세요. 그럼 형님 말씀대로 증언 서겠습니다."

'우리'라는 단어가 이렇게 쓰리게 다가올 줄 몰랐다. 백성일은 세금징수국을 떠올렸다. 김민식과 강노승, 여러 선배들과 자신이 닦아 놓은 그 길로 걸어갈 천성희. 그런 우리의 터를 지키고 싶다는 말에 천갑수가 수긍하는 모습을 보였다. 천갑수는 '우리'라는 대의 앞에 아직 죽지 않은 백성일의 눈빛을 눈치채지 못한 것 같았다.

백성일의 우리는 세금징수국만이 아니었다. 냉동 창고에서 함께한 모든 이들, 자신의 가족, 지켜야 할 모두를 포함했다. 진짜 전쟁은 지금부터였다. 백성일은 마음을 다잡고 양정도가 속삭였던 말을 떠올렸다. 그리고 며칠 뒤 천갑수에게 약속했던 대로 법원으로 가 증인석에 섰다.

"양심에 따라 숨기거나 보태지 아니하고 사실 그대로를 말하며, 만일 거짓이 있을 경우 위증의 벌을 받기로 맹세합니다."

백성일은 증인 선서를 하며 양정도를 바라봤다. 꾹 다문 입과 낮게 내리깐 눈으로 자신의 재판을 관망하는 얼굴이었다.

"증인 백성일은 피고인 양정도와 함께 사기 행각을 벌이면서 선량한 시민에게 금전적, 정신적 피해를 입힌 사실을 인정합니까?"

"예."

"피고인 양정도가 증인에게 체납세금을 대신 징수해주겠다는 것을 빌미 삼아 증인에게 의도적으로 접근한 사실이 맞습니까?"

"예, 맞습니다."

"증인 백성일은 피고인 양정도가 지시하는 대로 따르면서 범법 행위에 도움을 준 사실이 맞습니까?"

"예, 맞습니다."

"이상입니다."

백성일이 검사와 문답을 주고받는 동안 양정도는 백성일을 지그시 바라봤다. 그러고는 바닥으로 내리깔은 눈에는 후회, 원망, 체념이 스치는 듯 보였다. 증언과 증거가 모두 갖춰진 양정도는 형벌을 피할 수 없었다.

"판결하겠습니다."

판사는 어렵지 않게 판결을 내렸다.

"피고인 양정도. 징역 10년을 선고한다."

판사봉과 함께 예상을 뛰어넘는 무거운 벌이 내려졌고, 누구도 반론을 내지 않은 채 재판이 끝났다. 백성일은 무겁게 꺾인 고개를 들어 양정도를 바라봤다. 양정도가 마지막 건넨 말을 다시 한번 되새겼다. 꼭 살아남겠다고, 살아만 있다면 어떻게든 다시 양정도와 함께 그들에게 복수하겠다고 다짐했다.

27
2년

폭풍 뒤에 찾아온 고요는 끔찍한 고통과 함께였다. 어디에도 말하지 못하던 고민을 안고 천성희는 양정도를 만나러 교도소를 찾았다. 죄수복을 입은 모습으로 밝게 웃음 짓는 양정도와 달리 천성희는 겨우 억지웃음을 지었다. 잠시 머뭇거리던 천성희가 먼저 입을 열었다.

"괜찮아?"

별일 다 있다는 표정으로 양정도가 대꾸했다.

"그럼. 어쩐 일이야?"

어두운 표정을 감추지 못하고 그대로 민낯이 드러난 천성희가 망설이다 어렵게 말문을 열었다.

"너한테 얘기할 게 있어서. 그래서 왔어. 과장님한테 사정이 좀 생겼거든. 상황이 많이 안 좋아졌어. 너랑 그 일 있은 다음부터…… 아무튼 네가 거기 왜 들어갔고 과장님이랑 무슨 약속을 했는지…… 나도 다 들었어, 과장님한테.”

양정도는 마른침을 삼켰다. 백성일과 꾸민 계획의 칼끝은 최철우 회장을 겨누고 있었지만 그 사이에는 천갑수 시장이 버티고 있었다. 최철우를 치려면 반드시 천갑수를 뚫고 지나야 하는 계획이었다. 양정도는 정의에 앞서 부모의 복수로 시작한 일이었다. 천갑수는 천성희의 아버지다. 그런 천성희가 이 사실을 알고 어떤 판단을 내릴지 양정도는 짐작하기 어려웠다. 그러니 불편해도 방법은 정면 돌파뿐이었다. 진실을 듣고 싶은 양정도는 에두르지 않고 천성희에게 물었다.

“성희야. 네가 들은 얘기, 그니까 우리가 하려던 거, 너희 아버지, 천갑수 시장도 다칠 수 있는 일이야. 아무리 초등학교 때 부모님 이혼해서 떨어져 살았어도 아버지는 아버지잖아. 괜찮겠어?”

“우리 엄마가 아직도 가끔 그래. 네 아버지, 남편으로선 최악이었는데 인간으로선 참 멋있는 사람이었다고. 그런데 몇 년 동안 내가 옆에서 지켜본 천갑수 시장님은 그런 분이 아니더라고.”

“많이 다치실 수도 있어. 다신 재기 못할 수도 있고.”

“나 하나만 생각하면 해선 안 될 일이라는 거 알지…… 아는데. 강과장님, 창호, 그리고 박상호 씨…… 그분들 생각하면 이게 맞아. 권력은 사람들한테 상처 주면 안 되는 거잖아. 상처받은 사람들을 감싸줘야 되는 거잖아.”

“후회 안 할 자신 있어?”

말과 다르게 고민하는 모습을 숨기지 못하는 천성희였다. 상반되는 정의와 가족애 속에서 질식할 것 같은 얼굴로 허우적거리던 천성희는 말을 겨우 쥐어짰다.

"후회하지 않게 해줘. 정도야…… 부탁할게."

천성희가 말끝에 보인 희미한 웃음이 미안한 마음을 조금은 희석시켜줬다. 그제서야 양정도는 궁금해졌다. 어째서 백성일은 하기 힘든 이야기를 가장 알아서는 안 될 천성희에게 털어놓을 수밖에 없었는지.

"근데 백성일 아저씨는 무슨 일이 생겼는데? 무슨 상황이 안 좋기에 너한테 이런 얘기까지 다 해줬대."

"과장님, 변했어. 옛날처럼 다시."

다미식당 주인 우상철은 겁에 질린 채 손녀 다미를 꼭 끌어안았다. 극진건설이라고 쓰인 조끼를 입은 건장한 사내들이 들어오는 걸 본 순간 뉴스에서나 보던 용역 깡패라는 걸 알 수 있었다.

재개발이 한참 추진되고 있는 마석동은 점점 생기를 잃어가고 있었다. 보상금을 받은 이들이 하나 둘 마을을 떠나며 빈자리는 적막과 어둠으로 채워졌다. 그런 와중에 우상철은 남들처럼 쉽게 떠날 수 없었다. 다미식당은 우상철이 가진 전부였다.

깡패들의 두목으로 보이는 남자는 국밥을 한 그릇과 소주를 시켰다. 이미 그들의 난동으로 엉망이 된 식당에서 혼자 소주를 들이켜며 우상철에게 말을 붙였다. 존댓말을 했지만 말투에 예의까지 담겨 있지는 않았다.

“사장님. 말씀드렸다시피 이거 엄연한 위법 행위예요. 시간도 많이 드렸잖아. 사장님 때문에 우리가 아주 그냥, 손해가 막심해.”

한 숟가락 크게 뜨며 안타깝다는 듯이 하는 말에 우상철은 말문이 막혔다.

“아무튼 우리도 이제 법적으로 할 수밖에 없어요. 어떡해, 우리도 먹고살아야지.”

‘먹고살아야 한다’는 말에 우상철은 아찔한 현기증이 느껴졌다. 다미식당은 단순히 먹고사는 문제가 아니었다. 식탁에 밥값을 두고 떠나는 모습을 보며 우상철이 말했다.

“먹고살 만하잖아요. 여기 개발 안 해도 먹고살 만하잖아요, 사장님은.”

예상 못 한 우상철의 반응에 두목은 잠시 걸음을 멈췄다. 별일이라는 얼굴을 한 두목을 향해 우상철은 말이 아닌 절규를 내뱉었다.

“우린 죽는다고요. 여기 뺏기면 우린 다 죽는다고요.”

우상철의 절규와 달리 두목의 얼굴에는 비웃음이 번졌다.

“아, 이 양반이. 그럼 뒈지든가. 짜증나 죽겠네.”

잔뜩 겁을 집어먹은 우상철을 보며 두목은 다시 밥값을 집어들었다. 벌레를 죽이듯 어떤 죄책감도 느끼지 못하는 얼굴이었다. 두목이 나가는 모습과 함께, 남은 장정들의 행패가 시작됐다. 식탁이 부서지고, 의자가 날아가는 모습을 무기력하게 보고 있을 수밖에 없었다. 손녀 다미가 겁을 먹고 우는 것을 꼭 안아주는 게 노인 우상철이 할 수 있는 전부였다.

최철우는 가진 돈과 어울리지 않는 낡은 동네에서 살았다. 철저하게 자신을 숨기고 평범한 노인처럼 보이려고 늘 조심하는 모습이었다. 천갑수가 찾아갔을 때도 최철우는 약수터에서 방금 내려온 동네 노인의 모습을 하고 말했다.

"밖에서 얘기하실까요? 날도 더운데."

최철우는 평상에 수박 한 통을 잘라 천갑수 옆에 놓았다. 나란히 앉아 서로 바라보지 않고 이야기를 나누기 시작했다.

"그…… 백성일인가 하는 그놈은 어때요, 요즘?"

"주기적으로 보고받고 있는데, 걱정하지 않으셔도 될 거 같습니다. 조용합니다. 말썽도 없고요."

최철우가 가장 먼저 꺼낸 이야기는 다름 아닌 백성일이었다. 방필규까지 당했기 때문인지 아직도 최철우의 머릿속엔 그 기억의 조각이 박혀 있는 듯했다.

"허허. 다행이네요. 근데 시장님. 마석동 땅 재개발하는 게 그렇게 별로예요, 시장님은? 우리 서원시에서 세수가 제일 적은 지역 아닙니까, 마석동이."

드디어 본론을 꺼낸 최철우를 앞에 두고 천갑수는 선뜻 대답을 못했다. 천갑수가 말이 없자 최철우는 담담하게 자기주장을 시작했다.

"서원시에서 제일 못사는 동네. 그래서 그런지 거기 건물주들이 다 후줄근해요. 누가 없이 사는 동네 아니랄까봐, 허허. 그래서 저한테 건물들을 다 헐값에 다 넘긴 거 아닙니까?"

듣고만 있던 천갑수가 입을 열었다.

"건물주들이 문제가 아닙니다. 세입자들이 문제죠. 이대로 강제 철거 들어가면 그 사람들 전부 길거리에 나앉게 될 겁니다."

"시장님의 동정심 때문에 제 권리를 포기할 순 없죠. 저는 제 권리 행사할 겁니다. 제가 보상금을 안 줬습니까, 시간을 안 줬습니까? 다 줬어요. 법대로 했다고요. 제가 틀린 말 했습니까?"

최철우의 말대로 틀린 말은 아니었다. 틀린 게 있다면 법이 틀린 거라고 생각한 천갑수는 말했다.

"저는 법을 얘기하는 게 아닙니다. 인권을 얘기하는 겁니다. 법대로 했다는 말이 폭력을 정당하게 만드는 건 아닙니다, 회장님."

"방금 한 말 책임질 수 있어요? 선거 앞둔 시장님 입에서 나온 말이라곤 믿어지지 않는군요. 법을 부정하셨어요, 지금."

"그게 아니라……."

"됐어요. 지금껏 저는 법대로 해왔고, 앞으로도 법대로 할 겁니다. 제가 하는 일에 불만 있으시면, 시장님도 법대로 하세요. 아직까지 버티고 있는 몇몇 놈들 멱살 집어 끌어내고 강제 철거할 테니까 그리 아세요. 그래서 만나자고 한 겁니다. 가보세요. 할 말 다 했어요."

최철우는 신경질적으로 말을 잘라 천갑수를 상대로 최후통첩을 하고 있었다. 천갑수에게는 최철우의 제안을 수용을 하느냐 마느냐, 이 두 가지 선택지만 주어졌다. 그러나 천갑수는 조건 자체가 잘못이라고 느꼈다. 수많은 선택이 있고, 그 선택의 결과에 따라 또다시 선택해 더 나은 세상을 만드는 게 천갑수가 생각하는 시정이었다. 목구멍 끝까지 욕심을 채워넣겠다는 최철우에게 모멸감을 느낀 천갑수는 자리에서 일어났다.

사실 마석동 재개발은 현재 천갑수에게 가장 큰 골칫덩이였다. 최철우의 말대로 가장 세수가 적고 낙후된 지역이었으며, 가장 가난한 사람들이 마지막으로 보금자리를 꾸리는 곳이었다. 하지만 그곳이 아니라면 서원시를 떠나야 할 수밖에 없는 사람들이 모여 있었다. 그런 사람들에게 재개발을 이유로 떠나달라고 하는 말은 '서원시에 당신들이 살 곳은 더이상 없다'고 말하는 것이나 마찬가지였다.

천갑수는 오랜 고민 끝에 스스로 결론을 내렸다. 무조건 빨리 목적지에 가는 게 능사는 아니라고, 달리던 차에 문제가 생기면 일단 멈추고 문제를 확인하는 게 올바른 방법이라고 믿었다. '빨리 빨리'만 강요하는 최철우의 뜻대로 할 수 있는 문제가 아니었다. 마석동 재개발 역시 원주민들의 거취 문제가 풀리지 않고 있으니 우선 공사를 멈추고 이야기를 들어야 한다고 생각했다. 어지러운 상황 속에서 천갑수는 최철우에게 전화를 걸어 자신의 의지를 밝혔다.

"마석동 상인 분들과 간담회 진행할 겁니다. 끊습니다."

천갑수는 최철우의 으름장에 맞서 자신의 의지를 관철하기로 결정했고, 수행원들을 불러 마석동으로 향했다. 철거가 한창인 마석동 현장에 들어서자 기자들이 벌떼처럼 몰려들어 질문을 퍼부었다.

"시장님, 이번 간담회의 목적은 뭡니까?"

"마석동 재개발이 백지화 된다는 게 사실입니까?"

"철거민들이 제대로 된 보상을 받지 못했다던데 사실입니까?"

"주민들에게 하실 말씀 없으십니까?"

"철거민들을 위한 대책을 준비하셨습니까?"

예상했던 질문들은 사실 너무나 당연한 질문들이었다. 또 그 질문들은 천갑수 역시 어떻게 풀어내야 할지 고민하던 것들이었다. 천갑수는 밀려드는 질문을 간담회에서 대답하겠다는 한마디로 답변을 대신했다.

이윽고 걸음을 조금 옮기자 천갑수 주위로 '마석동 재개발 절대 반대'라는 구호가 새겨진 조끼를 입은 사람들이 하나둘 모여들었다. 그곳엔 며칠 전 시청으로 찾아왔었던 노인, 우상철도 있었다. 그를 포함한 모두가 지친 얼굴이었다. 어쩌면 이렇게 하나같이 힘든 사람들일까? 연로한 어머니 때문에, 아직 어린 자식 때문에…… 이런저런 이유로 갈 곳이 없는 사람들이었다. 그들의 바람은 '철거 반대'가 아닌 '생존'이었다. '재개발 반대'라는 구호는 '살려달라'로 읽어야 옳은 해석이었다.

천갑수가 안타까운 그들을 보며 입술을 떼려 할 때, 작은 움직임 뒤로 얼굴에 달걀이 날아왔다. 달걀은 소요를 알리는 시작이었다. 순식간에 생존의 구호는 규탄의 구호로 바뀌었다. 천갑수의 수행원들과 주민들 사이에 몸싸움이 시작됐고, 그 일대는 순식간에 아수라장이 되었다. 마치 누군가 주도해서 이끌어가는 듯 분위기는 갈수록 험악해졌고, 그 자리에 있던 주민 몇은 넘어지고 다쳤다. 천갑수의 시야에 경찰, 경호원 들의 제지로 얼굴에 상처를 입은 채 쓰러져 있는 우상철이 들어왔다. 그러나 천갑수는 외면할 수밖에 없었다. 더 이상 그곳에 남아 있을 수 없어 경호를 받으며 자리를 빠져나왔다.

그날 저녁 각 언론사의 머리기사는 '마석동 재개발 지역 주민들, 간담회 참여한 시장 폭행 사태'였다. 뉴스는 전파를 타고 전국으로 나갔고, 천갑수는 불편한 마음으로 자신의 뉴스를 보게 되었다. 와이셔츠에 묻은 달걀자국이 지워지지 않은 것처럼 천갑수 마음에도 분노와 후회가 씻기지 않고 남아 있었다. 천갑수는 휴대전화를 들어 최철우에게 전화를 걸어 물었다.

"회장님 짓입니까?"

"예."

천갑수가 예상했던 대로였다. 최철우 회장의 사주를 받은 용역 깡패들이 철거민으로 위장해 소요를 일으켰던 거였다. 천갑수가 화가 나 따져 물었다.

"왜요? 왜 그런 겁니까?"

"시장님이 원한 게 그거 아니었나요? 난 그런 줄 알았는데."

"대화로 해결하려고 했습니다. 마구잡이식 강제 철거가 아니라! 대화로! 대화로 해결하려고 했습니다, 저는!"

"그럼 왜 저한테 말해주셨어요? 간담회 한다는 말…… 왜 해주셨어요, 저한테?"

뜻밖의 질문에 천갑수는 말문이 막혔고, 최철우는 간사한 목소리로 말을 이어갔다.

"시장님이랑 저랑 잘 맞는 이유가 이거예요. 과정은 다르지만 목적이 같다는 것. 아니, 과정도 같아. 시장님이 계속 자길 속여서 그렇지."

"회장님!"

천갑수가 비명처럼 최철우를 부르자 최철우의 말투가 변했다. 두려워하는 척, 존중하는 척이 빠진 날것이었다.

"네가 착한 놈 같지? 네가 진짜 착한 놈이었으면 나한테 전화 안 했어. 간담회 한다는 말 나한테 안 했을 거라고. 네가 원한다면…… 그래, 넌 계속 꽃길만 걸어. 오늘 같은 진흙길은 내가 뒹굴어줄게. 시장 계속해야지, 선거에 당선돼서."

조미주는 길거리 편의점에서 천성희를 만났다. 양정도가 재판에 넘겨지고 난 뒤, 앞으로 마주칠 일이 없을 거라 생각했던 상대였다. 그런데 갑자기 전화해 약속을 잡을 때부터 왜 자신을 만나려 하는지 의문투성이였다. 딱히 오래 나눌 이야기도 없었기에 가벼운 마음으로 나왔는데 그 자리에서 전해들은 소식에 조미주는 입이 다물어지지 않았다.

"정도 오빠 나온다고요? 왜 이렇게 빨리? 10년 받았잖아요."

"가석방된대. 자세한 건 나도 잘 모르는데, 암튼 그렇게 됐대. 아마 다음 주쯤 나올 거 같아."

담담하면서도 조용하게 전해지고 있는 천성희의 말이 조미주는 전혀 이해되지 않았다.

"나 이해가 안 되네. 10년 받은 사람이 어떻게 2년 만에 나와? 근데, 언니는 저 왜 보자고 한 거예요?"

가석방 소식에 놀라면서도 천성희가 단지 그 말을 전하려고 자기를 만난 건 아닐 거라는 생각이 들었다. 불편할 것까진 아니지만 그렇다고 서로 근황을 알릴 만한 살가운 사이도 아니었다.

"그 말 전해주려고 보자고 한 건 아닐 거 아니야?"

조미주의 질문에 천성희는 조심스럽게 말을 꺼냈다.

"음…… 내가 미주, 너한테 부탁할 게 하나 있어서."

"무슨 부탁이요?"

"그때 일했던 분들…… 혹시, 아직 연락해? 정도 출소하면 바로 해야 될 일이 있어. 그 일 하는데 그분들 도움이 필요하고."

조미주 입장에서 천성희는 말도 안 될 소리를 하고 있었다. 양정도가 500억 원을 공중에 뿌린 게 겨우 2년 전이었다. 자신이야 그렇다 치고 또 노방실은 어떻게 나올지는 몰라도, 오로지 돈만 보고 함께 일한 거라고 당당하게 말하는 장학주와 정자왕이 함께하리라는 건 상상하기 힘들었다.

"할까요, 그 사람들이? 2년 전에야, 정도 오빠 꼬임에 넘어가서 분위기 타고 어쩌다 한 번 하긴 했지만. 지금은 또 다르죠. 다 사기꾼들이에요. 자기 이득되는 일 없으면 안 움직인다고."

"그렇지?"

천성희가 큰 눈을 껌뻑이며 눈시울을 붉혔다. 조미주는 그 표정에 괜스레 죄진 기분이 들었다. 그러고는 괜한 호기가 일어 자신도 모르게 말이 나왔다.

"얘기해볼게요. 해보는데…… 큰 기대는 하지 마요. 당장 나 같아도 뭐, 할 맘 크게 안 생기는데. 해볼게요, 얘기는."

"그래. 고마워, 미주야."

"그런데 왜 언니가 이런 일 하고 다녀요? 백성일 그 아저씨는?"

"그렇게 됐어, 뭐 어쩌다가……."

천성희가 쓸쓸하게 웃으며 말을 줄였다. 사정이 있어 보였지만 조미주에게는 묻고 따질 만큼 궁금한 일도 아니었다. 당장 자신이 뱉은 말로 생긴 일거리부터 해결하기로 마음먹었다.

가장 먼저 냉동 창고에 있는 장학주부터 찾았다. 본업으로 돌아가 바쁘게 영수증을 정리하던 장학주는 코웃음을 쳤다. 어려울 거라고 각오하고 온 길이기는 했지만, 귓등으로도 안 듣는 장학주의 모습에 맥이 풀렸다. 정자왕도 다르지 않았다. 여전히 지하 보일러실에서 포르노 DVD에 파묻혀 사는 정자왕은 양정도를 돕자는 말에 '영장이 나와 군대에 가야 된다'는 말도 안 되는 변명을 늘어놓았다.

마지막으로 만난 노방실은 되레 조미주를 걱정했다. 할 이유가 없다며 무작정 도와주지 말라는 충고까지 곁들였다. 아무도 안 도와줄 거라고 짐작했지만, 막상 진짜 아무도 나서지 않자 조미주는 화가 치밀었다. 있는 대로 성질을 부려도 그 모습까지 무시해버리는 모습에 남은 건 실망뿐이었다. 자신보다 더 실망할 천성희에게 전화해 내용을 전하는데 그 마음이 쓸쓸했다.

백성일은 재판에서 증언을 한 뒤, 자신에게 아무 일도 없을 거라고 생각하지는 않았다. 모든 죄를 양정도가 짊어진다 해도 자신 역시 한패였다는 게 사실이었다. 하지만 살아남게 해준다는 천갑수의 말을 절반만 믿는다 해도 이건 너무 빠른 조치였다. 일이 터지고 백성일은 바로 인사발령을 받았다. 세금징수국 세금징수3과 과장에서 운영지원팀 팀장으로 강등되었다. 그리고 자신의 빈자리는 후배 김 조사관이 앉게 되었다. 실질적인 퇴사 압박이었다.

백성일도, 새롭게 세금징수3과 과장이 된 김 조사관도 모두가 이 상황이 편치 않았다. 그러나 백성일은 스스로 물러나지 않았다. 양정도가 죄를 다 뒤집어쓰면서까지 부탁한 일이 있었다. 설령 쓸개를 핥고 가시방석에 앉는다 해도 물러설 수 없었다. 백성일은 처절할 만큼 몸을 낮추고, 답답할 만큼 어리숙하게 굴었다.

즐겁지 않은 출근이 계속되었다. 힘은 들어도 함께 부비고 의지할 수 있었던 동료들이 이제 없었다. 시청 세금징수국 속에 백성일은 혼자 떠 있는 섬처럼 외로웠다. 간혹 걸어오는 말들의 대부분은 질책이었다. 며칠 전 그날 역시 마찬가지였다. 후배 세금징수1과 심 과장이 성난 표정으로 다가와 물었다.

"이사분기 출국금지자 리스트 부탁드린 거 어떻게 됐어요?"

"아, 맞다! 그거……."

"아이 씨…… 내가 아침에 말했잖아요, 뽑아달라고. 또 까먹었죠?"

"아, 미안해. 깜빡했다. 내가 오늘 저녁까지 해놓을게."

"됐어요. 내가 할게, 내가. 뭐 하나 제대로 하는 게 없어요, 백 팀장님은."

"일이 너무 많아가지고…… 미안해."

"누군 뭐 일 안 하나. 맨날 그 핑계야, 맨날."

후배에게 무시당하며 질책을 받는 것도 언젠가부터 늘 겪는 일이 되었다. 하지만 늘 겪는다고 해서 익숙해지는 것은 아니었다. 고통에 익숙해질 수 있는 사람은 없었다. 백성일은 그저 눈 꾹 감고 마음을 가라앉히며 참을 뿐이었다.

아침부터 잔뜩 심란한 순간, 누군가 백성일을 찾았다. 불안한 걸음으로 백성일을 찾은 사람은 다미식당의 주인, 우상철이었다. 2년 전 양정도, 장학주, 그리고 다른 팀원들과 함께 찾던 작은 식당. 맛집도 아닌 주제에 퉁명스럽고 불친절하던 늙은 주인. 우상철의 굽고 좁은 등을 가린 노란색 조끼에는 '마석동 재개발 결사반대'라고 적혀 있었다.

"왜 또 오셨어요? 제가 도움드릴 수 있는 게 없다니까."

우상철은 백성일의 손을 잡고 간절한 눈빛으로 애원했다. 마석동 재개발 구역에 포함된 다미식당은 현재 철거 위기를 겪고 있었다. 맛집도 아니고 친절하지도 않았기에 시 계획에 따라 전해질 보상만으로는 이 늙은 남자가 다시 생활을 이어나갈 방법은 없었다. 그런 이가 찾아온 이유는 지푸라기라도 잡는 심정이라는 걸 백성일이 모를 리 없었다. 아무 관련도 없는 자신을 찾아온 건 그나마 안면이 있는 시청 직원이라서였을 테다.

"아니, 제가 할 수 있는 게 없어요. 이렇게 하셔도 소용이 없어."

곤란해하면서도 한편으로는 냉정하게 말하는 백성일에게 세금징수국 직원들의 시선이 쏟아졌다. 어떤 이는 안타까워하는, 어떤 이는 실망했다는 얼굴이었다. 백성일은 자신에게 쏟아진 부담스러운 관심을 견디기 힘들었다.

"이렇게 하셔도 소용없고요. 빨리 가세요. 다미 학교 끝날 시간도 됐는데 어서 들어가세요."

백성일은 우상철을 사무실 밖으로 끌어내며 말했다. 바싹 마른 우상철은 백성일의 힘을 이기지 못했다. 종이 인형을 치우듯 가볍게 우상철을 쫓아낸 백성일이 자리로 돌아오자 세금징수3과 과장이자 후배인 김 조사관이 신경질적으로 말했다.

"꼭 그렇게 하셔야 됩니까, 매몰차게."

"어?"

"과장님 보러 먼 길 온 양반한테 너무 매몰찬 거 아입니까? 하루 이틀도 아이고……."

백성일은 무슨 그런 당연한 걸 묻냐는 말투로 대답했다.

"내가 해줄 수 있는 게 없잖아. 나 운영지원팀인데. 운영지원팀이 뭐, 재개발 문제를 해결해줄 수 있는 것도 아니고……."

물론 후배가 하는 말뜻을 누구보다 잘 아는 백성일이었다. 짜증을 부리는 까닭도, 성을 내며 말하는 이유도 알고 있었다. 그런 후배에게조차 백성일은 마음을 숨기고 말할 수밖에 없었다.

"그게 아이고요, 과장님. 우상철 저 양반 보면 뭐, 생각나는 사람 없습니까? 박상호 씨요. 박상호 씨 생각 안 나요?"

입버릇처럼 "깎아주세요"라고 말하던 박상호의 목소리를 백성일이 잊었을 리 없었다. 후배의 말에 박상호의 죽음과, 그로 인해 상처 입은 사람들의 모습이 사슬같이 기억 속에서 연이어 꺼내 올려졌다.

"저런 양반들이 도저히 하소연할 데가 없으니까, 할 말은 많은데 들어줄 사람이 없으니까, 그래서 우리 찾아오는 거잖아요, 과장님. 그 얘긴 들어줄 수 있잖아요, 예? 들어주는 거, 그거 뭐 어려운 거 아이잖아요. 막말로 우상철 저 양반이 박상호 씨처럼 되모, 그땐 과장님 어떻게 하실 건데요?"

후배의 말이 가시처럼 아프게 심장을 후벼팠지만 백성일은 더 잔인해질 수밖에 없었다. 최대한 건조한 목소리로 말했다.

"상관없는데."

"예?"

"우상철 저 사람이 어떻게 되든 나랑은 상관없잖아. 저 사람이 뭐 어떻게 되든지 나하고 무슨 상관이야? 내 가족도 아닌데, 뭐 안 그래?"

백성일의 말에 후배는 질려버렸다는 표정을 지었다.

"과장님, 왜 이렇게 되셨어요?"

"뭘 왜 이렇게 돼…… 원래 이게 나야. 자꾸 '과장님, 과장님' 그러지 마. 난 여기 운영지원팀 팀장. 팀장이잖아. 과장은 너잖아, 이제."

실망이 가득 찬 후배의 얼굴을 보니 미안한 마음을 숨기기 쉽지 않았다. 하지만 백성일에게는 반드시 참아야 할 이유가 있었다. 발톱도 송곳니도 모두 자기 손으로 잘라 가슴속에 묻어야 했다. 백성일은 아직 자신을 보는 눈이 많다는 걸 알고 있었다. 안태욱이 떠났다고 해서 최철우와 천갑수의 눈과 귀가 닫힌 건 아니었다. 그러니 더욱 조심하고 아무 생각 없는 사람으로 보이려고 노력했다.

그런 백성일은 아무래도 우상철이 다녀가고 후배와 승강이한 일로 주목받은 것이 마음에 걸려 세금징수국 직원들에게 음료수를 돌리며 아양을 떨었다.

"김 과장! 김 과장도 이거 하나 마셔."

"됐습니다."

자신을 보는 후배들의 혐오스런 눈길이 가슴에 사무쳤다. 그러나 백성일은 아무렇지도 않다는 듯 다시 음료수를 권했다.

"에이, 그러지 말고 하나 마셔!"

기어코 음료수를 권하는 백성일의 손길을 뿌리치며 후배는 냉정하게 말했다.

"됐다고요. 마이 드십쇼. 운영지원팀 백성일 팀장님! 그리고 앞으로 저한테 존댓말 써요. 어차피 직급도 제가 더 위니까."

백성일은 냉기를 뿜으며 돌아서는 후배 뒷모습에 허리를 굽혔다. 그저 잘하고 있는 거라고, 지금은 이렇게 버텨야 한다는 생각뿐이었다. 남들이 마신 빈 음료수 병을 챙겨 버리러 나온 백성일은 아직도 시청 복도를 서성이는 우상철을 발견했다. 마찬가지로 백성일을 발견한 우상철이 자신을 불렀지만, 그의 목소리를 외면하고 마침 복도를 지나는 천갑수를 향해 고개를 숙였다.

"백성일 팀장. 별일 없지?"

천갑수의 물음에 백성일은 미소까지 지어 보이며 공손하게 대답했다.

"그럼요. 별일 없습니다."

지금 백성일의 모습은 그래야 했다. 백성일의 말끝에는 씁쓸한 뒷맛이 깊게 남았다. 그런 백성일을 지나친 천갑수는 한껏 사람 좋아 보이는 얼굴로 우상철에게 다가가 두 손을 꼭 잡으며 말했다.

"너무 걱정하지 마십쇼. 잘 처리하겠습니다. 기업가의 욕심 때문에 서민의 생존권이 박탈되는 일은 없도록 하겠습니다. 예, 제가 그렇게 하겠습니다."

정치인들이 시민을 만나면 으레 하는 말이었지만, 우상철은 감사하다는 말을 연발하며 계속 허리를 숙였다. 진심인지 분간 못 하는 게 아니었다. 그저 다급한 현실에서 자신의 말을 들어준 게 고마운 거였다. 그런 마음을 뻔히 아는 천갑수가 우상철의 늙고 거친 손을 붙잡고 생존권을 들먹이는 모습에서 백성일은 구토를 느꼈다.

28
숨은 악마, 웅크린 악당

'마석동 재개발 지역 주민 간담회' 뉴스는 양정도를 조급하게 만들었다. 재개발과 천갑수의 행보에는 최철우의 그림자가 길게 드리워져 있었다. 이대로 최철우가 계속 커지게 두고 볼 수만은 없었다. 양정도는 곧 나갈 계획이었고, 더 늦기 전에 최철우를 치려면 동료들의 도움이 반드시 필요했으니 출소하기 전에 준비를 시작했다.

"교도관님. 형님. 죄송한데, 제가 전화 한 통만 쓸 수 있을까요? 어려운 거 아는데…… 한 번만 부탁드리겠습니다."

휴대전화를 건네받은 양정도는 우선 노방실에게 전화를 걸었다.

"내가 그걸 왜 해? 남는 게 하나도 없는데."

양정도가 꺼낸 말에 노방실은 그렇게 대답했다. 양정도는 한 명 한 명에게 전화를 걸어 도움을 구했지만, 모두의 반응 역시 노방실과 크게 다르지 않았다. 양정도는 최선을 다해 설득했다.

"왜 남는 게 없어요. 그놈들이 무서워했잖아요. 돈 하나 믿고 법 무시하고 사람 깔보던 놈들이 우리를 무서워했잖아요. 자기들이 맨날 무시하던 놈들한테 처음으로 겁이라는 걸 먹었잖아요. 여사님, 나쁜 놈들이 잘되는 세상, 그거 좋은 거 아니잖아요. 상식 없는 세상, 그거 좋은 거 아니잖아요. 편법이 합법을 이기는 세상, 그것도 좋은 거 아니잖아요. 여사님. 그러니까 우리 다시 한번 해보자고요. 우리 같은 사기꾼 나쁜 놈들이, 상식도 없고 편법으로만 사는 밑바닥 놈들이 얼마나 화가 났길래 저런 짓까지 했을까! 저런 사기꾼 놈들보다 얼마나 나쁜 새끼들이 많길래 저런 짓까지 했을까! 밑바닥 사기꾼 놈들이! 그거 한번 사람들한테 보여주자고요. 착한 놈들이 흥하고 나쁜 놈들이 망하는 거, 이 당연한 거! 현실에서도 보여주자고요. 그 새끼들한테 한번 보여주자고요."

이 설득이 그들에게 얼마나 통했는지는 알 수 없었다. 그저 양정도는 출소일을 기다리며 초조한 기대를 가졌고, 막상 출소일이 다가왔을 땐 오히려 담담한 마음이었다.

그리고 얼마 뒤 햇살이 따가울 만큼 맑은 날, 양정도는 세상으로 다시 나왔다. 날씨가 더웠다. 약 2년 전, 검거될 때 입었던 옷은 지금 계절에 어울리지 않았다. 양정도는 살짝 기대를 품고 교도소 둘레를 살폈다. 혹시 정말 아무도 오지 않았나 하는 불안도 잠시, 자신을 기다리는 조미주를 발견하고는 입가에 웃음이 걸렸다. 2년 만에 만난 반가움에 장난을 걸며 고마운 마음을 표했다. 조미주와 인사하는 사이 멀리서 양정도를 부르는 소리가 들렸다. 장학주와 한 차를 타고 온 정자왕이 창밖으로 몸을 내밀어 손을 흔들고 있었다. 시간이 지나도 여전히 천진난만한 얼굴이었다. 대뜸 양정도를 끌어안으며 품속으로 파고드는 정자왕 뒤로 장학주가 나타났다. 화난 얼굴로 다가와 다짜고짜 멱살을 잡는 장학주는 아직 화가 다 안 풀린 모양이었다. 당장이라도 얼굴에 주먹을 날릴 것 같더니 금세 어쩌지 못하고 웃어 보였다. 가장 늦게 도착한 건 노방실과 천지연이었다. 안부를 물으며 모두를 둘러본 양정도가 말했다.

"그럼 이제 가시죠. 그놈들 밟으러."

모두가 냉동 창고에 모인 것도 오랜만이었다. 양정도는 준비한 자료를 복사해 모두에게 나눠준 뒤 브리핑을 시작했다. 천성희가 몇 차례 교도소로 찾아와 말해준 정보와 그걸 토대로 자신이 조사한 내용을 공유했다.

"IMF 터지고 엄청난 양의 일본 사채 자본이 한국에 유입됐는데, 그중 일부가 평동 사채시장에 터를 잡았고. 그 자금 중 일부가 최철우 돈줄이에요. 밑바닥부터 살펴보면 평동 사채겠죠, 당연히. 고금리 불법대출부터 부동산, 자동차 담보대출, 최근에는 일수까지 판을 넓혀서 평동 사채시장 70퍼센트를 최철우가 먹었어요."

양정도의 설명을 듣던 노방실이 의문을 제기했다.

"평동에서 돌고 있는 사채 자금이 최철우 돈이라는 증거 없을걸?"

"맞아요. 평동에서 구르는 밑바닥 돈은 절대 다른 사업에 투자 안

해요. 때 묻은 돈이랑 빳빳한 돈, 절대 같이 뒹굴게 안 둬요."

평동 사채시장은 최철우의 시드머니, 즉 종잣돈이었다. 그러니 사채시장의 돈이 다른 곳으로 유입되지 않는다면 그 돈을 노리는 건 사실상 무리였다. 조미주가 이를 알아차리고 물었다.

"그래서 또 뭐 있는데? 최철우 돈줄."

"그 뒤에도 봐봐. 여기가 메인이야. 극진건설. 우향그룹 망해서 간판 계속 바꿔 달아서 꼬리가 안 잡혔었는데 여기가 원래 우향건설이었어. 우향그룹 불법 다단계 사건 터지기 전에 계열사 분리해서 나간 회사야. 극진건설이 원래 우향건설이었다는 거 알고 세금징수국이 극진건설을 1년 전쯤에 한번 친 적이 있었는데, 최철우랑 연관된 줄은 이미 다 끊어놓은 상태였어. 우향개발이니 우향테크니, 다 날려도 극진건설 하나는 지키겠다는 거 보면 최철우가 각별히 아끼는 회사인 건 확실하고. 몇 년 동안 잠잠했는데 최근에 다시 움직이기 시작했어."

"마석동 재개발권을 여기서 땄지? 극진건설 바지 사장이 누구야?"

부동산 보는 눈이 남다른 노방실이 설명을 듣자 바로 정황을 분석해 물었다. 무리한 재개발 문제로 한창 시끄러웠고, 최철우가 천갑수 시장에게 줄을 대고 있다면 계산은 뻔했다. 노방실의 예리한 질문에 양정도가 대답했다.

"차명수요. 방필규가 최철우 오른팔이면 차명수는 왼팔 정도 되는 사람이고. 숫자 몇 개 바꿔서 회삿돈 좀 횡령한 거 같은데, 액수는 그렇게 안 커요. 그래서 최철우도 눈 감아주고 있는 거 같고."

'회삿돈 횡령'이라는 말을 듣고 조미주가 차명수 자료에서 액수를 확인하며 말했다.

"근데 겨우 연 1억? 와, 최철우 많이 무서워하나보네, 이 사람?"

"껌뻑 죽지. 그거 때문에 이 사람한테 극진건설 준 거 같아. 겁 많은 놈들은 배신 잘 못하잖아. 그래도 쌓인 건 많을걸? 뭐 성질 없는 사람이 있나, 어디."

양정도의 설명이 이어지는 와중 정자왕은 낯익은 얼굴을 발견하고 물었다.

"형. 이 사람 그때 형이 사기 친 그 사람 맞죠?"

예전에 김 전무가 '아가리만 크지 똥구닝이 작다'고 평가했던 세무사였다. 백성일을 만나기 전, 양정도가 국세청 직원으로 가장해 사기를 친 전력이 있었다.

"응. 맞아, 조상진. 극진건설 돈 관리해주고 있어. 차명수랑은 초중고 동창이고, 세무사 사무실이 잘 안 됐나봐."

정자왕의 질문에 답하는 것으로 양정도의 말이 더 이상 이어지지 않자 뭔가 허전하다는 듯 조미주가 물었다.

"근데 이게 끝이야?"

조미주의 말을 계기로 모두들 아직 뭔가 부족하다는 말을 한마디씩 보탰다. 내용이 부족한 게 아니라 지금 이 상황이 어색하고 허전하게 느껴지고 있던 거였다. 원인을 찾던 모두는 백성일을 떠올렸다. 늘 옆에 앉아 열심히 받아적던 백성일의 존재감은 어느 누구에게도 작지 않았다. 백성일 이야기가 나오자 양정도는 그날 천성희가 해주던 이야기가 생각나 입가에 웃음이 떠올랐다.

양정도가 교도소에 수감된 후 천성희가 처음 교도소로 찾아온 날이었다. 양정도는 백성일이 아닌 천성희가 찾아와 이런 이야기들을 전하는 게 의아해 대화 끝에 백성일의 안부를 물었다. 그러자 천성희는 잠시 머뭇거리다 백성일에 대한 이야기를 시작했다.

"과장님 변했어. 옛날처럼 다시…… 아니, 이 말이 맞겠네. 변할 거야. 변해야 되고. 시청에 보는 눈이 많아졌어. 그 사람들 속여야지. 그래야 너 나왔을 때 같이 일할 수 있으니까. 네가 나오는데 몇 년이 걸리든 우리 과장님 그렇게 사실 거야. 불의를 봐도 참으실 거고, 사람들 오해, 멸시도 다 견뎌내실 거야. 그렇게 해야만 되니까. 그렇게 해야 너랑 한 약속, 지킬 수 있으니까."

그때 이야기를 마친 뒤 천성희의 눈은 촉촉하게 젖어 있었다. 양정도는 잠시 생각에 잠겨 있다 싱긋 웃으며 모두를 둘러봤다. 모두 기대하는 눈치였다. 슬쩍 말을 돌려 백성일 이야기를 들려줬다.

"그 아저씨 다시 쫄보 됐대. 술에 술 탄 듯 물에 물 탄 듯, 다시 그렇게 산다던데? 시청 사람들 속이려고."

양정도 말에 모두 어이가 없다는 얼굴이었다. 남을 속이기 위해 2년씩이나 본심을 숨기는 사람도 찾아보면 있을 수 있긴 하다. 하지만 모두가 아는 백성일은 그럴 재주가 있는 인물이 아니었다. 백성일이 처음 자신을 찾아왔을 때의 그 순진한 모습이 기억난 노방실은 믿을 수 없어 물었다.

"연막 치고 산 거라고, 2년 동안?"

백성일에게 자해공갈을 가르치던 장학주도 감탄과 의심이 섞인 말을 뱉었다.

"그 냥반이 그게 가능햐?"

양정도 역시 처음에는 믿기 어려운 이야기였다.

"그 정도로 화가 났던 거지, 백성일 그 아저씨. 세상이 답답하잖아. 참고 살기에는."

양정도의 말을 듣자 감탄한 모두의 얼굴 뒤로 씁쓸한 웃음이 묻었다.

마석동 재개발 지역 주민 간담회 때 발생한 소요가 엉뚱한 곳으로 불똥을 튀겼다. 일부 시위자의 테러 행위가 집중되면서 늙고 병약한 다미식당 주인 우상철이 경찰에 끌려간 거였다. 뉴스 화면에서 우상철을 본 백성일은 그동안 유지해온 이성을 더 이상 붙잡고 있기 힘들었다. 유치장으로 찾아가 만난 우상철은 아직 핏자국이 남은 얼굴이었다. 눈물이 왈칵 쏟아질 뻔했지만 백성일은 결연히 말했다.

"제가 밟아드릴게요. 아저씨 그렇게 만든 사람들, 제가 다 짓밟아 드릴게요. 제 사람들 다치는 거 더 이상…… 더 이상 못 봐요, 저는. 이 말씀 드리려고 왔어요. 그동안 죄송했습니다. 제가 좀 사정이 있어서요. 잠시만 거기서 쉬신다고 생각하시고, 잠깐만 거기 계세요. 제가…… 제가 그 새끼들 싹 다 찢어버릴게요. 몸조리하세요."

백성일이 말하는 동안 우상철은 눈물을 쏟아냈다. 아무 말도 하지 않았지만 백성일은 그 심정을 알 수 있었다. 경찰서를 나오는데 길 건너에서 자신을 보며 웃고 있는 양정도를 마주했다. 한걸음에 양정도

앞으로 달려갔지만 마음처럼 입이 떨어지지 않았다. 그런 백성일에 앞서 양정도가 웃으며 먼저 말했다.

"일찍 나온다고 했죠, 내가?"

백성일은 무슨 말을 어떻게 해야 할지 몰랐다. 쑥스러워 어깨를 툭 치고 "고생했다" 하며 모든 말을 대신했다. 투박하기 짝이 없는 모습이었다. 양정도는 백성일을 차에 태우고 이동하며 그간 생각했던 이야기를 꺼냈다.

"이번에는 최철우 돈 노리고 들어가면 안 돼요. 2년 전에 그 일 있고 나서 다 커버 쳐놨을 거야, 우리가 못 건들게."

"그렇겠지. 만만한 놈이 아니니까."

"그럼 어떻게 해야 될까요?"

백성일에게 진지하게 묻는 양정도는 건방지고 까불거리던 예전 양정도의 모습이 아니었다. 놀란 백성일이 되물었다.

"웬일이냐. 네가 나한테 그런 걸 다 물어보고."

"아저씨 의도가 더 좋잖아. 공익. 나 이제 개인감정은 털고 가려고요. 내 감정 앞세웠다가 역공사 당했잖아. 아우, 나 빵에 또 가기 싫어요. 그 미싱 지겨워 죽는 줄 알았네. 아저씨가 내비게이션 해요. 운전은 내가 할게."

양정도가 백성일에게 말했다. 이젠 완전히 백성일을 믿고 인정하는 듯한 말투였다. 그 말을 들은 백성일은 자신이 생각해온 그림을 말했다.

"한 달 뒤에 지방선거야. 천갑수가 다시 뽑히면 우리 서원시, 바뀌는 거 없어. 우리가 사기 쳐서 세금 걷어도, 쓰는 놈들이 그대로니까."

"그래서요? 어떻게 하고 싶은데요, 아저씨는?"

"세금이 아니라 사람을 보고 들어가야지."

백성일이 설명하는 그림에 오히려 양정도가 놀랐다. 세금을 받아내는 걸로 끝내지 않고 쓰는 사람까지 갈아치운다는 계획이었다. 말대로라면 그 계획의 끝에 선 사람은 천갑수였다.

"국민의 의무 무시하는 놈. 국민한테만 의무 강요하는 놈…… 끌어내리겠다, 그 자리에서? 어디까지 갈 생각이에요, 아저씨?"

양정도의 질문에 백성일은 무겁게 입을 열었다.

"끝까지. 의무가 한쪽에만 있는 거 아니잖아."

양정도는 백성일을 바라봤다. 무서운 표정이었지만 2년 전 마진석에게 분노하던 모습과는 달랐다. 혐오나 증오 같은 개인적인 감정이 빠진 담백한 분노였다. 한층 더 성장한 백성일의 모습에 양정도는 미소가 지어졌다.

백성일의 집 근처에 도착했을 때는 벌써 해가 저문 시간이었다. 둘은 가까운 포장마차에서 간단한 축하 파티를 열었다. 소주와 변변치 않은 안주 몇 접시가 전부였지만, 백성일과 잔을 부딪치고 소주 한 잔을 입에 털어넣는 양정도는 기쁜 표정을 감추지 못했다. 기분 좋은 양정도와 달리 백성일의 표정은 밝지 못했다. 이런 모습을 놓칠 리 없는 양정도가 물었다.

"뭐야? 분위기 왜 이래요? 무슨 일 있어요?"

"아니야. 나 아까 다미식당 아저씨 만났거든…… 아, 네 얼굴 보니까 반갑다. 맛있는 거 사줘야 되는데 또 포장마차 와가지고."

미안해하는 백성일의 표정 속에 슬픔이 섞였다. 마석동 재개발 기사를 본 양정도 역시 백성일의 마음을 이해할 수 있었다. 부러 힘을 내 말했다.

"아이고, 소주가 얼마나 땡기던지! 난 이게 더 좋아요…… 아저씨! 다미식당, 너무 걱정하지 마요. 내가 극진건설 무너뜨려서 마석동 재개발 백지화시키고 다미식당 살리려니까."

백성일은 양정도의 말만 들어도 힘이 솟는 것 같았다. 고마웠다. 그때 문득 마음에 걸리던 질문 하나가 떠올랐다. 최철우에게서 밀린 세금을 받기 위해 반드시 넘어야 할 산, 천갑수가 문제였다.

"천갑수 시장은 어떻게 할 거야?"

"그 사람은 우리가 마킹 안 할 거예요. 우리 얼굴 너무 팔렸어, 그 사람한테는."

"그럼…… 누가 하지?"

"왕 회장님이요."

여유 있는 얼굴로 양정도가 소주를 들이켜며 말했다. 근심 가득한 백성일과 달리 양정도는 자신감이 넘치는 얼굴이었다.

최철우는 언제나처럼 자신의 빌라 앞 평상에서 시간을 보내고 있었다. 동네 주민과 바둑을 두는 일상의 모습은 검은 돈을 움켜쥐고 온갖 나쁜 짓을 저지르는 사람이라고는 상상할 수 없게 만들었다. 평범한 척하며 자신의 이득을 위해 눈에 띄지 않으려 노력했다.

그러던 어느 날, 가까운 몇몇만 알고 있는 자신의 거처로 찾아온 인물은 최철우가 처음 보는 얼굴이었다.

"실제로 뵙는 건 처음이죠, 최 회장님?"

마른 체구에 머리카락이 듬성듬성 남은 중년의 남자가 만면에 웃음을 지으며 알은척을 했다. 웃는 얼굴 뒤로 보이는 날카로운 눈빛에 평범한 사람은 아닐 거라 최철우는 생각했다. 헛웃음을 지으며 바라보자 그 남자는 최철우와 바둑을 두고 있던 노인에게 눈치를 줬다.

"잠깐 실례 좀 하겠습니다, 어르신."

노인이 자리를 비켜 최철우와 둘만 남자 상대는 아무렇지 않게 두던 바둑알을 잡았다. 눈살이 찌푸려지는 행동이었다.

"제가 방 사장이랑은 꽤 친했었죠. 그때부터 회장님 좀 한번 만나뵙게 해달라고 그렇게 부탁을 했는데, 이제 뵙게 되네요. 하하하."

방필규의 이름이 나온 순간 최철우는 상대를 어림짐작할 수 있었다. 방필규에게 '사기당하지 않게 조심하라'고 조언한 형사가 있었다는 말은 들었었다. 사재성이었다. 2년 전 자신에게 덤벼들었던 양정도, 백성일과 지금 눈앞의 사재성이 불편한 사이라는 것까지 이미 알고 있던 최철우가 먼저 수를 던졌다.

"뇌물 수수로 감옥에 갔다는 형사 분이 그쪽이시구만. 어떻게…… 옥살이 힘들지 않으셨고?"

"힘들죠. 어떻게 안 힘들겠습니까. 하루가 1년 같더라고요, 그 안에 갇혀 있으니까. 책도 보고 반성도 많이 하고, 그렇게 살았어요."

"뭘 그렇게 반성하셨는데."

"뭐 대단한 건 아니고, 내가 너무 물렁하게 살았구나, 더 악착같이, 더 지독하게 살아야 다시는 이곳에 안 들어오겠구나, 그랬습니다."

사재성이 아무 이유 없이 자신을 찾아올 리가 없다고 최철우는 생각했다. 이런 경우는 두 가지였다. 원한이 있거나, 요구가 있거나.

"좋네. 옥살이로 인생 몇 년 허비했으면 그 정도 가르침은 받아야지. 날 찾아온 이유가?"

"드릴 말씀이 있어서요."

"해봐요, 그럼."

"그냥 말씀드리긴 좀 그렇고. 한 50억 정도만 어떻게 안 되겠습니까? 그 정도 가치는 있는 얘긴데."

"허허. 세금도 못 내고 사는 사람한테……."

"50억이 어디 있냐, 이 말 하려고 하시는 거죠? 어떻게 방필규 그 놈이랑 똑같으실까? 이 얘기 하나면 평생 천갑수 시장 목줄 잡으실 수 있어요. 평생 질질 끌고 다니시라고, 천갑수 시장. 어때요? 50억 베팅하실 만하죠?"

최철우의 말을 자르고 사재성이 수를 던졌다. 다분히 건방진 모습이었다. 하지만 패도 보여주지 않고 승부를 걸라는 요구에 응할 필요가 없었다. 게다가 최철우가 보기엔 사재성은 너무 많은 것을 알고 있는 듯했다. 자신과 천갑수의 관계를 이렇게 많은 사람이 알고 있다는 건 불편한 일이었다. 최철우는 상대할 필요 없다고 생각해 말을 돌려 거절했다.

"허허. 제 주제에 어떻게 시장님 목줄을 잡습니까. 제가 존경하는 분이에요, 천갑수 시장님."

"알겠어요. 뭐 아직 급하진 않으신가보네. 나중에라도 듣고 싶으시면 연락하세요. 시간 끄실수록 베팅액 올라간다는 건 알아두시고. 갑니다."

최철우의 말을 듣고도 사재성은 당황하거나 애원하지 않았다. 담담하고 건조하게, 그저 후회할 거라는 인상만 주고 자리를 일어섰다. 돌아서던 사재성은 불편한 한마디를 더 남겼다.

"아, 그놈 출소했다는 건 알고 계세요? 방필규 자빠뜨리고 회장님까지 물 먹이려고 했던 놈. 양정도…… 가석방이래요. 알고 계시라고. 갑니다."

최철우는 영 못마땅한 마음이었다. 마석동 재개발 건으로 이미 천갑수가 자신의 손아귀에서 벗어나려는 눈치를 보이고 있던 참이었다. 사재성의 말대로 천갑수의 목을 졸라맬 수단이 필요했다. 하지만 남의 손을 빌려야 한다는 건 결국 자신 역시 남의 손에 목덜미를 잡히는 꼴이었다. 그러니 문제가 있다면 자기 손으로 해결해야 했다. 고민하던 최철우는 천갑수를 불러내기로 했다.

단순한 식사 초대로 보였겠지만 최철우는 천갑수 외에 다른 손님을 한 명 더 초대하는 수를 뒀다. 그 다른 손님은 다름 아닌 천갑수에게 절대 자신을 배신할 수 없게 만들 인물, 긴장과 갈등을 만들어줄 사람이었다. 약속보다 늦은 천갑수가 사과하며 들어왔을 때, 최철우와 마주 앉아 있는 그를 발견하고는 천갑수는 얼음장처럼 낯빛이 굳었다. 최철우에게는 더할 나위 없이 만족스러운 반응이었다. 최철우가 뻔뻔하게 천갑수를 향해 말했다.

"한민당 우수명 후보 아시죠, 시장님?"

천갑수와 우수명은 서로 목례를 나누었지만 분위기는 살얼음처럼 아슬아슬했다. 한 달 남짓 앞둔 지방선거 전 이런 자리를 서로 불편해 한다는 것쯤은 당연히 계산하고 있었다. 우수명이 화장실을 이유로 잠시 자리를 피한 사이 천갑수가 최철우에게 따져물었다.

"지금 뭐 하시는 겁니까? 왜 회장님이 저 사람이랑!"

"그 사기꾼 놈 출소한 거 알고 계셨어요? 그놈이 언제 다시 우릴 노릴지 모르니까 정신 바짝 차리세요. 그리고 백성일인가 하는 그놈, 다시 한번 지켜보세요."

최철우는 위험 요소를 미리 제거하자는 뜻을 전했다. 함께 자리한 우수명을 부른 건 천갑수를 불안하게 만들 장치로 최철우 자신의 말을 듣지 않으면 언제라도 말을 갈아타겠다는 암시였다.

"오늘 제가 이 자릴 왜 만들었냐면, 시장님도 어제 여론조사 결과 봐서 아시겠지만 오차 범위 내에서 2.4퍼센트 천 시장 우세. 투표일까지 시간 감안하고, 현역 시장 프리미엄 떼면…… 이거 투표함 열면 바로 뒤집히는 수치예요. 이대로 가면 떨어진다 이겁니다, 천 시장님."

"그래서 미리 상대 후보한테 줄 대시는 겁니까? 제가 떨어질까 봐?"

최철우의 조용한 으름장에 천갑수가 감정을 조절하지 못하고 역정을 내자 최철우의 목소리가 다시 부드러워졌다. 채찍을 휘둘렀으니 이제 당근으로 달래줄 참이었다.

"긴장하시라, 그 얘기예요. 저런 근본도 모르는 놈한테 서원시를 줄 순 없잖습니까? 시장님과 제가 어떻게 만든 서원신데요. 허허허. 돈으로 싸 바릅시다. 실탄은 제가 댈게요. 지난 선거보다 더 많이."

"그 정도로 위험하다고 보십니까?"

천갑수가 수치심을 느끼는 듯 표정 관리를 못 하고 있었다. 최철우가 바라던 반응이었다. 아직 천갑수의 목줄은 자신이 확실히 잡고 있다고 확신이 들었다. 그러니 이런 사냥개는 바꿀 필요가 없다. 적당히 달래주고 인정해주면, 갈 곳 없는 천갑수는 자신을 떠나지 못한다는 계산이 섰다.

"안전하게 가자, 이겁니다. 선거라는 게 그런 거 아닙니까? 만 원짜리 밥 사주고 수건 하나 손에 쥐여주면 고민 없이 뽑아주잖습니까? 만 원짜리 쥐여주며 10만 원 빼가는 건 모르고 말이죠, 허허."

대화 후 이어진 식사 내내 최철우는 흐뭇했다. 곤란에 빠진 천갑수의 표정을 보는 게 즐거웠다. 이제 선택지는 자신밖에 없다는 걸 천갑수도 확실히 깨달았을 터였다. 이제 자신은 다시 장막 뒤로 돌아가 재개발 사업에서 이권을 차지하면 되는 거였다.

왕 회장이 출소하는 날, 교도소 앞은 고급 승용차가 빼곡히 들어차 있었다. 수행원들 사이로 노방실과 천지연이 다가와 인사를 건넸다.

"고생하셨습니다, 회장님."

"고생은 무슨. 죄진 놈이 빵에 가는 거야 당연한 거 아니야? 안 그러냐, 전과 4범?"

밝고 화통한 성격의 왕 회장이 농담까지 섞어 말했다. 김 전무가 멋쩍게 웃으며 말을 돌렸다.

"근데 와 기자는 한 놈도 안 보이노?"

"회장님께서 불편해하실 거 같아서요. 따로 자리 만들겠다고 전달했습니다."

천지연의 말에 왕 회장은 웃으며 말했다.

"잘했어. 돈 많은 나쁜 놈 출소하는 게 뭐 대단한 일이라고. 이것도 과해! 왜 애들을 이렇게 많이 데리고 왔어. 버스표나 한 장 보내면 될 일이지."

왕 회장의 기분 좋은 농담에 노방실이 응했다.

"마음에 없는 소리 그만하시고요. 어디로 먼저 모실까요? 일단 댁으로?"

"아니, 집은 됐고."

"그럼, 어디로……."

"양정도. 정도 그놈 어디 있어, 지금?"

왕 회장의 말에 따라 노방실은 냉동 창고로 안내했다. 마장동 축산시장 지하에 위치한 냉동 창고는 어둡고 불결했다. 들어가는 입구에서 노방실의 성격을 잘 아는 왕 회장이 물었다.

"아니, 지금까지 이런 데서 일을 한 거야? 방실이 너처럼 깔끔 떠는 애가?"

"회장님 때문에 이런 데도 알게 되네요."

그때 마침 냉동 창고에 모여 있던 조미주, 장학주, 정자왕은 낯선 인물의 등장에 경계하는 모습을 보였다. 쭈뼛대며 인사하는 정자왕을 물끄러미 보던 왕 회장이 말했다.

"앤 스님이냐?"

호탕한 성격답게 왕 회장은 냉동 창고에 모인 인원들에게 스스럼없이 다가가 농담을 붙였다. 정자왕 뒤에 아니꼬운 눈빛을 한 장학주에게는 곱슬머리 이야기를 꺼냈다.

"자넨 머리가 자연산이냐?"

"그럼 뭐, 양식이것어유?"

"야, 양식? 양식! 하하하, 네 머릴 좀 떼서 얘한테 나눠줘. 둘이 나눠 가지라고. 사이좋게, 이놈아!"

왕 회장의 말에 기분이 상한 장학주에 눈을 사납게 치켜뜨고 왕 회장을 바라봤다. 장학주의 눈길을 느낀 왕 회장은 순간 정색하며 장학주 기를 죽였다.

"눈깔에 힘 풀어. 다 웃자고 한 얘기야, 인마."

순간 보인 박력은 온갖 풍파 속에서 기업을 이룬 회장의 면모를 보여줬다. 어린아이 다루듯 장학주 머리를 쓰다듬으며 분위기를 정리하던 때 양정도가 나타났다.

"오셨어요? 어? 머리 자르셨네요! 훨씬 보기 좋다. 진작에 좀 그러시지."

친한 동네 아저씨를 대하듯 양정도가 인사하자 왕 회장은 장난스럽게 양정도의 귀를 잡아끌며 타박하기 시작했다.

"넌 오늘 왜 안 나왔어. 어? 내가 오늘 나온다고 했어, 안 했어!"

"늦잠 자느라고…… 이것 좀 놓고!"

"너 옛날 같으면, 너 같은 놈 아파트 주차장 기둥에 공구리 쳐서 묻었어. 알아, 인마? 기본이 덜된 놈!"

"다음! 다음에 꼭 마중 나갈게요!"

"뭘 다음에야. 또 빵이나 가라, 이거야? 이놈의 자식, 말하는 싸가지가 점점! 너 일로 와!"

삼촌과 조카의 싸움처럼 천진한 장난으로 분위기가 밝아질 무렵, 가장 늦게 냉동 창고에 도착한 백성일이 왕 회장에게 인사했다.

"안녕하세요. 처음 뵙겠습니다."

"잰 또 누구냐? 레슬링 선수냐?"

"백성일 아저씨라고. 제가 그때 말씀드렸던……."

왕 회장은 백성일을 찬찬히 뜯어봤다. 이야기를 듣던 것과는 다른 모습이었다. 소심하고 마음 약한 공무원이라기에 근육 한 줌 없는 병약한 인상을 상상했는데, 실제 눈앞에 나타난 백성일은 고릴라가 떠오르는 덩치였다. 행동은 조심스러워도 인상은 순하지 않았다. 의아해하는 왕 회장의 표정을 읽었는지 양정도가 백성일을 가리키며 장난스럽게 말을 보탰다.

"싸움 못해요."

백성일은 왕 회장의 사무실로 초대받았다. 노방실 때와 마찬가지로 긴장이 몰려왔다. 대외적으로는 '김창수'라는 이름으로 통하는 왕 회장은 자수성가한 사업가였다. 평생을 사업 판에서 싸워 이기고 올라온 박력은 상대방을 압도하는 힘을 지니고 있었다. 몸도 마음도 잔뜩 움츠러들 때 양정도와 노방실이 당부하던 말들이 떠올랐다.

"괜히 있는 척 말하면 안 되고요, 건방도 떨지 말고. 말 똑 부러지게 하는 거 좋아하시니까, 했던 말 또 하지 말고. 말 빙빙 돌려서 하지도 말고."

"거짓말도 안 돼. 거짓말하는 놈, 제일 싫어하셔. 실실 웃고 그러지 마. 실실 쪼개는 놈 제일 싫어하셔. 말끝도 흐리지 마. 자신감 없는 놈 너무너무 싫어하셔. 똑같은 말 두 번하는 놈 너무너무 싫어하셔. 말 돌려서 하는 놈 제일 싫어하셔."

이것저것 조심해야 할 것투성인 양반이었다. 이 정도면 아예 말을 하지 말아야지, 어떻게 대화를 하라는 소린지 알 수 없었다.

"무조건 솔직하게. 진심으로. 가식 없이. 그렇게 얘기하면 돼."

백성일은 둘의 당부를 떠올리며 용기냈지만 겁이 나는 건 어쩔 수 없었다. 응접실에 들어가 앉으니 왕 회장을 대신해 김 전무가 백성일에게 물었다.

"백성일 씨가 원하는 게 뭡니까?"

"천갑수 시장 낙선입니다."

짧고 간결하게 대답하자 김 전무는 그 까닭을 물었다.

"왜요?"

"천갑수 시장이 낙선을 해야 최철우 체납세금 천억, 그거 받을 수 있거든요."

"왜 그래 기를 써가며 받을라캅니까? 몇 십억 체납한 잔챙이들 몇 놈 손봐주모는 그 정도 돈이야 손쉽게 안 받습니까."

돈이 문제가 아닌 공평과 정의의 문제였다. 짧게 핵심만 대답할 수 있는 이야기가 아니었으나, 백성일은 꼭 최철우 돈을 받아내려고 하는 이유를 솔직하고도 단호하게 설명했다.

"최철우 체납세금 천억은 특권의 상징입니다. 우리는 그걸 깨려고 하는 거고요. 이 세상이 그렇잖아요. 주머니 두둑한 사람들한테는 의무보다 권리를 강조하고, 주머니 가벼운 사람들한테는 권리보다 의무를 강조하고. 세상이 그러면 안 되죠. 권리와 의무는 똑같은 잣대로 적용돼야 합니다. 그게 최철우 회장이든 다미식당 우상철 씨든. 그게 공평한 거라고 생각합니다."

백성일의 말이 끝나자 듣고만 있던 왕 회장 얼굴에 짧은 미소가 보였다. 백성일을 바라보며 왕 회장이 물었다.

"그래서, 내가 뭘 어떻게 해주면 좋겠어?"

백성일 역시 왕 회장의 뜻을 파악할 수 있었다. 마음에 들었다는 뜻이었다. 그리고 듣던 대로 추진력과 결정이 빠른 사람이었다. 자신감이 생긴 백성일은 왕 회장처럼 핵심만 정리해서 말했다.

"일단 좋은 일부터 한번 하시죠, 출소하신 기념으로."

왕 회장이 이해가 잘 안 간다는 표정을 보이자 백성일은 자신이 그린 그림을 설명하기 시작했다.

"인터뷰는 최대한 많이 해주십쇼. 그럼 천갑수 시장 눈에 띄겠죠?"

기자들의 질문에는 '감옥에서 깨달은 것도 있고 재산에 대한 고민도 있다'고 적당히 버무려 '서원시에 기부를 한다'는 말로 대답하기를 당부했다. 그렇게 되면 그 내용은 틀림없이 천갑수 귀에 들어가게 되어 있었다.

"그렇게 바닥 다져놓으시고 며칠 동안 숨 고르기 하시면서 언론 플레이 해주고 계시면, 천갑수 시장한테 연락이 올 겁니다. 공공복지. 이게 천갑수 시장이 제일 신경 쓰는 분야거든요. 물론 말로만이지만."

백성일의 예상대로라면 천갑수가 이런 이벤트를 놓칠 리가 없었다. 천갑수 쪽에서 왕 회장에게 연락이 온다면 일단 그것으로 성공이었다. 백성일은 이어 말했다.

"그렇게 자리 만드시고 환담 좀 주고 받으시다가 분위기 무르익으면 바로 본론으로 들어가시죠. 중동을 누비던 회장님 카리스마, 한번 보여주시죠."

백성일은 천갑수의 현재 가장 큰 허점이 곧 있을 지방선거임을 알고 있었다. 이를 미끼로 천갑수를 끌어들여 최철우와의 연결고리를 헐겁게 만들려는 계획이었다.

"천갑수 시장 스폰서 제안을 하라는 깁니까? 순순히 받아묵겠습니까? 최철우, 그 구렁이 같은 놈이 떡 버티고 있는데."

김 전무가 이야기를 듣고 현실적인 문제점을 지적하고 나섰다. 백성일도 이미 염두에 둔 문제였다.

"당장은 어렵겠죠. 그래도 갈등은 할 겁니다."

"어떻게 확신합니까?"

계속되는 김 전무의 질문에 백성일이 왕 회장을 바라보며 말했다.

"다르잖아요, 회장님하고 최철우는."

가만히 듣고 있던 왕 회장은 백성일의 계획이 지금 상태로는 성공시키기 매우 어렵다고 판단했다.

"그래. 계획 잘 들었고, 무슨 생각인지는 알겠는데, 천 시장, 내 손 쉽게 못 잡을 거야. 스폰서라는 게 그래. 마약이야. 한번 얽히면 끊고 싶어도 못 끊어."

"그건 걱정 안 하셔도 됩니다. 최철우한테 좀 곤란한 일이 생길 거예요, 조만간. 지금 정도가 최철우 만나러 가고 있습니다."

"왜? 정도가 최철우 그놈을 왜 만나?"

"페이크죠. 정도 출소한 걸 최철우 그 인간이 알아서, 우리 목줄을 조여오려고 할 텐데, 우리는 천억 노리는 거처럼 동쪽에서 소리 내고, 서쪽을 칠 겁니다."

의아함과 놀람이 뒤섞인 표정으로 왕 회장이 물었다.

"성동격서? 뭘 하려는 거야, 당신네들?"

일단 백성일의 계획을 받아들이기로 한 왕 회장은 백성일의 계획대로 얼마 후 인터뷰에 나섰다. 그리고 예상대로 다음 날 신문과 방송에 '서원시 – 상진그룹 50억 상당 기쁨 온돌 나눔 실천'이라는 제목의 뉴스가 도배됐다. 천갑수 쪽에서 연락이 온 건 며칠에 걸친 왕 회장의 기부 행보가 '상진그룹 김창수 회장, 서원시 공공복지에 기여하고 싶다 밝혀'라는 제목으로 신문 1면을 차지한 날이었다.

최철우는 다시 자신의 일상으로 돌아갔다. 사업은 문제없이 굴러갔고, 며칠 전 천갑수를 효과적으로 위협해 자신의 손아귀에 잡아두었으니 마석동 재개발 건 역시 앞으로는 잘 풀릴 것이라는 확신이 생겼다. 모든 게 정상이었고 자신은 예전처럼 장막 뒤에 숨은 실력자로 남을 마음이었다. 그러니 이 평온한 일상에 어떤 문제가 생길 거라고는 상상하지 않았다. 2년 전 자신에게 칼을 대려 했던 양정도가 눈앞에 나타나기 전까진 말이다.

"안녕하세요. 아우, 덥다. 야…… 여기 공기 좋네. 저 양정도라고 합니다. 들어는 보셨죠?"

사재성에 이어 찾아오는 손님마다 모두 불쾌한 놈들뿐이었다. 최철우는 보던 신문에서 눈을 떼지 않고 대답했다.

"나왔다는 얘기 들었어요. 근데 여긴 어쩐 일로 오셨나?"

"제가 2년 동안 잠시 어디 갔다 오느라 인사가 늦었네요. 회장님 체납세금 천억, 우리가 어떻게든 받아내겠다고…… 그 말씀 드리러 온 거예요, 지금."

건방진 놈이었다. 죗값으로 2년은 너무 짧았다.

"해보세요. 그래, 내가 도움이 될 만한 일이 있나요?"

"뭐, 도와주실 마음 있으시면 뭐…… 자진 납세하세요. 우리가 공사 쳐서 대신 내드리면 모냥 빠지잖아요."

최철우는 자신을 도발하는 양정도가 무슨 속셈인지 알 수 없었다.

"허허허. 내가 도움이 될 만한 일이 없다, 이 얘기죠?"

"예, 없겠네요. 돈 잘 꽁꽁 싸매두세요. 나중에 우리한테 털려서 마음의 상처 크게 받으시니까. 돈 달라고 해도 안 줄 거예요."

"허허. 젊은 사람이 말버릇하고는, 참…… 교정을 더 받아야겠어.

버르장머리 좀 고치게."

"날 때부터 이 싸가지가 어디 가겠습니까? 아무튼 더 드릴 말씀은 없고요, 서민 코스프레 좀 그만하세요. 되게 보기 안 좋아요, 이렇게 살면서 사람들 짓밟고 밥그릇 빼앗는 거."

양정도 이놈은 쓸데없이 왜 이런 행동을 하는지는 알 수 없었지만, 버릇을 고쳐줘야겠다는 생각은 확실해졌다. 최철우가 겨우 분노를 억누르며 참는 사이 양정도가 자리를 털고 일어서면서 끝까지 최철우를 도발했다.

"그럼 들어가볼게요. 서원시 1등 고액 체납자 최철우 회장님."

최철우는 감이 좋지 않았다. 안 그래도 마석동 재개발 건이 생각처럼 풀리지 않던 참에 저 맹랑한 사기꾼이 이렇게 자신을 갖고 노는 걸 보면 무슨 속셈이 있는 듯했다. 혹시 어떤 방식으로든 자기를 해할지 모른다는 생각이 들었다. 일단 지금 가장 불안한, 쉽게 진행되지 않는 마석동 재개발 문제부터 해결해야 했다. 극진건설을 맡겨놓은 차명수와 세무사 조상진을 식당으로 불러냈다.

물론 그 둘에게 밥을 먹이려는 생각으로 부른 건 아니었다. 차명수와 조상진도 그 정도 눈치는 있는지 감히 수저를 들지 못한 채 눈치만 보고 있었다. 먼저 식사를 하고 있던 최철우가 그들에게 질책하기 시작했다.

"언론도 등 돌리고 데모할 때 앞장섰던 놈들도 줄줄이 경찰에 잡혀갔어. 근데 뭐가 문제라는 거야?"

최철우의 호통에 먼저 입을 연 건 차명수였다.

"저기, 죄송합니다만요, 회장님. 강제집행을 하려고 해도 쇠줄로 문 걸어 잠가놓고 농성들을 하고 있어서요, 나머지 사람들이 지금……."

차명수가 말을 끝내지 못하자 조상진이 옆에서 거들고 나섰다.

"사람이 아직 안에 있는데 무작정 포크레인을 들이밀 수는 없어서요. 회장님. 조금만 기다려 주시면요……."

한마디씩 서로 나눠서 변명이랍시고 말을 늘어놓는 꼴이 보기 싫었다. 최철우는 둘의 말을 무시하고 동행한 안태욱을 불렀다.

"안 이사. 내가 언제까지 시덥잖은 변명을 더 들어야 하나?"

최철우는 2년 전 세금징수국에서 자신을 건드렸을 때 안태욱은 시청에서 빼내와 극진건설 이사 자리에 앉혔다. 똘똘하고 추진력이 있으며 무엇보다 입속의 혀처럼 자신의 뜻을 잘 이해하는 인재였다.

"그만 들으셔도 됩니다. 제가 다 해결하겠습니다."

안태욱의 간결한 대답에 최철우는 기분이 좋아졌다. 자신이 듣고 싶었던 말을 해주는 이 영리한 자가 심복이라고, 안태욱을 들인 자신의 판단이 현명했다는 생각이 들었다.

"일은 이렇게 하는 거야. 이렇게 일을 하라고 너희들한테 내 회사 주고 내 돈 맡긴 거야. 책임감 있게 일하라고. 땡전 한 푼 없이 길거리 나앉기 싫으면! 알았어?"

최철우가 역정을 내자 그제야 차명수와 조상진이 용서를 빌었다. 쓸모는 있어도 필요까지 한 놈들은 아니었다.

"나가봐. 너희 같은 놈들한텐 밥도 아까워."

둘을 내보내고 최철우는 숨을 골랐다. 심복인 놈들이 저렇게 무능하다는 건 큰 문제였다. 사기꾼까지 와서 집적거리는 자신의 상황을 의논할 그릇들이 못 됐다. 최철우는 안태욱에게 마음을 열고 물었다.

"2년 전 그 사기꾼 놈 말이야. 날 찾아왔더라. 천억 뺏기기 싫으면 조심하라고. 그놈을 어떻게 하면 좋을까?"

최철우의 말에 옅은 미소를 띠던 안태욱이 시원하게 대답했다.

"회장님, 제가 알아서 처리하겠습니다."

이 역시 듣고 싶었던 말이었다. 방필규가 없는 지금 안태욱은 자신의 가려운 곳을 정확하고 시원하게 긁어줄 유일한 사람이었다. 들뜬 최철우가 안태욱을 한껏 칭찬했다.

"그래그래. 일을 그렇게 처리하는 거야."

"한 잔 올리겠습니다."

흐뭇했다. 이 정도면 믿을 만하다고 생각한 최철우는 안태욱에게 신뢰가 듬뿍 담긴 눈길을 보냈다.

29
수건 돌리기

천갑수는 지난 기억이 찐득하게 붙어 괴로웠다. 눈을 감고 머리를 비우려 해도 같은 서원시장 후보로서 경쟁하는 상대 우수명을 자신과 함께 식사 자리에 초대했던 최철우가 떠올랐다. 아직 자신의 목줄을 단단히 쥐고 있음을 알린 것도 그렇거니와 무엇보다 아직 어떤 족쇄도 차지 않은 상대 후보의 당당함이 자신을 부끄럽게 만들었다.

그날 식사를 마친 뒤 최철우가 먼저 떠나고 천갑수와 우수명은 나란히 엘리베이터 앞에 서게 되었다. 천갑수는 상대 후보에게 인사를 건넸다.

“선거 준비는 잘되고 계십니까?”

“잘되긴요. 선거 자금 부족해서 죽겠습니다. 집도 담보 잡았어요. 그 집 사는 데 20년 걸렸는데 담보 잡는 데는 20분밖에 안 걸리더라고요."

"그래서 나오신 거예요, 여기?"

"아니 뭐, 꼭 그렇다기보다 얼굴 한번 보고 싶더라고요. 천억이나 세금 밀리고 사는 사람은 어떻게 생겼는지. 설마 제가 돈 받으러 나온 줄 아셨어요?"

그 순간 경솔하게 상대를 속단하고 속내를 비친 건 천갑수의 치명적인 실수였음을 깨달았다. 우수명의 말에 천갑수는 아무 대답도 할 수 없었다. 어색하게 웃음으로 넘기려 했지만 이미 상대 앞에서 알몸으로 서 있는 것이나 다름없었다. 당신도 스폰서가 있냐고 묻는 말이라는 걸 상대가 모를 리 없었다. 돈 얘기를 꺼낸 것을 보고 결국 같은 부류인가 싶었던 착각이 지금 자신을 끝도 없이 부끄럽게 만들었다.

게다가 우수명은 천갑수와 최철우와의 관계를 어느 정도 이미 알고 있다는 듯 천갑수에게 가장 뼈아픈 말을 꺼냈다.

"제가 시장되면요, 최철우 회장 체납세금부터 받을 거예요. 천억."

"쉽지 않을 텐데요."

지금 생각해보니 완전히 최철우의 덫에 빠진 듯 스스로 나서 최철우를 변호하는 모양의 자신이 비참했다. 그 와중에도 상대 우수명은 단호한 목소리로 말했다.

"그래도 해야죠."

"왜요?"

"그래야 특권이 사라지니까요. 시장님도 그래서 세금징수국 만드신 거 아니셨어요? 특권의식에 사로잡혀서 국민의 의무를 저버리는 사람들 혼내주려고."

천갑수는 말문이 막혔고, 가슴이 먹먹했다. 한때 자신도 같은 생각을 하고 있었다. 특권을 없애고 모두가 행복한 세상을 만들겠다고 만든 세금징수국이었다. 우수명이 인사를 하고 떠날 때까지 천갑수는 아무런 반응을 할 수 없었다.

만약 최철우가 없었다면 자신도 그렇게 할 수 있었을까? 그때의 기억으로 괴로워하던 중 천갑수는 눈길을 사로잡는 뉴스를 발견했다. 서원시 공공복지에 기여하고 싶다는 어느 기업가의 뉴스였다. 남들 눈에는 어떨지 몰라도, 그리고 여러 문제로 실천을 못 하던 과제였지만 천갑수의 시정 운영 철학은 공공복지를 향하고 있었다. 천갑수는 비서실장에게 지금 뉴스에 나오고 있는 상진그룹 김창수 회장과의 만남을 잡아보라고 주문했다.

그리고 며칠 뒤에 만난 김창수의 첫인상은 붙임성 있고 호탕한 성격인 듯한 사람이었다.

"나 그때 시장님 찍었어! 진짜라니까!"

호감 가는 인상만큼이나 꾸밈없고 시원하게 말하며 자잘한 신변잡기로 한참 환담을 나누던 김창수가 천갑수에게 은근하게 말하기 시작했다.

"저 사실…… 서원시에 크게 관심 없습니다."

천갑수는 드디어 올 것이 왔다는 느낌이 들었다. 자신을 만난 기업인들은 다들 뭔가 꿍꿍이를 숨기고 있었다. 혹시나 하는 기대로 만난 김창수 역시 다른 이들과 마찬가지였다.

"그럼 왜 저희한테……."

짐짓 모른 척 말을 돌렸지만 김창수는 방향을 틀지 않았다. 오히려 '이래도 모르겠냐'는 얼굴로 미소를 지으며 말을 이었다.

"시장님한테 관심 있다니까요? 좀 있으면 지방선거 있지 않습니까? 나 이번에도 시장님을 찍을 거예요. 약속 드릴게요."

"예. 감사합니다."

"상대 후보하고 오차 범위 내에서 박빙이라고 들었습니다. 그럼 문제는 역시 돈이에요. 단도직입적으로 묻겠습니다. 시장님 돈 있으세요?"

"하하…… 초면에 이런 얘기는 좀."

"초면이니까 이러는 겁니다. 친해진답시고 술 먹고 밥 먹고 하면서 시간 질질 끌다가 술김에 '친구 하자' 그러는 거, 제 스타일 아닙니다. 아무 의미 없어요, 술 먹고 하는 얘기. 낮에, 맨정신에 그런 얘기하는 게 제 방식입니다. 시장님, 선거 치를 돈 있으십니까?"

난감한 이야기였다. 자신이 만든 자리에서 상대가 스폰서를 갈아타라는 이야기를 정확하고 노골적으로 하고 있었다. 천갑수는 순간 당황해 바로 대답하지 못하고 있는데, 김창수가 말을 이었다.

"걱정할까봐 말씀드리는데, 저는 다른 놈들하고는 다릅니다. 돈 몇 푼 쥐어주고 감 놔라 배 놔라, 안 한다고요. 전 시장님 도움 없어도 잘 먹고살았고, 앞으로도 쭉 잘 먹고 잘살 겁니다. 그러니까 나중에 나한테 덜미 잡혀 시정을 제대로 운영하지 못하지 않을까, 그런 걱정은 마시고…… 제 손을 잡으세요. 이건 정경유착이 아닙니다. 늦은 나이에

평생을 같이할 친구를 만드는 겁니다. 우리 나이에 어디 친구 만드는 게 쉽습니까? 떠나는 친구만 많지."

"글쎄요. 고민해보겠습니다."

천갑수의 머릿속 생각이 그대로 튀어나갔다. 올바른 정치인이라면 고민해서도 안 될 일을 지금 자신은 고민해보겠다고 말한 거였다. 천갑수의 반응에 김창수는 당당하고 자신감 넘치는 얼굴이었다. 자신의 손을 뿌리치지 못할 것이라는 확신이 있어 보였다. 천갑수 머릿속에 지금 어느 손을 잡아야 할지 고민이 들어섰다. 당장이라도 최철우와 손을 끊고 싶었지만, 악마와 인간의 중간, 그 어디쯤에 있을 것 같은 최철우의 얼굴이 떠올라 쉽게 결정을 내리지 못했다.

또다시 모두가 모인 냉동 창고에서 양정도는 구체적인 계획을 브리핑하기 시작했다.

"최철우 체납세금 천억, 그거 겟 하는 게 우리 공사 아니고요, 극진건설 터뜨려서 마석동 재개발 백지화시키고 다미식당부터 살릴 거예요. 세금 적게 걷히는 동네라고 시에서 보호 안 해주면 우리라도 해주자고요. 국민의 의무 다하려고 열심히 산 분이잖아, 우상철 씨. 국민의 의무를 지킨 사람은 권리도 지켜드려야죠. 그게 공평한 거잖아요."

먼저 팀원들에게 이번 일은 지난번 일들과 성격이 다르다는 설명을 해야 했다. 지금까진 못된 놈 혼내주는 게 목적이었다면, 이번은 착하게 살았지만 힘든 삶을 이어가는 약자를 도와주는 게 목적이었다. 이 작은 차이는 계획의 범위와 방법에 큰 차이를 만들어냈다. 무슨 수를 써서든 돈만 빼앗는 게 목적이었다면 쉬울 수 있었다. 하지만 이번에는 돈과 함께 마석동 재개발 사업까지 막아야 했다.

"이게 제가 빵 있을 때 만들어본 건데…… 공사 기간은 긴데, 리스크가 좀 적을 거 같긴 해요. 최철우 눈 돌리기도 쉽고."

"돈으로 수건 돌리겠다는 거네? 근데 이럴 시간이 있을까?"

자료를 살펴보던 노방실이 문제점을 지적하고 나섰다. 양정도도 이미 알고 있던 문제였다. 지금 양정도가 짠 계획으로는 단기간에 상대를 홀릴 방법이 없었다.

"그게 좀 걸리긴 해요, 저도. 근데 마땅한 방법이……."

양정도가 말을 흐리는 사이 백성일이 끼어들었다.

"그럼, 그 이거 일단 내가 한번 짜본 건데, 이거 한번 봐봐."

백성일은 자신이 준비한 자료를 모두에게 돌렸다. 받은 자료를 살펴보던 사람들의 표정이 밝아졌다. 그 가운데 가장 놀란 양정도가 노방실을 향해 물었다.

"어때요, 노 여사님?"

"나쁘지 않네. 아니, 좋은데."

양정도의 물음에 노방실까지 백성일을 칭찬하고 나섰다.

"그럼 이걸로 갈까요?"

"그러지. 이걸로 가지 뭐."

"근데 이거 진짜 아저씨가 짠 거예요?"

믿을 수 없다는 듯 양정도가 묻자 백성일이 고개를 끄덕였다.

"와, 완전 사기꾼 다 됐네?"

"그럼 2년 동안 그냥 놀았겠어? 이제 현장에서 어리바리하고 그럼 안 되지. 잘해야 되는데…… 잘해야지."

자신의 계획이 선택되자 백성일은 쑥스러운 듯 부끄러워하는 모습을 보였다. 자료를 다시 한번 훑어보던 양정도가 아쉬운 점이 있는지 조심스럽게 의견을 물었다.

"좋은데. 첫 삽이 약간 어색하다. 그렇죠?"

양정도의 지적에 노방실 역시 비슷하게 의견을 말했다. 전문가 눈에만 보이는 작은 허점이 있는 듯해 백성일이 물었다.

"그런가? 어떡하지, 방법이 없는데. 그 사람한테 그렇게 접근을 하려면……."

"아저씨 마음은 다 알겠는데 아저씨가 위험해져, 이렇게 하면."

"그럼 어떡하지. 방법 있어?"

"방법이 있다는 건 아니고, 일단 우리 얼굴이 다 팔렸잖아. 그래서 제가 용병 한 명을 미리 섭외해놨거든요?"

"그래? 용병? 뭐 하는 사람인데?"

"백수예요."

"믿을 만한 사람이야? 괜히 이상한 사람 끌어들였다가 공사 망치면 안 되지."

"사람은 믿기 힘든데 감정이 좋아. 화가 많이 나 있다고. 방필규, 최철우, 요 라인한테."

양정도의 말이 끝날 무렵 냉동 창고의 문이 열리는 소리가 들렸다. 양정도가 섭외했다는 용병이 때마침 왔다고 예상하며 모두의 시선이 문을 향했다.

"오랜만이에요. 백 과장님? 다들 잘 계셨죠?"

경쾌하게 인사를 하며 들어온 사람은 다름 아닌 마진석이었다. 돈으로 백성일을 무시하고 괄시하던 마진석, 백성일에게 사기당해 모든 걸 잃고 방호석을 대신해 감옥까지 갔던 그 마진석이 밝은 표정으로 냉동 창고로 들어섰다. 당황한 백성일이 아무 말도 못 하는 사이 마진석이 능글능글하게 웃으며 백성일에게 말을 붙였다.

"살이 좀 빠지신 거 같기도 하고? 잘 부탁합니다, 백 과장님."

"정도야. 이건 아니지. 이 사람은 아니잖아. 너 왜 그래!"

백성일은 악수를 청하는 마진석을 무시하고 양정도에게 따져 묻자 양정도는 오히려 마진석을 두둔하고 나섰다.

"빵에서 같이 살 부대껴보니까 그렇게 나쁜 형님은 아니더라고. 먹고살려고 그랬던 거예요. 그렇죠?"

백성일의 차가운 눈빛 따위는 신경도 쓰지 않는 모습으로 마진석은 양정도의 말을 받아 백성일에게 말했다.

"그렇지. 먹고살려고. 백 과장님. 과장님이 나 어떻게 생각하는지 알아. 내가 그 맘 모르는 거 아니야. 그런데요, 방필규 사장 믿고 감방 갔는데. 나오니까 방필규 사장, 그 인간이 감방을 갔네, 어이없게? 나 먹고살 수 있는 줄 다 끊어졌어요, 감방 한 번 갔다 오니까. 내 꼬라지 봐요. 봐도 모르시겠어? 나 개털이야. 하하."

그러나 백성일의 마음이 열릴 리 없었다. 짜증스럽다는 표정도 풀어지지 않았다. 마진석은 백성일 옆으로 다가가 앉아 다시 말을 붙였다.

"이왕 이렇게 된 거 용 따까리로 살지 말고 나 이렇게 만든 용놈의 새끼들 대가리 따고 모범 시민으로 한번 착하게 살아보자…… 이렇게 마음먹었어요, 내가. 진짜예요, 백 과장님."

은근히 백성일에게 손을 내밀었지만, 냉정하게 뿌리쳤다.

"진짜라니까, 나. 나 그냥 하는 거 아니야. 진짜로."

마진석이 이렇게 넉살이 좋은 사람이었나 싶은 모습이었다. 반대로 백성일은 이렇게 남을 싫어할 수 있는 사람이었나 싶을 정도였다. 백성일은 개인적인 감정으로 보이기 싫었는지 마땅한 이유를 대며 반대했다.

"정도야…… 우리 2년을 기다린 건데 실수하면 안 되잖아. 진짜 믿어도 되는 거야?"

"에이, 믿으라니까."

양정도가 거들고 나섰지만 백성일의 마음은 풀어지지 않았다. 냉랭한 분위기를 바꾼 건 노방실이었다.

"나야 뭐, 너희들 실탄만 제대로 채워주면 되는 거 아냐? 잘해. 잘하라고."

말을 마치고 나가는 노방실 뒤로 마진석이 꾸벅 인사했고, 양정도는 다시 한번 마진석을 감쌌다.

"아저씨. 돈 보고 온 사람만큼 확실한 거 없다니까요. 아, 그리고! 나 못 믿어요? 응?"

그 모습에 백성일은 더 이상 반대할 수 없었다.

"알았어. 알았어. 아니, 그럼 어떻게 써먹을 건데. 마 사장님이 뭘 할 수 있는데, 그럼."

"아저씨가 하려던 거, 마 사장님 시키면 어때요? 안 그래도 마 사장님이 조상진 마킹하고 있었거든요. 며칠 전부터 우리 도와주려고."

양정도의 말에 백성일만 다시 어리둥절한 느낌이었다. 벌써 마진석과 만나 이야기가 진행되던 거였다. 백성일의 계획은 양정도가 제안했던 계획에 비해 상대적으로 짧게 성공시킬 수 있는 계획이었지만, 상대에게 얼굴이 모두 알려진 지금 인원으로는 하기 힘든 계획이었다. 아직 이야기도 하기 전 양정도가 혹시 모를 거라며 용병을 준비해둔 것이 의아했다. 그런 백성일의 마음을 아는지 모르는지 양정도는 마진석에게 살갑게 말했다.

"일단은 조상진이랑 안면 텄으니까, 다시 살 냄새 맡는 거 어렵지 않죠?"

첫 목표는 조상진이었다. 세금징수국에서 백성일과 함께 일했고, 사기당하기 전 마진석의 세무사였던 사람. 조상진의 이름을 듣고 마진석이 걸리는 점을 물었다.

"그건 어렵지 않은데 내가 개털 된 거 그 양반이 뻔히 아는데, 날 예전처럼 대해줄까?"

"아니죠, 당연히."

"그럼 어떻게 해?"

"향수 뿌려야죠, 돈 냄새 찐한 걸로. 사람이 그래요. 개털인 줄 알았던 사람이 범털 돼서 돌아오면, 머릿속에 그게 박힌다고. 이 새끼,

뭘 해서 돈을 이렇게 벌었지?"

양정도가 마진석이 해야 할 일을 조금씩 풀어 이야기했다. 할 일은 이해했지만 왜 하는지는 아직 이해 못 한 마진석이 물었다.

"그런데 이렇게 조상진이 엮어서 뭐 하려고 하는 건데?"

"대출 사기."

마진석의 물음에 백성일이 짧게 대답했다. 여전히 이해하지 못한 얼굴을 하고 있는 마진석에게 양정도는 친절하게 지금부터 하려는 일의 얼개를 설명했다.

"극진건설이 실제로는 최철우 것이긴 하지만, 서류상 대표는 차명수잖아요. 거기 돈 관리를 조상진이 하고 있고. 차명수랑 조상진이랑 같이 작업 쳐서요…… 회사 매출 부풀려서 사기 대출 받게 하고. 은행에서 불법으로 돈 땡기고. 그런 다음에 신문 방송사에 제보할 거고."

사업을 해본 사람이라 그런지 이번에는 설명이 끝나기도 전에 마진석이 내용을 이해하고 말했다.

"극진건설 그대로 망하는 거네. 회사 대표자 대출 사기 벌인 게 되는 거니까. 그렇지?"

"그렇죠. 그럼 극진건설 망하죠. 사기로 흥한 회사!"

양정도의 말을 받아 백성일이 마저 대답했다.

"사기로 망하는 거지. 이해돼?"

"재밌네. 그래서 내가 뭘 어떻게 도와주면 될까, 앞으로?"

마진석 얼굴에 기가 막히다는 웃음이 떠올랐다. 말대로라면 미끼를 물기만 하면 결코 빠져나갈 수 없는 그물이었다. 문제는 어떻게 미끼를 물고 달려들게 하느냐였다. 사람 마음을 움직이는 게 쉽지 않다는 건 마진석도 잘 알고 있었다. 더구나 불법적인 일인데 옆에서 부채질한다고 무조건 될 리도 없었다. 그런 마진석의 고민에 양정도는 아주 간단하게 대답했다.

"계속 조상진 마킹해줘요. 돈 냄새 풍기면서."

"만약에 안 붙으면? 그땐 어떡할 건데?"

마진석의 당연한 물음에 냉동 창고에 있던 모두가 어렵지 않게 해낼 수 있다는 얼굴을 보였다. 그중 조미주가 코웃음을 치며 말했다.

"돈 냄새 풍기는데 호구가 안 붙으면요, 아저씨, 우리 벌써 다 굶어 죽었어요."

백성일이 남은 설명을 계속했다.

"그렇게 조상진이 코 꿰면, 밥 먹으면서 그런 걸 물어볼 거야. 도대체 어떻게 재기한 거냐, 돈은 어떻게 벌었냐, 좋은 정보 있으면 같이 공유하자, 그런 거. 남만 잘되는 꼴을 못 봐. 그럼 그때 마지못해 얘기하는 척하면서, 그거 던져. 대출 사기."

"백 과장님이 나한테 화성 뉴타운 얘기할 때, 그때처럼?"

마진석은 웃음이 나왔다. 자신도 이런 작전에 걸려든 거였다. 지금 생각해보니 쉽사리 빠져나올 수 없는 촘촘한 그물이었다.

"그렇지. 그럼 그 타이밍에 그걸 얘기하면 돼. 마석동 재개발."

"덥석 물지 않으면 어떡할 건데?"

"안 물지. 당연히 안 물지. 물 수가 없지. 자기가 회사 대표가 아닌데 어떻게 물어. 못 물어도 마음에는 남지. 우린 그냥 던져놓고 기다리면 되는 거야. 사기꾼은 사자가 아니라 악어거든."

혀를 내두를 만큼 치밀하게 짜인 각본이었다. 마진석이 백성일의 계획에 놀랄 무렵, 양정도는 또 다른 목표인 차명수를 꾀기 위한 계획을 다시 점검했다.

"대출 사기 치려면 차명수도 같이 공사 들어가야죠. 극진건설 대표니까. 거긴 어떻게 할 거예요?"

물론 백성일의 계획에 차명수 역시 포함되어 있었다. 백성일은 미리 준비해둔 계획을 말했다.

"걔가 돈 욕심은 있는데 겁이 또 많아가지고 회삿돈도 찔끔찔끔 빼먹었거든. 미주가 간만에 현장 좀 뛰어줄 수 있어?"

조미주 쪽으로 고개를 돌려 이야기하자 고개를 끄덕였다. 조미주를 향해 백성일이 부탁했다.

"늙은 아저씨랑 비위 맞추면서 술 먹기 힘들겠지만 조금만 참아주고."

"괜찮아요. 뭐 이런 일 한두 번 해보는 것도 아닌데 뭐. 술 마신 다음, 그다음은요?"

"그리고 데리고 나와야지. 이리로 데려올 거야. 자왕이가 그림을 좀 만들어줘."

무슨 말인지 알아듣지 못한 정자왕을 무시한 채, 양정도가 빠진 퍼즐 조각에 대해 물었다.

"혹은 뭘로 날리려고요?"

"횡령. 최철우 회장 몰래 회삿돈 좀 빼먹었거든. 액수는 얼마 안 되지만, 5천만 원!"

"잠깐. 왜 5천이야? 1억 아녀? 맞네, 1억."

서류를 넘기며 백성일의 이야기를 듣던 장학주가 나서 물었다. 정말로 확실히 백성일이 건넨 자료에는 횡령 금액이 1억 원으로 적혀 있었다.

"일부러 비워놓은 거야. 나중에 그걸로 엮으려고."

"불안감 심어주자는 거네요? 1억 슈킹했는데 5천만 꺼내고 5천은 묻어두면……."

천지연이 백성일의 생각을 읽고 말했다. 모두가 백성일의 계획에 놀란 얼굴이었다. 양정도가 믿을 수 없다는 얼굴로 말했다.

"나머지 5천 언제 까일지 모르니까 계속 똥줄 탈 거고, 처음엔 어떻게 살아남을까 고민할 거고. 그다음엔 어떻게 살아야 할까 고민할 거고…… 이야, 2년 동안 공부 열심히 했네요. 기특해서 어째?"

자신도 당하면서 배운 내용이었지만, 양정도의 칭찬에 으쓱해졌다.

"아이, 참. 뭘 이런 거 갖고. 보니까 사기라는 게 그렇더라고. 현실에 불만을 주고, 현실에 불안을 주면. 들어올 수밖에 없더라고, 악어 입속으로."

백성일이 히죽 웃으며 마진석을 바라보며 말했다.

"재밌지? 이런 게 사기야."

냉동 창고에서 회의를 끝낸 마진석은 계획대로 조상진에게 접근했다. 시작은 아무 부담도 주지 않는 짧은 만남이었다.

"안녕하세요. 아이구, 오랜만이네요, 조 선생님?"

마진석이 그저 형식적인 안부만 묻는 데도 조상진은 그를 은근 무시하는 모습을 보였다. 모든 돈을 잃고 거지가 된 걸로 알고 있었기 때문일 것이다. 이젠 서로 만날 일이 없을 거라고 생각했을 터였다.

"허허. 아니, 여긴 어쩐 일로."

"아, 근처에 볼일 있다가."

그러면서도 조상진의 눈은 마진석의 옷과 구두, 시계를 살폈다. 고급스러운 옷차림에 자신이 뭔가 잘못 알고 있었나 하는 표정이 얼핏 보였다. 그 뒤로도 마진석은 조상진의 동선에 계속 모습을 보였다. 골프장 입구에서 명품 골프 가방을 보였고, 커피숍에서 고객과 대화 중인 조상진을 보고는 은근히 명품 시계를 보였다. 길에서 마주할 때는 경적을 울려 고급 세단에 탄 자신의 모습을 드러냈다. 그러니 시간이 갈수록 조상진 얼굴에 의구심이 커졌다. 며칠을 그렇게 모습을 보여준 뒤 식당에서 우연한 만남을 가장하자 이젠 조상진이 안달이 났다. 그날도 마진석은 가볍게 인사만 하고 떠나려는데, 자신의 고객이 눈앞에 있는데도 불구하고 마진석에게 관심을 보였다. 조상진이 마진석을 잡아 세우며 말했다.

"마 사장님. 말 나온 김에 오늘 날 잡읍시다. 언제 할까요, 식사?"

모두 백성일이 계획한 대로 흘러가고 있었다. 마진석은 서두르지 않고 조상진과 약속을 잡았다. 단둘이 만나 조용히 대화를 나누기 좋은 곳을 정해 약속한 시간에 맞춰 나갔다. 예상대로 조상진에게 식사 따위는 안중에도 없었다. 자리에 앉고 얼마 지나기도 전에 마진석에게 물어왔다.

"얘기 좀 해줘보셔. 어떻게 그렇게 돈을 많이 벌었어요, 그 짧은 시간에?"

"어우, 제가 무슨 돈을 많이 벌어요. 목구멍에 겨우 풀칠하고 사는 구만."

"풀? 그 풀이 그냥 풀이 아닌 거 같으니까 그러지. 방 사장 감옥 가고 비빌 언덕도 없을 텐데, 어떻게 그렇게 신수가 훤해지셨냐고. 좋은 정보 있으면 같이 공유하고 그래요. 내가 마 사장님 때문에 고생했잖아. 사람이 서운하게 진짜…… 마음 아프게 진짜."

계속 조르는 조상진을 보니 마진석은 웃음이 났다. 예전에 자신이 백성일에게 매달려 좋은 정보 있으면 같이 좀 알자고 사정하던 모습과 조금도 다르지 않았다. 마진석은 한참 망설이는 척하다 입을 열었다.

"사실, 제가 요즘 아는 형님 회사에서 일을 좀 봐주고 있거든요……."

"아, 그 회사가 잘나가는구나?"

"아니요. 잘나가긴 뭘 잘나가. 깡통 회사예요, 깡통 회사. 전자 회사 간판만 달았지, 직원도 몇 명 없고……."

"아니, 그럼 어떻게 그렇게 돈을 긁어모으나?"

조바심이 난 조상진이 말을 끝까지 듣지 못하고 자꾸 마진석 말을 자르고 들어왔다. 마진석은 일부러 별일 아니라는 듯 담담하고 건조하게 말했다.

"사기 대출 받았어요."

"사, 사기 대출? 어떻게?"

조상진은 사기라는 말을 듣고도 방법을 묻는 사람이었다.

"그 형님 회사 수출 실적 덤핑 쳐가지고 무역보험공사에서 보증서 받고, 은행은 돌아다니면서 대출받은 거지 뭐."

"그래서 얼마나?"

"얼마 안 돼요. 회사 규모가 작아서."

한 번에 말할 수 있었지만 애를 태우기 위해 일부러 조금씩만 이야기를 꺼냈다. 돈이라면 간이고 쓸개고 모두 꺼내 팔 성격의 조상진은 답답해했다.

"아, 그니까 얼마를 대출받았냐고!"

"진짜 얼마 안 된다니까. 사람 민망하게 하시네. 한 200억 되려나?"

액수를 듣자마자 조상진의 낯빛이 변했다. 자신이 생각했던 액수를 훌쩍 뛰어넘었는지, 아니면 그제야 사기 대출의 위험이 떠올랐는지 엉뚱한 질문을 던졌다.

"200억? 아니, 그거 불법이잖아요? 그러다 걸리면!"

"아유, 언제는 나쁜 짓 안 하고 살았습니까. 이왕 나쁜 짓 하고 사는 거 주체적으로 하는 거예요, 주체적으로. 언제까지 잘나가시는 분들 따까리 하면서 콩고물 주워 먹고살 순 없잖아요. 나이가 몇 갠데."

"그래도 그건 위험 부담이……."

자신의 상상을 뛰어넘는 큰 액수에 조상진이 조심스러워졌다. 이제 마진석은 작전대로 조상진의 자존심을 살살 긁기 시작했다.

"그래서 한국 뜨려고요. 제가 며칠 전에 저희 가족들 다 호주로 미리 보냈거든요. 나도 조만간 한국 뜰 거고. 돈 있겠다, 젊겠다…… 어느 나라든 지금처럼 못 살겠어요? 안 그래? 진짜로 내가 선생님 걱정돼서 드리는 말씀인데, 선생님 지금 최철우 회장 밑 닦으면서 살고 계시죠?"

"에이, 그래도 밑 닦는다는 표현은 좀……."

"극진건설. 막말로 그거 선생님이랑 선생님 불알친구 차명수 대표, 두 분이 다 관리하시는 거잖아. 최철우 회장은 하는 게 뭐가 있어? 아무것도 안 하잖아."

작전이 확실히 먹힌 것 같았다. 조상진의 어색한 웃음 뒤에 숨은 억울함이 엿보였다. 조상진 머릿속에 그동안 회사를 위해 해온 일들이 빠르게 스쳐 지나고 있을 게 틀림없었다.

"마석동 재개발 건…… 그거 극진건설이 맡기로 했던 거죠? 그거 수주 받아가지고 콩고물 떨어지는 거 주워먹으려고 그런 거잖아, 조선생님도. 그렇죠?"

마진석은 슬쩍 떠보았다. 그러자 조상진은 아무 말 없이 술을 한 잔 들이켰다. 심정의 변화가 확연히 보였다. 마진석이 그 순간을 놓치지 않고 미끼를 던졌다.

"극진건설 사이즈에 마석동 재개발이면 뭐 이건 치고 빠지기 딱 좋지. 재수 좋으면 조 단위도 먹을 수도 있고."

"사람이 지금 무슨 말씀을……."

"조 선생님 한국 땅에 미련 있으세요? 30년 동안 남 밑 닦으면서 아등바등 사셨으면 됐잖아. 이 땅에 미련 남을 필요가 없어요."

"이 사람이 지금! 나한테 회장님을 배신하라는 거야? 사람이, 거!"

모두 백성일이 말한 대로 반응이 오고 있었다. 그 미련해 보이는 양반에게 이런 재주가 있었다니 놀랄 일이었다. 마진석은 백성일이 시킨 그대로 한발 물러나 조상진이 스스로 생각할 시간을 줬다.

"아니. 그냥 그렇다는 거지, 누가 사기 치랬어요? 괜히 발끈하고 그러세요, 왜? 혈압 오르게. 그냥 그런 방법도 있다고 말씀드리는 거예요. 식사하세요. 제가 사는 거니까 맛있게 드시고."

그사이 조미주는 극진건설 대표 차명수에게 접근하고 있었다. 술과 여자를 좋아하는 차명수는 손쉬운 먹잇감이었다. 바에서 조미주가 옆자리에 앉아 눈을 마주치자 차명수는 바로 관심을 보였고, 얼굴에 기대감 넘치는 모습이었다.

"한잔 더 하실래요, 나가서?"

말이 끝나기가 무섭게 좋다며 따라나서는 차명수였다. 경계심이라곤 눈꼽만큼도 없는 성격인지 아니면 여자라면 물불 못 가리는 성격인지, 쉬워도 너무 쉬웠다. 이내 조미주가 차명수와 함께 바를 나오자 그 모습을 발견한 장학주가 차명수에게 다가가 이름을 물었다. 그리고 대답이 떨어지기도 전에 차명수 얼굴에 주먹을 날렸다. 기습 공격을 받고 정신을 잃은 차명수를 냉동 창고로 옮겼다.

냉동 창고에는 백성일이 정자왕에게 부탁한 '그림'이 그려져 있었다. 똑바로 알아볼 수 없을 만큼 맞은 얼굴로 분장한 정자왕은 차명수 앞에 앉았다. 차명수가 정신을 차리고 눈을 떴을 때 가장 먼저 정자왕의 끔찍한 모습을 보게 하려는 심산이었다. 예상대로 의자에 묶인 채 낮고 긴 신음을 토하다 정신 차린 차명수가 눈앞의 정자왕을 보고 바짝 겁을 집어먹었다. 정자왕이 말했다.

"소리 지르지 마요. 제 얼굴이 보여요? 소리 지르면 저처럼 맞아요, 아저씨도."

정자왕의 주의를 듣자 차명수가 울먹이기 시작했다. 자신이 왜 여기 와 있는지, 그리고 여기가 어디인지도 모를 테니 겁이 나는 게 당연했다. 그때 고릴라 같은 백성일과 양정도, 장학주, 그리고 조미주가 나타났다.

"일어났어?"

무섭게 말하는 백성일보다 차명수 눈에는 조미주가 먼저 보였고, 화가 난 듯 눈을 부라리며 말했다.

"너 이 기집애 진짜, 씨!"

그러자 정자왕이 말렸다.

"아이구, 진짜 그러다 맞는다니까."

그때 백성일은 두꺼운 손으로 정자왕의 뺨을 올려붙였고, 쩍 소리가 냉동 창고를 가득 메웠다. 그다음에는 장학주가 정자왕에게 있는 힘껏 주먹을 날리기 시작했다. 그렇게 맞고 있는 정자왕을 보는 차명수 눈에 눈물이 그렁그렁 맺혔고 차오르는 공포감에 울음이 터졌다.

"조용히. 조용히 맞자, 조용히. 얘가 아마 온 지 한 달 정도 됐나? 들어올 때 60킬로그램이었거든. 이목구비도 뚜렷하고 머리털도 많고 그랬는데. 우리가 멕이지도 않았는데 얘가 부어가지고 저렇게 됐어."

백성일이 정자왕을 가리키며 말했다. 차명수가 바라본 정자왕은 아직도 거친 주먹질을 당하고 있었다.

"야, 됐어. 그만해. 더 붓겠다."

말릴 때까지 계속되던 백성일의 주먹질에 정자왕이 거친 숨을 몰아쉬었다. 차명수는 오기가 발동했는지 궁지에 몰린 쥐처럼 마지막 발악을 했다.

"니, 니들 뭐야! 니들 뭔데!"

"조용히 해, 조용히."

"야, 이씨! 내가 어떤 사람인데!"

꿈틀대는 차명수에게 백성일이 뺨을 날렸다. 크고 두꺼운 손으로 휘둘러 맞자 차명수는 겨우 한 뼘만큼 차오른 용기가 흔적도 없이 사라졌다.

"조용히 좀 해. 조용히! 어떤 사람인지 다 아니까 조용히 좀 하시라고. 예?"

백성일은 차명수의 기를 충분히 죽인 뒤 양정도를 불렀다.

"아, 나…… 양 실장. 뻰찌 어디 있어? 이빨 다 뽑아버려야겠다."

"뻰찌 지금 A팀이 다 빌려갔는데."

"아, 그건 또 왜 빌려줬어. 아이 씨, 진짜."

"망치 드릴까요? 이걸로 주둥아리 한 방에 다 뽀사뿔게."

"그래그래. 그거라도 줘. 어차피 조용히 시키면 되는 거니까. 줘."

둘의 대화, 그리고 망치를 가져오는 모습에 차명수는 극도로 공포에 휩싸였다. 몸을 부들부들 떠는 걸 보니 이젠 어떤 협박을 해도 곧

이곧대로 믿을 상황이었다.

"당신 이걸로 아작 나기 싫으면 똑바로 대답을 하세요. 왜 회장님 돈을 건드렸어?"

"그…… 그게 무슨……."

무슨 말인지 아직 파악을 못한 차명수가 어리둥절한 표정을 짓자 백성일이 윽박을 질렀다.

"아이 씨! 우리가 누군지 모르지? 우리 최 회장님이 보내서 온 거야. 당신 묻어도 된다 그랬다고, 회장님이."

"처음 뵙는 분들인데 어떻게 회장님 밑에서……."

"당연히 처음 보지. 우리 얼굴 본 사람 중에 살아 있는 사람이 없는데?"

백성일의 무시무시한 말에 차명수는 온몸의 솜털이 모두 곤추선 듯 짧게 숨을 마시며 마른침을 삼켰다.

"그러니까 왜 회장님 돈을 건드렸냐고. 극진건설 명의가 당신 앞으로 돼 있으니까, 그게 다 네 거야? 어? 회장님이 우스워?"

"아, 아닙니다! 그런 게 아니고요!"

"아니라니, 씨. 거짓말 하고 있네. 야, 그거 어디…… 조 대리! 그거 갖고 와. 어디 있어."

백성일은 조미주에게 건네받은 서류를 차명수 앞에 들이밀고 한 줄 한 줄 짚어가며 말했다.

"봐봐, 인마. 일사분기 2천만 원, 이사분기 3천만 원. 5천이나 삥땅 깠구만, 5천만 원! 이거 빼도 박도 못해요, 이제! 그냥 내가 쉽게 보내줄 테니까. 저세상 가서 반성을 하고 뭐…… 그렇게 하시면 될 거 같아. 야, 이 새끼 저울 달아."

차명수는 변명도 못 하고 울부짖으며 말했다.

"아이, 저울을 왜 달아요. 개돼지도 아니고……."

양정도가 연장을 들고 차명수 앞에 섰고, 조준하듯 차명수 입을 향에 앞뒤로 움직이며 말했다.

"가만있어요. 삑사리 나면 많이 아프다."

차명수는 살려달라는 발악도 못 하고 넋이 나가 울먹이며 바둥거렸다. 양정도가 막 연장을 내려치려고 할 때 백성일이 말리며 말했다.

"잠깐, 잠깐만! 회장님 전화 왔어, 잠깐만."

백성일이 적당히 전화 받는 연기를 하자 차명수 얼굴에 공포가 옅어졌다. 백성일이 통화를 끝내는 척하며 말했다.

"와, 진짜 재수 좋네. 회장님이 이번 한 번만 봐주신대. 풀어줘."

"아. 땅 다 파놨는데. 아이 씨. 다시 땅 메워라. 스탑. 저울 안 단다고."

양정도가 합을 맞춰 불평을 늘어놓는 연기를 펼치고는 어딘가 전화하는 연기를 보태자 차명수는 그제야 상황이 잘 풀린 걸 눈치챈 모습이었다. 그런 차명수 앞으로 백성일이 다가갔다. 이 계획의 가장 중요한 부분이었다. 차명수에게 충분히 공포감을 심어준 뒤, 최철우를 배신해 도망갈 생각을 심어줄 계획이었다.

"아저씨. 내 말 잘 들어. 우리가 계속, 차명수 당신을 계속 지켜볼 거야. 만약에 5천만 원 말고 회장님 몰래 삥땅친 돈이 또 있거나 만약에 그러면, 그럼 진짜 소리 없이 죽는 거야. 알았어?"

대답을 못 하는 차명수에게 더 큰 소리로 윽박을 질렀다.

"알았냐고! 왜 대답을 안 해!"

"예! 예! 명심! 명심하겠습니다!"

두려움에 벌벌 떨던 차명수가 커다란 목소리로 대답했다. 풀어주라는 백성일의 말에, 구속에서 벗어난 차명수는 뒤도 안 돌아보고 달아나기 시작했다. 차명수가 완전히 나간 모습을 확인하자 모두 웃음이 터졌다. 차고 넘칠 만큼 성공한 느낌이다. 모두 성공에 기뻐할 때 정말 심하게 얻어맞은 정자왕이 울먹이며 말했다.

"나 이거 풀어줘."

그제야 묶여 있던 정자왕이 떠오른 백성일이 달려가 구속을 풀었다. 울먹이며 투정을 부리는 모습에 밥을 사주겠다며 달래도 울상은 가시지 않았다. 차명수를 끌어들이는 계획의 가장 큰 피해자는 정자왕이었다.

조상진과 차명수를 계획대로 붙잡은 양정도는 천성희를 찾았다. 아무래도 마음이 쓰이는 것은 어쩔 수 없었다. 아버지 천갑수를 함정으로 밀어 넣을 자료를 전달해주던 천성희의 마음을 양정도는 감히 짐작할 수 없었다. 그 고마움에 인사를 해야 할지, 미안함을 전해야 할지도 정하지 못했다.

집 앞에서 자신을 기다리는 양정도를 발견한 천성희는 지금 이 상황을 전부 파악한 모습이었다. 쭈뼛거리는 양정도를 보고 천성희가 먼저 입을 열었다.

"시작했구나, 벌써."

"응."

"나한테 미안해서 왔구나."

"자꾸 마음에 걸리네."

양정도의 마음을 다 안다는 말이었다. 천성희의 말을 듣고도 어떤 이야기해야 할지 몰랐다. 그런 양정도를 오히려 이해한 건 천성희였다.

"어쩔 수 없지 뭐."

"그래도…… 너희 아버지잖아."

"만약에, 만약에 말이야, 정도야. 최철우 회장 줄 끊겼는데도 시장님이 왕 회장이라는 분 손 안 잡으면, 그때는 천갑수 시장님 어떻게 할 생각이야?"

어려운 결정을 요구하는 천성희였다. 어떤 결정을 내려도 누군가 상처를 받을 수밖에 없는 선택이었다.

"글쎄다. 거기까지는 생각 안 해봤는데. 천갑수 시장이 왕 회장님 손 안 잡을 거라고 생각해?"

"솔직히 말하면…… 안 잡길 바라. 그게 좋은 거잖아, 모두한테. 정말 간절히 바라는데…… 왕 회장님 손 안 잡고 검은 돈에 당당한 훌륭한 시장님이 되길 바라는데…… 글쎄 나도 잘 모르겠다, 어떤 선택을 하실지. 그래도 고마워. 그 말 해주러 여기까지 와줘서."

입술이 말랐다. 어떤 대답을 해야 위로가 될지 몰라 에둘러 마음을 전했다.

"고맙기는. 내가 더 고맙지. 아무튼 갈게. 요즘 많이 덥더라. 더위 조심하고."

더 할 말이 있었던 것 같은데 어떤 말도 생각나지 않았다. 양정도는 애써 꺼낸 자신의 말이 마음에 들지 않았다. 백성일에게서 전화가 온 건 그때였다.

조상진과 차명수를 끌어들였다 해도 백성일에게는 아직 고민되는 문제가 많았다. 그 둘이 다른 마음을 먹을지도 모르는 문제였고, 마진석도 아직 믿을 수 없었다. 아무도 없는 냉동 창고에서 자료를 살피는데, 마침 마진석에게서 조상진이 드디어 사기 대출을 감행하기로 마음먹었다는 연락을 받았다. 일이 착착 풀려가고 있었다. 무서울 만큼 자신의 계획대로 진행되는 상황에 오히려 공포를 느낄 정도였다. 잠시 세수를 하러 일어났던 백성일이 다시 자리에 돌아왔을 때, 뇌가 꽝꽝 얼어 버릴 듯한 장면을 목격했다. 자신이 앉아 있던 책상에 최철우가 앉아 있었다.

"위치가 아주…… 찾느라고 아주 힘들었어요, 허허. 그쪽이 백성일 과장이신가요? 실제로 만나는 건 처음이죠? 최철웁니다."

백성일을 마주한 최철우는 한껏 여유를 부리며 말했다. 담담한 최철우와 달리 백성일은 중언부언 말이 꼬였다.

"여기, 여기 어떻게…… 어떻게 오셨어요? 왜 오셨냐고요, 여기에."

일단 양정도에게 전화를 걸었다. 백성일 혼자 어쩔 수 있는 사람이 아니었다.

"어, 정도야. 너 이리 좀 와야겠다. 창고에 손님이 한 분 왔어."

양정도가 도착하기까지 연옥처럼 지루한 시간이 흘렀다. 최철우는 자리에 앉아 말없이 백성일을 바라봤고, 여유와 웃음을 잃지 않는 그의 모습은 양정도가 도착해서도 변하지 않았다. 양정도가 입구에 들어서자 최철우는 몸을 돌려 말을 붙였다.

"응, 오셨군. 인사를 받고서 그냥 있으면 예의가 아닌 거 같아서, 그래서 왔어요. 나도 인사나 할까 해서."

양정도 역시 긴장하긴 마찬가지였다. 최철우의 빌라 앞에 찾아가 건방을 떨던 모습을 찾아볼 수 없을 만큼, 양정도는 초조했는지 말이 많아졌다.

"뭐, 인사 때문에 이런 누추한 데까지 오셨어요. 차라도 드릴까요? 차가 없네. 커피 어떠세요?"

차를 준비하러 움직이는 양정도 뒤로 최철우가 말했다.

"됐어요. 괜찮아요, 허허. 이렇게 얼굴들 보고 인사했으니 가봐야지요. 일들 보세요. 노인네가 괜히 시간만 뺏었네. 허허허허."

그러고는 돌아서 나가려는 최철우를 양정도가 잡아세웠다. 냉동창고를 아는 인물은 극소수에 불과했다. 그런데 최철우가 이곳까지 알고 있는 건 그 밖의 자신들의 움직임을 모두 알고 있다는 소리였다.

"근데요. 여긴 어떻게 알고 오셨어요? 저희가 여기 있는 거, 어떻게 알고 오셨냐고요."

"그게 자네들이 우릴 못 이기는 이유야. 뭐가 중요한지를 몰라."

이만큼의 정보가 새어나갔다면 무리들 가운데 배신자가 있을 수 있다는 말이었다. 양정도는 아무 말도 못 하고 떠나는 최철우를 그저 바라보다 최철우가 냉동 창고를 완전히 빠져나간 걸 확인한 뒤 백성일에게 물었다.

"괜찮아요?"

"소리도 없이 들어와가지고, 그거 본 거 같아."

"아, 그건. 그거까지 걸린 건 아니죠? 그 차명수, 조상진 대출 사기, 그거."

양정도는 지금 계획이 걱정이었다. 최철우가 알게 된다면 지금까지 해온 모든 게 끝장이었다. 다시 접근할 방법도 마땅치 않았고, 무엇보다 조심성만큼이나 의심 많은 최철우가 주변 단속을 안 할 리 없었다.

"그건 내가 저 안쪽에다 잘 놔뒀서 괜찮아."

백성일이 양정도를 안심시키긴 했지만, 마음 놓고 있을 순 없었다. 어떻게 해서든 빨리 처리하든가, 아니면 시작 전에 공사 계획을 바꿔야 했다. 양정도의 고민이 끝나기도 전에 왕 회장이 양정도를 먼저 찾았다.

왕 회장의 사무실에 찾아간 양정도에게 김 전무가 해준 이야기는 생각보다 훨씬 더 상황이 심각하다는 거였다. 왕 회장과 선이 닿아 있는 검사를 통해 들었는데, 확실히 내부에 제보자가 있다는 것이다. 믿기 힘든 이야기에 백성일이 물었다.

"그게 무슨 말씀이세요? 누가 정도를 팔아넘겨요?"

"내가 검찰청 인맥 다 동원해가 알아낸 정본데…… 정도 니 2년 전에 큰집 다시 드갈 때, 박 검사 금마가 갖고 있던 니 기소 증거에 니들이 지금까지 공사 친 정황이랑 최철우 가라 아들내미캉 돈 오간 정보까지 싹 다 들어 있었다 카대. 누가 니를 팔아넘긴 기 아이모 우예 그런 증거가 있었겠나, 박 검사 금마 손에."

"그러니까요, 그걸 넘긴 사람이 누구냐고요?"

백성일이 참지 못하고 김 전무에게 따지 듯 물었다.

"그건 나도 모르지요. 담당 검사도 모르는 걸 내가 우예 알겠습니까?"

"박홍식 검사, 그 사람도 모른다고요?"

"최철우 라인에서 커버 쳐주고 안 있겠나. 금마가 누군지 아무도 모르게."

백성일과 양정도는 아무 말도 하지 못했다. 상대는 둘의 손에 든 패를 모두 알고 있는데, 그 둘은 상대가 누군지조차 모르는 상황이었다. 고민하는 양정도를 보고 김 전무가 말했다.

"2년 전에 금마가 아직도 최 회장 줄 잡고 있는 거모, 니들이 지금 뭘 할라카는지 최 회장이 다 알고 있을 기다. 공사 이쯤에서 스돕하자, 정도야."

김 전무의 말을 듣고 양정도는 고개를 들었다. 이대로 멈출 순 없었다. 허락이 필요했다. 양정도는 왕 회장에게 물었다.

"회장님 생각은 어떠세요? 접을까요, 이쯤에서?"

"네 생각부터 말해봐."

"솔직히 말하면 저는 우리 사람들 의심하면 안 되죠. 제가 한 게 있는데. 2년 전에 제가 먼저 배신했었잖아요."

"그래서 어떻게 하겠다는 거야? 고야 스톱이야?"

돌려 말하고 말꼬리 흐리는 걸 싫어하는 왕 회장이 확실한 대답을 요구했다.

"고 하려고요. 죽이 되든 밥이 되든."

양정도의 말을 듣고 왕 회장도 그 자리에서 바로 결단을 내렸다.

"그래. 그럼 그렇게 해. 단 이거 하나는 명심해라. 난 지는 게임에 베팅 안 한다. 나까지 끌어들였으면 성공시키게 최선을 다해. 알았냐?"

"예. 명심하겠습니다."

하지만 프락치가 있다는 정보를 확인한 상태에서 일을 벌이는 건 위험했다. 손의 패를 모두 상대에게 보인 것도 큰 위험인데 상대 패는 아무것도 모르고 있었다. 불안감이 커진 김 전무가 양정도에게 물었다.

"그럼 뿌락찌 금마는 어떡할 긴데? 그냥 달고 갈 기가?"

양정도는 혼자 결정할 일이 아니라는 생각에 백성일에게 되물었다. 그러자 백성일은 대답 전에 양정도의 허락부터 구했다.

"내가 말해주면 그대로 할래?"

"뭐, 어떻게 할 건데."

"어차피 고 하려고 마음먹었으면, 그냥 솔직히 물어봐야지."

"아저씨답네."

백성일의 입에서 가장 어려운 방법이 튀어나왔다. 확실한 방법이었고 꼼수를 부리지 않는 정공법이었지만, 이걸로 문제가 해결될 가능성은 낮아 보였다. 하지만 이 어이없는 제안은 정말 백성일다운 방법이었다.

"일단 내일 창고로 다 모이라 그래."

다음 날 양정도는 백성일의 말대로 모두를 냉동 창고로 불렀다. 각오는 했지만 역시 입을 여는 건 쉬운 일이 나이었다. 한 명, 한 명 얼굴을 돌아보니 함께했던 시간들이 떠올랐다. 이 가운데 배신한 사람이 있다고 생각하는 것조차 미안했다. 백성일과 짧게 눈이 마주치자 말을 시작하라는 듯 짧게 고개를 끄덕였다. 양정도는 숨을 고르고 솔직하게 말을 꺼냈다.

"제가 여기 모이라고 한 이유는요. 할 말이 있는데……."

양정도가 입을 열었지만 모두 장난을 치거나 자기 할 일에 빠져 귀 기울여 듣지 않았다. 노방실만이 직감적으로 무슨 일을 있음을 알아차렸는지 양정도를 거들었다.

"시끄러. 조용히들 좀 해."

노방실이 말하자, 그제야 모두 양정도에게 집중하기 시작했다. 노방실과 눈을 맞춘 양정도가 가벼운 눈웃음을 지으며 말을 이었다.

"고마워요, 여사님. 제가 오늘 모이라고 한 이유는요. 이중에 누가 우릴 배신했대요."

예상하지 못한 양정도의 말에 모두가 얼어버렸다. 냉동 창고가 차가운 정적으로 가득 찼다.

"2년 전에 검사한테 제 자료 토스한 사람이고요. 뭐 아직 예상이긴 한데, 그 사람이 우리가 하려고 했던 일도 다 얘기했을 수도 있어요, 최철우한테. 그럼 우리는 뭐…… 끝난 거지, 여기서."

"그래서 그 썩혀 죽일 놈이 누구여?"

양정도의 말에 장학주가 깜짝 놀라 물었다. 당연한 반응에 양정도는 자기 할 말을 계속했다.

"모르지, 나도. 그래서 다 있는 데서 얘기하는 거야. 그 사람이 누구인지 모르겠지만 이거 하나만 알아두라고요. 2년 전에는 나 혼자 다쳤지만, 이번에는 달라요. 이번 일 틀어지면, 너무 많은 사람들이 다쳐요…… 여기 있는 우리들은 당연한 거고. 위험 무릅쓰고 우리 도와주고 있는 성희, 우리만 바라보고 있는 다미랑 우상철 아저씨, 더 보태자면 마석동 재개발 막으려고 목숨 걸고 싸우고 있는 사람들까지 다 다쳐요, 이번 공사 틀어지면. 내가 미워서, 나한테 복수하고 싶어서 지금까지 이런 일 한 거라면, 이번 한 번만 참아줘요. 누가 그러더라고요. 사람 마음한테 사기 치지 마라. 사람 마음 갖고 사기 치면 상대방은 상처받고, 넌 외로워진다. 저 외로워지는 건 얼마든지 참을 수 있어요. 근데 저 때문에 사람들 상처받는 거는 더는 못 보겠어요. 그러니까 한 번만, 딱 한 번만 참아줘요. 부탁드릴게요. 제 얘긴 끝이고요."

양정도가 백성일을 손짓으로 불렀다. 가장 표정이 어두운 사람은 백성일이었다. 지금까지 모든 걸 참고 버텨왔고, 그만큼 많은 준비와 노력을 쏟아부어 만들어온 일이었다. 그런 백성일에게 더 이상의 뒤는 없었다.

"이제 바로 공사 들어갈 건데, 그 사람 때문에 공사 틀거나 그런 일은 없을 거고요. 대출 사기, 그대로 갑니다. 플랜 비 없어요. 이번에는 끝까지 밀어붙일 거예요. 할 말 있는 사람?"

다시 한번 지금까지 함께해온 동료들을 바라봤다. 참담한 얼굴은 그들도 마찬가지였다.

"뭐, 없으면 공사 시작합시다."

백성일의 말을 끝으로 모두가 이 불안한 계획에 변함없이 동참하는 걸로 결정되었다. 누구도 떠나지 못한 자리에는 무겁고 음습한 침묵만 흘렀다.

2년 전 안태욱이 시청을 나온 건 단지 비리와 추문에 떠밀려서가 아니었다. 최철우와 천갑수 사이에 어떤 거래가 있어 떠밀렸다 해도, 자신이 원하지도 않는데 순순히 자신이 쌓아온 모든 경력을 내팽개치고 나올 리 없었다. 안태욱은 영악한 사람이었다. 스스로 세금징수국 국장 자리를 물러나 최철우와 천갑수 사이에서 교통정리를 자처한 것뿐, 빈손으로 나온 게 아니었다. 2년 전 눈엣가시 같은 백성일에게 자신이 당한 것을 똑같이 되갚기 위해 뒀던 정보통을 오랜 시간 공 들여 관리했다. 그리고 한동안 잠잠한 줄 알았던 백성일이 다시 움직인다는 정보를 그 충실한 정보통에게 전해들었다. 정보를 얻은 안태욱은 최철우에게 전화를 걸었다.

"2년 전에 우리 도와준 친구한테 연락이 왔는데요. 그놈들이 뭔 짓을 꾸미는지 알아냈습니다."

"대출 사기? 허허허허. 그래서, 그놈들 모여 있는 데가 어디라고?"

불같이 화낼 줄 알았는데, 최철우는 오히려 담담하게 반응했다. 다른 사람도 아니고 자신의 왼팔 같은 차명수라는 점을 생각하면 냉정한 반응이었다. 최철우가 몸소 나서 정리한다기에 안태욱은 기다릴 수밖에 없었다. 그리고 다음 날 안태욱이 최철우를 찾았을 때 최철우는 아직 안태욱이 몰랐던 사실까지 들고 나타났다.

"돈 돌리는 자료가 있었다고요? 대출 사기 안 들키게, 돈 돌리는 걸로 역정보를 흘린 거라고요?"

안태욱이 놀라 물었다. 자신도 몰랐던 이야기였다.

"돈을 돌리는 데는 손이 많이 쓰이니까. 대출 사기 쪽으로 방향을 튼 거야."

"거기까진 제가 얘길 못 들었는데…… 죄송합니다."

"신경 쓸 거 없어. 뭐, 의도적으로 조치를 했다기보다 임기응변야. 보니까 던진 거야. 말이 많아지더라고, 갑자기 그놈."

지독한 사람이었다. 적의 본거지에 혼자 찾아가는 대담성도 그렇지만, 거기서 이런 정보까지 알아 올 만큼 순발력도 좋았다. 이 지독한 최철우가 이제 어떤 수를 둘지 안태욱은 궁금했다.

"그럼 이제 어떻게 하실 생각이신지요."

"박 검사한테 연락해서 명수, 상진이 두 놈이 은행에 대출받으러 갈 때, 그때 걸라고 해. 그럼 박 검사가 다 알아서 할 거야. 회계 조작한 서류는 안 이사가 나한테 가져오고."

최철우의 방법은 너무 위험했다. 기다렸다가 완벽한 순간에 잡겠다는 생각이지만, 행여 잘못된다면 회사에도 큰 타격이었다.

"차 대표하고 조 세무사가 숫자 만지기 전에 먼저 선수 치는 방법은요? 그 회계 조작 서류라는 게 외부에 유출됐다 하면 회사에도 피해가 올 텐데요."

"유출되지 않도록 안 이사가 단도리 해. 서류는 가지고 있어야 돼, 보험으로."

"보험이요?"

최철우의 말에 안태욱은 고개가 갸우뚱해졌다. 안태욱은 여기서 보험이라는 말을 어떤 식으로 해석해야 할지 빠르게 머리를 굴렸다. 짐작되는 몇 가지를 떠올리려 할 때, 최철우가 먼저 입을 열었다.

"그래. 보험. 천갑수 시장이 이번 선거에서 꼭 당선된다는 보장이 없어. 천갑수 시장 떨어지면 마석동 재개발도 물 건너가는 거야. 그럼 뭐 볼 게 있겠어? 돈만 챙겨서 빠져야지."

"진짜 대출 사기 감행하시려는…… 그 말씀이신가요?"

"바지 사장 앉혀서 사기 대출 시켜놓고 감옥 보내면, 그 돈이 누구한테 오겠어?"

지독한 게 아닌 악독한 사람이었다. 최철우는 모든 생각의 기준이 자신이었다. 보험이라는 뜻은 재개발이 취소되어 자신이 기대한 돈을 벌 수 없을 때, 그 돈을 다른 방식으로 뜯어내겠다는 뜻이었다.

"그래도요, 회장님. 극진건설 자체가 흔들릴 수도 있는 문젠데요."

"회사가 뭐 중요해? 돈이 중요해. 직원들한테 월급만 나가는 깡통 회사 필요 없어. 내가 만든 회사, 내가 죽이겠다는데 누가 뭐래."

안태욱은 단도직입적으로 최철우에게 물었다.

"그럼 저는요? 저에게는 뭐를 주실 수 있으십니까?"

최철우의 표정에는 별다른 감흥이 없었다. 안태욱이 이미 예상했던 반응이었다. 안태욱의 물음에 최철우가 되물었다.

"돈을 원해, 권력을 원해?"

"둘 다요. 둘 다를 원합니다, 회장님."

"그럼 내 옆에 바짝 붙어 있어. 방금 한 얘긴 4년 후에 다시 하고. 천 시장이 이번 선거에서 당선돼도 세 번 연임이니까 다음 선거에 못 나가, 떨어져도 다음 선거에 못 나가고. 말 바꿔야지."

최철우가 그리고 있는 그림이 안태욱에게 보였다. 미소를 머금는 최철우를 보고, 안태욱 역시 가볍게 웃어 보였다. 천갑수의 쓸모가 사라진다면 최철우가 다음에 올라탈 말은 안태욱이라는 의미였다.

앞으로 안태욱은 그저 프락치를 통해 백성일의 움직임을 파악하고 대응하기만 하면 됐고, 조상진과 차명수는 당분간 최철우가 말한 것처럼 자기들끼리 북 치고 장구 치게 놔두면 됐다. 모든 게 다 잘 풀리려던 때 그 프락치가 전화를 걸어왔다. 급히 만나자는 연락이었다. 잠시 후 약속한 장소로 갔다.

"뭘 이런 데서 보자 그래요. 괜찮은 커피집 많은데, 왜."

요즘 같은 시대에 보기 힘든 허름한 변두리 찻집이었다. 장소도 예의 없게 갑자기 사람을 불러낸 것도 모두 마음에 들지 않아 볼멘소리가 나왔다. 안태욱의 불편한 말을 듣고도 개의치 않아 하며 초조하게 이야기하기 시작한 프락치는 다름 아닌 장학주였다.

"사람들이 알았어유."

"뭘요?"

"우리 안에 프락치가 있다는 거, 그거 알았다구! 사람들이 다."

이건 안태욱이 예상 못 한 일이었다. 이제 막 장학주에게 얻은 정보로 최철우가 계획을 세운 뒤였다. 그보다 지금 상황에서 첩자가 발견된다면 앞으로의 관리가 더 큰일이었다.

"그게 선생님이라는 것도?"

"아녀, 그거까진 아닌 거 같구."

"그래서 뭐, 어떻게 한대요? 공사 튼대요?"

"그냥 믿고 간대유. 뭐, 서로 의심하는 거 싫다구."

"사기 치는 건 아니고?"

장학주의 말에 사늘한 느낌이 들었다. 내부에 첩자가 있는 걸 알고 있는데 계획을 수정하지 않고 밀어붙인다면 상대가 바보라는 소리였다. 그렇지 않다면 오히려 첩자 장학주에게 거짓 정보를 보내 혼란을 줄 수도 있었다. 일이 생각보다 복잡하게 흐르고 있었다.

"아녀, 그런 거 같진 않더라구. 뭐, 내 느낌적으로다가."

"본인은?"

가장 중요한 것부터 다시 확인했다. 지금까지 정보를 알려준 이 첩자가 아직도 믿을 수 있는 사람인지가 중요했으니까. 안태욱의 말에 장학주가 발끈하고 나왔다.

"나유? 이사님. 지금 저 의심하시는 겨? 내가 지금, 왜 여기까지 왔는디!"

"아님 됐어요. 둘 다 아니면 됐다고. 그래서 공사는 언제 시작한대요?"

반응을 보니 아직 자신을 배신할 느낌은 없었다. 계획도 바꾸지 않고 정보원도 믿을 만하다면, 이제 필요한 정보는 시간이었다.

마진석은 양정도가 말한 대로 충실하게 조상진을 꾀어내고 있었다. 특별한 행동을 하지 않아도 조상진은 움직일 수밖에 없었다. 조상진 안에 한번 심어진 부러움과 질투는 마음속에서 점점 크게 자랐다. 마침 극진건설 사장인 친구 차명수까지 조상진의 계획에 찬성했으니 망설일 게 없었다. 조상진은 마진석이 알려준 대로 서류를 준비했다. 회계를 분식한 자료가 모두 갖춰지자 시키지 않아도 마진석에게 연락해 조언을 구했다. 그리고 둘이 움직인다는 정보는 고스란히 양정도에게 흘러들어가고 있었다.

냉동 창고에서 대기하던 마진석이 조상진의 연락을 받고는 양정도에게 차명수와 조상진을 만나러 간다며 말하고 떠났다. 냉동 창고를 벗어난 마진석은 어딘가로 전화를 걸었다.

"저예요. 지금 대출받으러 가는 길인데 최철우 그 양반, 아직 연락 없죠?"

마진석이 연락한 사람은 다름 아닌 사재성이었다.

"없어, 아직. 계속 연락 없으면 대출받은 그 돈 갖고 나르면 돼. 똑같은 50억, 여기서 받나 저기서 받나, 씨."

"잠깐만. 원래는 양쪽에서 50억씩 땡기고 반까이 치기로 한 거 아니었어? 난 일 잘하고 있는데, 사 형사님은 일 처리가 영 그러네."

"밥 먹는 중이니까 쓸데없는 소리 하지 말고, 끝나면 연락해."

사재성이 자기 할 말만 하고 전화를 끊자 마진석은 화가 치밀었다.

"하, 나 이 새끼 봐라? 아까부터 반말 찍찍 하고. 싸가지 없네."

입 밖으로 불만이 튀어나왔다. 개운하지 않은 기분이었다. 마진석은 출소하면서 사재성을 알게 되었다. 양정도에게 안 좋은 감정을 가졌다는 것과 돈이 필요하다는 것으로 뜻이 통했다. 각자 나름의 방식으로 사기꾼과 악당 사이에서 돈을 가로채자고 만났지만, 어딘가 미덥지 않고 마음에 들지도 않았다.

마진석은 좋지 않은 기분으로 조상진과 약속한 커피숍으로 향했다. 차명수에게 서류를 건네고 대출을 받게 하면 자신의 임무는 완성이었다. 커피숍에 도착해 인사한 뒤 조상진이 꾸민 회계 서류를 훑어봤다. 예상대로 잘 만들어진 서류였다.

"야, 진짜 잘 만지셨네. 역시 조 선생님, 전문가셔. 하하하."

"평생 하던 일이 그건데요 뭐."

조상진이 칭찬에 쑥스럽다는 듯 웃어 보였다.

"아무튼 이거 가지고 은행 열 바퀴 돌면요. 두 선생님 평생 가도 못 만지실 돈, 한 큐에 땡길 수 있어요."

마진석의 설레발에 차명수가 들뜬 표정을 지었다. 소풍 전날 초등학생처럼 웃음을 숨기지 못한 얼굴이었다.

"이제 두 분, 재벌 부럽지 않게 사시겠네요. 축하드립니다. 하하하. 아! 저 피 떼어주는 거, 까먹지 않으셨죠?"

"그럼요!"

차명수가 시원하게 대답했다.

"사람이 잘될 때 주변 사람 챙겨야 돼요. 하하. 출발하시죠. 은행

문 닫기 전에 많이 돌아야 되니까. 서두르세요."

셋이 자리에서 일어나 커피숍 문을 나설 때 한 무리의 사내가 입구를 가로막고 나섰다. 조상진의 얼굴이 흙빛으로 변했다.

"수고들 참 많으시네요."

"누구십니까?"

마진석이 상대를 보고 굳은 얼굴로 묻자 남자는 짧게 "모셔"라고 명령을 내렸다. 세 사람은 순식간에 제압돼 끌려나갔다. 누군지 몰랐지만, 영문을 알 수 있었다. 고함을 지르며 반항했지만 힘으로 뿌리칠 수 없었다. 커피숍 밖에서 안태욱이 한심하다는 얼굴로 셋을 바라보고 있었다. 이를 본 조상진과 차명수는 악을 쓰며 안태욱에게 소리쳤지만 대꾸조차 들을 수 없었다.

30
함정

몇 시간 전부터 장학주와 안태욱은 차명수를 미행했다. 그리고 장학주가 말한 대로 계획에 변경은 없어 보였다. 차명수는 커피숍에 앉아 안절부절못하는 모습을 길 건너에서 바라보며 안태욱이 말했다.

"이따가 저 장부 뺏으면 최 회장님께 갖다드리세요. 난 조상진이 사무실 가서 정리 좀 해야 되니까."

안태욱이 장학주에게 이후 행동을 지시했다. 그리고 앞으로 해야 할 이야기도 함께 전했다.

"통장에 돈 입금했으니까 주변 정리 좀 하시고, 당분간 잠수 타시면 좋고. 앞으로 볼일 안 만들면 더 좋고. 알았어요?"

안태욱에게 장학주는 오래 만나고 싶은 종류의 인간이 아니었다. 천박하고 무식하며 단순한 사람이었다. 이용해먹긴 좋았지만, 그놈들 사이에 프락치가 있다는 사실까지 들통난 마당에 더 이상 두고 쓸 만한 사람은 아니었다. 지켜보는 사이 조상진과 마진석이 커피숍에 나타났다. 마진석, 조상진, 그리고 차명수는 서류를 꺼내 보며 서로 웃고 있었다. 안태욱은 그 모습을 보면서 최철우가 미리 손을 써둔 검사 박홍식에게 전화를 걸었다. 화기애애하던 셋의 모습은 잠시 후 박홍식이 나타난 순간 유리창처럼 부서졌다. 고래고래 소리치며 꼴사나운 모습으로 끌려가는 셋을 보며 안태욱은 회계 서류를 챙겼다. 그리고 장학주에게 서류를 건네며 최철우에게 가져다주라는 말을 남겼고, 장학주는 서류를 챙겨 차를 몰기 시작했다. 떠나는 장학주의 모습 뒤로 안태욱의 눈이 날카롭게 따라갔다. 그런 줄도 모르고 장학주가 향한 곳은 최철우가 아닌 정자왕의 지하 작업실이었다.

며칠 전 냉동 창고에 모두 모였을 때, 누군가 배신했다는 소식을 전하던 양정도의 모습을 보고 장학주는 고민이 깊어졌다. 그리고 이곳에 오기 전 양정도에게 솔직하게 모든 걸 털어놓았다.

“그니까 그때 나한테 왜 그런 겨! 잉? 왜 2년 전에 내 뒤통술 쳤냐구! 다미식당 그 맛두 드럽게 없는 집 때문에 다시 한 줄 아는 겨? 아녀. 다 니 뒤빡 깔라구 그런 겨. 나 당한 대루다가 똑같이, 똑같이 갚아줄라구 그래서 이 판 다시 낀 겨! 2년 전에 안 국장한테 돈 돌려준 것두 나여! 다 내가 한 겨. 내가 그때 너 공사 친 겨! 알고 있어, 새끼야? 어때, 정신 좀 바짝 들구 그랴? 나한테 공사 치면 이렇게 되는 겨. 어? 너 이 새끼, 네가 나한테 그러면 안 됐어. 알어?”

악에 받쳐 속내를 모두 털어놓은 그때 양정도는 자신에게 오히려 솔직하게 말해줘서 고맙다며 사과를 해왔다. 처참할 만큼 부끄러웠던 기억. 분노와 짜증이 서러움으로 바뀌던 순간이었다.

양정도라면 몰라도 모두를 위험하게 만들고 싶진 않았다. 이미 최철우가 대출 사기를 알고 있는 상황이었고, 이건 자신이 저지른 일이니 자신이 책임져야 한다고 생각했다. 대출 사기가 어렵다면 분식 회계로 걸자고 양정도에게 말했다. 그러나 이는 경찰에 넘겨서 해결할 수 있는 수준이 아니었다. 이미 검찰까지 손을 대고 있는 최철우였다. 그러니 공권력으로 해결할 수 없다면 여론에 기댈 수밖에 없었다. 모든 자료를 스캔해서 인터넷에 올리기로 결정을 내렸다. 정자왕의 작업실에 도착한 장학주는 서류를 들고 소리치며 들어갔다.

"자왕아! 자왕아! 이거 빨리 스캔 떠서……."

장학주는 말을 끝내지 못했다. 정자왕이 있어야 할 작업실 책상 의자에는 안태욱이 앉아 있었다. 놀란 장학주 눈에 이어 들어온 건 피투성이가 돼 넝마처럼 널브러진 정자왕이었다. 식은땀이 전신에 흘렀다. 안태욱이 천천히 몸을 일으키며 말했다.

"내가 당신한테 미행 붙였었어. 무식한 놈들은 어쩔 수 없나봐. 감정에 이끌리는 거 보면."

사태를 파악한 장학주는 조심스럽게 휴대전화를 꺼내 몰래 통화 버튼을 눌렀다. 양정도에게 연결만 된다면 통화는 못 해도 이곳에서 들리는 소리로 상황을 파악할 수 있을 거라는 기대를 걸었다. 눈앞의 안태욱이 이어 말했다.

"방 사장한테도 그랬더만. 여자 한 명 붙여서 뒤통수 때리는 거. 매번 똑같은 방법을 쓰실까 몰라. 응? 2년이 지났으면 더 창의적이어야 되는 거 아닌가? 빨리 줘요, 우리 회장님 갖다드려야 돼."

안태욱이 다가오자 장학주는 온힘을 다해 달리기 시작했다. 도망칠 수 없다는 건 알고 있었다. 그저 최대한 시간을 끌 마음이었다. 자신의 비명과 안태욱의 목소리를 양정도가 눈치채길 바라며 장학주는 쏟아지는 몽둥이를 온몸으로 견뎠다.

긴박하게 일이 흘러가는 사이 천성희는 천갑수의 부름을 받았다. 세금징수국 일을 정리하고 선거 캠프로 들어올 생각이 없냐는 제의였다. 다가오는 지방선거에 사람이 부족하다는 이유였지만, 천성희는 쉽게 대답할 수 없었다.

"저, 이런 말씀드리기 죄송하지만…… 이번 선거, 꼭 나가셔야 되나요?"

"그게 무슨 소리야?"

"재임 기간 8년 동안, 물론 많은 가능성도 보셨지만 많은 한계도 보셨잖아요. 저는 개인적으로, 이제 그만 내려놓으시고 다음 사람한테 양보하시는 것도……."

양정도 일을 알고 있는 천성희는 아버지 천갑수를 걱정할 수밖에 없었다. 하지만 자신이 한 말이 단지 핑계를 위한 것도 아니었다. 천성희는 진심을 담아 안쓰러운 눈빛으로 천갑수를 보며 부탁했지만 천갑수는 말을 끊었다.

"그 한계라는 건, 최철우 회장을 말하는 거야? 성희야. 내가 생각하는 서원시, 서민이 행복한 서원시, 그건 이제부터 시작이야. 최철우 회장 없는 서원시장 천갑수…… 한 번도 본 적 없잖아."

천갑수는 믿어달라고 말했지만, 이미 왕 회장의 일까지 알고 있는 천성희는 대꾸할 말이 떠오르지 않았다. 딸에게도 믿음을 주지 못한 것에 대한 후회인지, 원하던 대답을 듣지 못해서인지 천갑수는 실망한 모습이었다.

"이제부터 보여줄게. 네 아버지가 어떤 시장인지."

할 말을 마친 천갑수는 자리에서 일어섰다. 천성희는 이러지도 저러지도 못하고 망부석처럼 굳어 시장실을 나가는 천갑수의 뒷모습을 바라봤다.

조상진과 차명수, 그리고 양정도 패거리까지 정리했다는 내용의 안태욱의 전화는 최철우의 기분을 한껏 개운하게 해줬다. 날파리처럼 귀찮던 놈들과 함께, 언제 자신을 배반할지 모를 놈들까지 한 번에 정리한 거였다. 그러나 최철우의 좋은 기분은 그리 오래가지 않았다. 안태욱과의 통화를 끊자마자 문을 두드리는 소리와 함께 예상치 못한 인물이 최철우를 찾았다. 약속도 없이 찾아온 사람은 천갑수였다.

"어쩐 일이세요, 연락도 없이?"

약속을 잡지 않고 찾아온 것도 의아한데 천갑수 입에서 나온 말은 더더욱 이해할 수 없었다.

"인연 끊으러 왔습니다."

"인연을 끊다니요. 허허허. 더위라도 먹으셨어요? 요즘 날이 많이 덥던데……."

뜻밖의 말에 놀란 최철우가 농담으로 받아넘기려 했지만, 천갑수는 비장한 얼굴로 입을 열었다. 단단히 준비하고 온 모습이었다.

"항상 저를 밑으로 생각하셨죠? 하긴 뭐, 회장님 입장에선 저도 한낱 대중 아닙니까. 말은 듣는 척, 눈은 무서운 척, 행동은 존중하는 척…… 지금까지 저를 그렇게 다루셨잖습니까."

천갑수의 말이 끝날 무렵, 마침 안태욱이 들어왔다. 최철우에게 안태욱은 천갑수의 반란을 제압할 아군이었다. 최철우가 만족스러운 웃음을 내비칠 때 천갑수가 다시 입을 열었다.

"2년 전에 회장님이 꼬리 자른 걸 알고 안 국장도 많이 분해하더라고요."

천갑수의 말이 끝나자 안태욱은 장학주에게 뺏어온 서류를 천갑수에게 넘겼다. 최철우는 눈앞에서 벌어지고 있는 황당한 일에 당황했다. 게임이 끝나지도 않았건만 천갑수는 승자의 미소를 띠며 최철우에게 말했다.

"자기 사람 쉽게 버리면 이렇게 되는 겁니다, 회장님."

천갑수와 안태욱이 눈빛을 교환하는 걸 보고 최철우는 빠르게 머리를 굴렸다. 누가 먼저 생각한 것인지 몰라도, 믿어온 안태욱이 지금만큼은 자기 사람이 아니라는 걸 알 수 있었다.

"설마 안 이사…… 이 사람을 일부러 심어둔 겁니까, 저한테?"

"죄송합니다, 회장님."

천갑수에게 한 질문에 안태욱이 대신 대답했다. 최철우는 궁지에 몰렸다는 걸 깨달았다. 지금은 자신에게 너무나 불리한 상황이었다. 당황한 모습을 숨기기 힘든 가운데 천갑수가 자신만만한 말투로 말했다.

"이게 세상에 밝혀지면 검찰은 극진건설 들쑤시고 다닐 거고, 그러면 회장님 돈줄 싹 다 막힐 겁니다. 그렇게 되길 원하십니까?"

"원하는 게 뭡니까?"

일단 상황을 벗어나고 그다음 복수를 생각해야 했다. 최철우가 머리를 굴리는 사이, 천갑수는 최철우의 약점을 파고들었다.

"제 인생에서, 사라져주십시오. 돈에 얽매이지 않는 시장이 될 겁니다. 검은 돈과 손잡지 않는 시장이 될 겁니다. 시민만 바라보고 시민의 편에 서는 시장이 될 겁니다! 그런 시장이 될 겁니다! 그러니까! 제 인생에서! 서원시에서! 사라지십시오."

"무슨 말인지 알겠어요. 알겠는데, 그런 사람이면 애초에 날 찾아오지 말았어야지. 돈은 깨끗한 사람한텐 냄새 안 풍겨요. 왜 그렇게 자기 자신을 몰라? 멱살 잡힌 입장에서 감 놔라 배 놔라 할 수는 없고…… 그렇게 하죠. 시장님 인생에서, 서원시에서 사라져드리죠. 단, 이거 하나는 명심하세요. 시장님과 나는 부류가 같아. 이번 마석동 재개발 건도 그래요. 혼자 할 땐 안 됐던 게, 시장님과 내가 힘을 합치니까 됐잖아. 조만간 본인이 어떤 사람이라는 걸 알게 될 날이 오게 될 겁니다."

"마석동 재개발은 제가 회장님께 드리는 마지막 배려입니다. 이젠 서로 볼일 없을 겁니다."

최철우의 말이 끝나자 천갑수가 자리에서 일어났다. 최철우는 너무나도 당당한 천갑수의 모습에 짐작 가는 것이 있어 물었다.

"다른 스폰서라도 물었어요? 선거가 코앞인데 너무 당당하셔서. 다른 돈줄이라도 생기셨나? 그런 생각이 들어서요, 갑자기."

"말씀 끝나셨습니까?"

천갑수는 질문에 대답하지 않고 돌아섰다. 천갑수가 떠난 후 최철우는 방법을 고민했다. 천갑수를 놓친다면 당장 손아귀에 들어왔다고 생각한 이권이 위험했고, 다음으로는 세금이 문제였다. 그동안 천갑수의 비호로 비켜오던 세무조사는 자신을 잡고 흔들 만큼 위협적일 수 있었다. 한참을 고민하던 최철우는 아직 카드가 한 장 더 남았음이 떠올랐다. 전화를 들어 비서에게 명령을 내렸다.

"사재성인가 하는 그 형사 놈, 얼굴 좀 보자 그래."

잔뜩 굳은 최철우의 얼굴에 불안감이 떠올랐다. 이번 위기는 지난 몇 번과 다른 느낌이 들었다.

시장실로 돌아온 천갑수는 조용히 텔레비전을 틀었다. 뉴스에서는 '서원시장 선거, 오차 범위 내 박빙'이라는 보도가 나오고 있었다. 한참 뉴스가 나오는 사이 안태욱이 들어왔다.

"바쁘신데 제가 시간 뺏은 건 아닌지 모르겠습니다."

"아니야, 괜찮아. 할 말이 뭔데?"

안태욱은 평소처럼 깍듯한 모습으로 입을 열었다.

"저 극진건설 정리했습니다, 시장님. 어차피 회장님하고 시장님 줄 정리하러 들어갔는데 거기서 더 있을 필요 있나요. 일도 이제 마무리 됐고, 저도 이제 제 살길 찾아야죠. 서원시 부시장이 되고 싶습니다."

천갑수는 표정이 굳어졌다. 호랑이를 쫓아내고 들어온 여우는 만만한 상대가 아니었다. 게다가 지금은 평소와 달리 본인도 만신창이가 된 상태였기에 최철우는 물론 자신의 약점까지 쥐고 들어온 안태욱은 천갑수에게 큰 부담이었다.

"제가 시장님 곁에서 끝까지 보필하겠습니다. 시장님과 서원시를 위해서 목숨 바쳐 일하겠습니다. 막말로 우리 부시장님, 하는 일도 없이 물러 터졌잖습니까?"

"안 국장 똑똑한 사람이잖아. 갑자기 왜 이렇게 미련한 짓을 하려고 해?"

"저 안 똑똑합니다. 안 똑똑하고 미련하니까 시장님 밑에서 더러운 짓만 골라서 하고 살았죠."

부드러운 혓속에 감춘 칼날이 똑똑히 드러났다. 천갑수가 불편한 기색을 보이며 말했다.

"말이 좀 심하네?"

"시장님께서 그동안 어떤 사람들과 어떻게 엮였는지, 그것도 어떻게 정리했는지, 저만큼 그거 잘 아는 사람 없습니다. 시장님에 대해서 정확히 아는 사람이 곁에 있어야 이번 선거 이기시겠죠. 오차 범위 박빙이시잖아요, 우수명 후보랑."

"지금 나 협박하는 거야?"

충성의 서약이라기에는 안태욱의 모습은 너무나 당당했다. 천갑수는 안태욱이 너무 커버린 것을 알았다. 이미 자신이 컨트롤할 수준을 한참 넘어서고 있었고, 또 자신이 너무 약하다는 것도 함께 깨달았다.

"사정하는 겁니다. 살려달라고 애원하는 겁니다. 제가 만일 너무 힘들어서 최철우 회장 찾아가면 어떻게 될까요? 그걸 바라시는 건 아니시겠죠, 시장님? 8년 전 그 일, 최철우 회장은 아직 정확한 내막을 몰라요. 제가 가서 얘기할까요? 8년 전에 시장님과 방 사장님께서 무슨 짓을 저질렀는지……."

"안태욱!"

지금 안태욱은 도를 넘고 있었다. 여기서 밀린다면 최철우가 없다 해도 자신은 바뀔 수 없었다. 자신이 원한 서원시 역시 꿈꿀 수 없었다. 천갑수는 분노가 치밀어 소리를 질렀다. 시장실에 잠깐의 정적이 흘렀으나 안태욱은 조금 주춤할 뿐 말을 멈추지 않았다. 최철우가 자신에게 씌웠던 멍에가 돌고 돌아 안태욱 손에 들린 느낌이었다.

"오차 범위 박빙인 상황이라면 어차피 이거는 돈 싸움으로 갈 그림인데요. 최 회장 줄 끊어진 마당에 시장님 혼자서 어떻게 하시게요? 그리고 마석동 재개발권, 그건 또 왜 최철우한테 줬습니까? 아름다운 이별? 아직도 이 나라에 그런 게 남아 있다고 생각하십니까, 시장님? 최근에 줄 닿은 상진그룹 김창수 회장, 그 사람 믿고서 최 회장 깔끔하게 줄 정리하려고 그렇게 베팅하신 거 같은데. 그건 우정이지, 정치가 아닙니다. 마석동 재개발권 그거 손에 꽉 쥐고서 다른 정치를 하셔야죠. 막말로 우리 시장님, 김창수 그 사람…… 어떤 사람인지 잘 모르시잖습니까?"

"그게 무슨 소리야."

"상진그룹 김창수 회장 말입니다……."

안태욱이 이어서 하는 말에 갈피를 잡을 수 없었다. 천갑수가 모르는 김창수 회장의 정체를 안태욱은 어떻게 알았는지, 그 정체가 무엇인지. 모두가 알고 자신만 모르는 사실인 것 같았다. 다른 사람의 각본대로 춤추는 꼭두각시가 된 느낌이었다. 그러나 이번에도 천갑수는 안태욱에게 기댈 수밖에 없었다.

"그래서 시장님께서는 제가 필요하신 겁니다."

이야기가 끝난 뒤 혼란스러워하는 천갑수를 바라보던 안태욱이 조용히 웃으며 말했다. 안태욱 입에서 나온 마지막 이 한마디가 천갑수를 한층 더 초라하게 만들었다. 안태욱이 나간 뒤 천갑수는 천성희에게 전화를 걸었다.

"김창수 회장이 그 사기꾼 뒤봐주고 있는 거 알고 있었니?"

말을 못 하고 있는 천성희를 보니 대답을 기다릴 필요도 없었다.

"그래, 됐다. 알고 모르고가 중요한 게 아니야, 지금 상황에서는. 지금 안 국장이 김창수 회장 만나고 있다. 아빠, 김창수 회장이랑 손잡을 거야. 그런데 너희들이 원하는 방식은 아닐 거야. 세상을 순수하게 보되, 순수하게 살지는 마라. 그래야 살아남아. 끊는다."

천갑수는 천성희의 대답을 기다리지 않고 전화를 끊었다. 변명인지 투박한 충고인지 본인도 알지 못했지만, 꼭 해줘야 할 이야기였다고 자위했다. 그저 쉬고 싶은 마음이 가득했다. 의자에 깊숙이 파고들어 등을 기댔다. 잠시라도 생각을 멈추고 쉬고 싶을 때 다시 휴대전화 벨이 울렸다. 휴대전화 화면에는 최철우 회장의 이름이 발신자로 떠올라 있었다. 전화를 받았다.

"나예요, 최철우."

"무슨 일이십니까. 더 이상 할 얘기가 없는 걸로……."

"뭐 하나 물어볼 게 있어서. 그래서 전화했어요. 들으면 깜짝 놀랄 얘기야, 시장님도."

"8년 전 김민식 과장, 그 사람…… 자살한 게 아니라면서요?"

장학주의 전화를 받은 양정도는 그 자리에서 바로 정자왕의 작업실로 달렸다. 휴대전화를 통해 전달된 소리로 충분히 지금 두 사람이 위험에 빠졌다는 걸 짐작할 수 있었다.

하지만 양정도가 도착했을 때는 모든 상황이 끝난 뒤였다. 이미 모두가 떠났고 그곳에는 박살난 컴퓨터와 걸레짝처럼 나뒹구는 장학주, 정자왕만 남은 상태였다. 피범벅이 돼 경련을 일으키고 있는 둘을 안고 애타게 이름을 불렀지만 대답이 없었다. 뒤늦게 도착한 백성일과 조미주는 119를 불렀다.

둘을 응급실로 보내고 양정도와 백성일은 왕 회장을 찾았다. 너무 많은 사람이 다쳤다. 지금 이대로 이 계획을 진행하는 건 무리였다. 더 이상 다치지 말고, 아무도 슬프지 않게 하겠다고 양정도는 마음먹었다. 왕 회장을 찾은 양정도가 상황을 설명했다.

"다시 판 짜려고요."

판이 어그러졌다는 소식에 김 전무의 표정도 일그러졌다.

"어떻게? 회장님께서 지금까지 정도 니를 서포트 해준 이유가 뭔지 아나? 건방진 만큼 실력이 있어서다. 그란데 정도 니, 지금 건방만 떨고 있어! 내 앞에서 지금!"

"그런 게 아니라요!"

"또 건방 떤다. 변명하지 마. 그냥 방법만 말해봐. 어떻게 할 기야? 어떻게 최 회장 넘어뜨릴 기냐고!"

김 전무의 날선 말에 양정도가 기가 꺾였다. 그때 양정도를 돕고 나선 건 백성일이었다.

"제가 이 타이밍에 껴도 되는지 모르는데요, 제가 2년 동안 정도 기다리면서 속으로 했던 말이 있습니다. 지치지 말자. 지치지 말고 버티다가, 정도 나오면 제대로 한판 붙자. 이기려고 싸우지 말고 이길 때까지 한번 싸워보자. 저희 지금 겨우 잽 한 방 날린 겁니다. 더 때려봐야죠. 그놈들 쓰러질 때까지."

백성일의 말을 다 들은 왕 회장은 깊은 생각에 잠긴 모습이었다. 안타깝다는 얼굴과 함께 천천히 왕 회장이 입을 열었다.

"애초부터 김 전무, 상대가 안 되는 싸움이었을지도 몰라. 최철우가 어떤 놈인데."

"이제 어떻게 하실 생각이십니까, 회장님?"

이어진 왕 회장의 대답에는 긍정은 없었지만 부정도 없었다. 그러니 아직 희망이 있었다. 그 자리에서 양정도는 빠르게 다시 판을 짜기 시작했다. 최철우에게는 이미 두 번이나 졌으니 더 이상 물러설 곳이 없었다. 자신까지 미끼로 쓰더라도 반드시 최철우를 잡겠다고 양정도는 다짐했다.

양정도는 왕 회장의 사무실에서 이야기를 끝내고 냉동 창고로 갔다. 병원에 누워 있는 장학주와 정자왕을 빼고 남은 사람들을 불러 모아 자신이 생각한 계획을 이야기했다. 양정도의 말이 끝나자 마음에 걸리는 듯 노방실이 물었다.

"왕 회장님 뜻이야?"

"아니요. 제 결정이에요."

양정도의 말에 노방실은 양정도의 표정을 살폈다. 쉽지 않은 결정을 내리는 모습이었다. 결국 양정도의 표정을 보고 승낙할 수밖에 없었다.

"그래. 알았다. 한번 해보자."

"고마워요. 미주는 여사님 좀 도와드리고."

양정도가 말을 마치자 백성일이 거들었다.

"정도가 말한 대로 준비하자, 우린."

다들 자리에서 일어나려는데 양정도가 다시 한번 입을 열었다.

"저, 만약에요, 피치 못할 사정으로 공사가 틀어지거나 하면, 혼자라도 살길 찾으세요. 최 비서도 그렇고, 미주도……."

마지막 기회였다. 양정도는 모든 걸 걸었고, 실패는 상상도 할 수 없었다. 모인 인원 모두가 다치지 않는다는 확신도 없었다. 하나둘 냉동 창고를 떠나자 백성일이 양정도를 돌아보며 물었다.

"끝까지 말 안 할 거냐?"

백성일은 양정도의 설명에서 빠진 이야기를 알고 있었다. 양정도가 다치는 일이었다.

"어떻게 얘기해요, 거기까지."

"사람들 다 상처 받을 텐데. 특히 미주는 더 그렇고."

양정도가 씁쓸하게 웃으며 백성일의 말을 받았다. 각오를 하고 있다는 얼굴이었지만, 입가에는 미소가 남아 있었다.

"상처 받으면 어때. 아저씨, 저 사기꾼이에요."

노방실은 심란한 마음으로 냉동 창고를 나오는데 조미주가 눈에 밟혔다. 자신만큼이나 심란한 모습이었고, 자신과 달리 비빌 언덕도 없을 아이였다.

"넌 살길 어떻게 찾을 거야? 이번 공사, 죽을 자리 될 가능성이 커. 시간 안에 될지도 모르고. 네 살길 네가 찾아놓으라고."

노방실이 조미주에게 해줄 수 있는 조언은 이 정도가 전부였다.

잠시 후 자신의 사무실로 돌아온 노방실은 최지연을 시켜 기자부터 불러모았다. 양정도의 계획으로 바빠진 건 노방실이었다. 기자가 오길 기다리며 차를 마시려 할 때 왕 회장에게서 전화가 걸려왔다. 전화를 받자 왕 회장은 다짜고짜 자신이 할 말만 꺼냈다.

"나, 정도하고 인연 끊었다. 그니까, 방실이 너도 정도 그놈한테서 손 떼. 장사치 근본에 맞게 살아보자고. 알겠냐?"

노방실은 양정도의 계획이 어디까지 진행된 건지 알 수 없었다. 왕 회장의 반응을 보니 자기가 예상한 것보다 더 일찍 일이 진행되고 있다고 짐작될 뿐이었다. 알겠다고 하며 전화를 끊었을 때 천지연과 기자 한 명이 사무실로 들어왔다. 차를 대접할 시간도 없이 기자에게 말했다.

"여기까지 오느라고 수고하셨네요. 앉읍시다."

"주신다는 정보가 뭐예요, 여사님?"

"사기꾼 한 놈 잡으시라고, 황 기자님."

노방실은 기자를 보며 의미심장한 말을 던졌다. 앞뒤 자르고 던진 말에 아직 이해 못 한 기자에게 노방실이 설명을 시작하자 천지연 얼굴에 옅은 미소가 번졌다.

최철우는 사재성을 자신의 사무실로 불러 앉혔다. 탁자 위에 올려진 가방에는 5만 원권 다발이 한가득 담겨 있었다. 돈을 본 사재성 얼굴에 환한 빛이 떠올랐다. 천갑수 일로 궁지에 몰린 최철우가 먼저 입을 열었다.

"어디 한번 들어봅시다. 50억짜리 얘기가 뭔지."

"8년 전에 김민식이라는 시청 과장 기억하시죠?"

"필규 타고 나까지 건드리려다가 자살한 그 사람 말하는 거예요?"

사재성이 최철우의 얼굴을 빤히 바라봤다.

"누가 그래요? 자살한 거라고. 방필규 그놈이 죽인 거예요. 자살로 위장해서. 천갑수 시장이 사건 덮어준 거고."

사재성의 말에 최철우는 그제야 웃음을 터뜨렸다. 어떻게 된 일이고, 어떤 방법으로 천갑수를 붙잡아 매둘 수 있는지 훤히 보였다.

"허허허. 그런 일이…… 허허허."

"들어보니까 어떠세요? 50억 값어치는 되는 얘기 같죠?"

굽은 등으로 치켜보며 말하는 사재성에게 최철우가 만족한 미소를 보였다. 사재성의 말대로 이 정도면 충분히 천갑수를 붙잡을 수 있었고, 50억 원 정도는 금방 다시 찾아올 수 있는 정보였다.

"이 돈이라는 게 주인이 따로 있는 법이에요, 허허. 이놈들이 제대로 주인 만났네, 오늘."

근심이 싹 사라진 표정을 짓는 최철우에게 사재성이 은근히 다가와 다시 말을 붙였다. 최철우가 혹시 잊고 있을지 모를, 또 다른 근심거리였다.

"양정도 그 사기꾼 새끼도 한 번에 보낼 방법이 하나 있는데, 말씀드릴까요? 말 나온 김에…… 돈 좀 더 태워보시죠. 그럼 그 사기꾼 새끼놈들도 처리해드릴게요."

최철우는 오냐오냐 하는 것도 정도가 있다고, 이 정도로 만족하라는 듯 사재성에게 넌지시 말했다.

"아주 작정을 하셨군."

"경찰 옷 벗으니까 할 수 있는 게 더 많더라고요, 허허. 50억 더 태우시죠. 그럼 양정도랑 그 시청 새끼까지 한 번에 처리해드리겠습니다."

"그 정도야 내 선에서도 얼마든지……."

"마진석 그놈이 두 놈 이름을 안 불지 않았습니까?"

최철우는 내심 불쾌해지기 시작했다. 불법 대출로 사기 치려 하는 건 자신과 안태욱만 알고 있던 내용이었다. 그런데 어떻게 알았는지 사재성은 선수쳐 자신에게 또다시 거래를 제안하고 있었다. 너무 많은 걸 알고 있는 사재성이었다. 만약에 이만큼이나 최철우 자신에 대해 알고 있다면 언젠가 화근이 될 수 있는 놈이었다.

"마진석이한테 양정도랑 그 시청 새끼 이름 불게 해서 불법 대출 브로커로 잡아넣으려고 그랬는데. 마진석이 입 꼭 다물고 있잖아요, 지금? 제 전화 한 통이면 그놈 입 열 수 있습니다. 50억 더 태우시죠. 50억만 더 태우시면 평생 천갑수 시장 목줄 쥘 수 있고, 회장님 옆에서 모기처럼 웽웽대는 그 사기꾼 놈들, 한 번에 보낼 수 있어요. 어차피 푼돈 아닙니까, 회장님한테 100억은."

마음에 들지 않는 태도였지만, 정보는 마음에 들었다. 머릿속으로 계산을 시작했다. 천갑수를 어떻게 붙잡아둔다고 해도, 불씨가 될지 벼락이 될지 모를 놈들을 남겨두는 것도 마땅치 않았다. 결국 최철우는 사재성의 제안을 받아들였다. 그렇다고 순순히 큰돈을 넘겨줄 생각도 없었다. 최철우 쪽에서도 함정을 팔 생각으로 말을 돌렸다.

"그래요. 그럼 내가 며칠 안에……."

"기다릴 순 없습니다. 지금 주세요. 현금으로."

사재성이 가는 눈을 매섭게 뜨고 최철우의 말을 막았다.

"그럼 새로 계좌 몇 개 만들어서 거기에……."

"아니요! 현금으로 주세요. 제가 어떻게 회장님을 믿겠습니까? 믿을 수 있는 건 현금뿐입니다. 추적하기 어렵잖아요."

이렇게 나온다면 시간이 급한 최철우 입장에서는 방법이 없었다.

굳은 얼굴로 사람을 불러 말했다.

“평동에 연락해서 50억 땡겨와. 현금으로.”

불쾌해도 방법이 없었다. 최철우의 말이 끝나자 사재성 얼굴에 다시 한번 웃음이 떠올랐다. 자신이 할 일을 다 했으니 이젠 사재성 차례였다. 최철우는 휴대전화를 꺼내 전화를 걸었다.

“그 마진석인가 하는 그놈, 아직도 아무 말도 안 하고 있지요?”

마진석을 체포해 조사하고 있던 박홍식에게 전화하자 사재성이 이야기한 것처럼 아무 말도 하지 않는다는 답을 들었다.

“그놈 좀 바꿔주세요.”

마진석에게 전화가 옮겨가는 걸 확인한 최철우가 사재성에게 휴대전화를 건넸다.

“나다. 그럼, 인마. 빳빳한 걸로 100개. 어떡하긴 뭘 어떡해. 불어! 썅.”

엿듣지 않아도 무슨 대화가 오고 갔는지 알 수 있었다. 사재성의 말을 봐서는 처음부터 계획하고 자신을 찾아온 듯한 모습이었다. 당장 돈을 빼앗고 싶었지만 최철우에게는 명분이 없었다. 사재성이 추가로 요구한 50억 원이 상자에 담겨 사무실로 들어오자 볼일 다 봤다는 표정의 사재성이 가방을 들어 보이며 말했다.

“어이구, 무겁네. 50억 이렇게 무거웠나? 뭐 만져를 봤어야지, 50억을. 허허허, 좀 들어주세요.”

돈을 챙겨 일어나려던 사재성이 너스레를 떨었다. 말은 부탁이었지만 사납고 야비해 보이는 눈과 말투는 명령이었다. 사재성이 지금

당장은 돈을 들고 나간다 해도 최철우는 그 돈을 다시 찾을 자신이 있었다. 그러니 담담하게 비서에게 말했다

"그냥 들어드려."

흡족한 표정의 사재성이 자동차 열쇠를 상자 위로 던지며 말했다.

"8563. 거기서 한 장 빼 가지시고, 수고비."

끝도 없이 건방을 떠는 사재성이었다. 최철우는 담담하게 웃어넘기려 했지만 사재성은 끝까지 도발했다.

"건강하세요. 번 돈 다 쓰고 돌아가셔야지. 갑니다."

"사 형사님. 그 돈 말이에요. 내가 잠깐 빌려드리는 겁니다. 나한테 다시 돌아올 거예요. 조심하세요, 항상."

최철우의 경고를 듣고도 사재성은 위축되지 않았다. 존댓말까지 잊은 듯 코웃음을 치고 말했다.

"놀고 있네. 씨."

당장 사재성에게 100억 원이라는 큰돈을 빼앗겼지만 최철우는 개의치 않았다. 자신이 말한 대로 저 돈을 찾을 방법은 얼마든지 있었고, 천갑수를 다시 잡는다면 더 큰돈을 버는 것도 문제없었다. 최철우는 천갑수에게 전화를 걸었다. 그리고 자신이 사재성에게 들은 이야기를 들려줬다. 수화기 너머 떨고 있을 천갑수가 그려졌다. 다신 안 볼 것처럼 떠났던 천갑수가 먼저 최철우를 찾았다.

"지금 어디십니까?"

천갑수와 이야기를 마친 안태욱은 상진그룹 김창수 회장을 찾았

다. 천갑수의 이름을 대자 만남은 어렵지 않았다. 고급 일식집에서 식사가 나오기도 전에 안태욱은 찾아온 이유를 꺼냈다.

"회장님도 사업가시잖습니까. 그 양아치 사기꾼하고 시간 낭비 그만하시고 저희 손잡으시죠."

'사기꾼'이라는 단어에 김창수가 경계의 반응을 보였다.

"어떻게 알았어요?"

"노방실인가…… 그 큰손이라는 사람이 어떻게 이 판에 껴들게 됐는지 알아봤는데요. 줄 타고 올라가보니까 나오시더라고요, 우리 회장님까지."

"지금 정도 그놈을 배신하라는 얘깁니까?"

"예. 그겁니다. 감옥에서의 인연 때문에 회장님 같은 분께서 그런 사기꾼과 어울린다는 거, 격에 안 맞죠. 지위가 있으신데요, 회장님."

안태욱은 김창수의 체면을 살려주며 조심스럽게 이야기를 풀었다.

"싫다면?"

"마석동 재개발 사업권이 다른 분께 넘어가게 되겠죠."

아직 미덥지 않다는 반응을 보이는 김창수에게 거절하기 힘든 제안을 제시했다. 더불어 '받는 만큼 주겠다'는 약속도 빠뜨리지 않았다. 냉정하게 실리를 챙기자는 이야기였다. 사업가라면 어떤 면을 봐도 자신의 제안을 거절하기 어렵다고 안태욱은 생각했다.

"저희는 지금 정치를 하고 있는 겁니다. 회장님께선 사업가이시잖습니까? 장사를 하셔야죠. 백성일 과장, 양정도, 그 사람들 잘라내시고 저희랑 손잡으시죠. 그럼 마석동 재개발 사업권, 회장님께 드리겠습니다. 이 정도 정치에 이 정도 장사면 그야말로 시너지 아니겠습니까. 빨리 결정하시죠. 시간이 그리 많지 않습니다, 회장님."

안태욱의 말을 듣고 고민하던 김창수는 사람을 불러내 말했다.

"김 전무, 정도한테 이번 일 잠시 보류하라고 해."

이것만으로는 부족했다. 양정도와 관련된 모든 고리를 끊어내야 했다. 안태욱이 직접 말하지 않아도 사업가인 김창수 역시 눈치를 챘는지 이번에는 노방실에게 전화를 걸어 거두절미하고 간단하게 명령을 내렸다.

"나, 정도하고 인연 끊었다. 그니까, 방실이 너도 정도 그놈한테서 손 떼. 장사치 근본에 맞게 살아보자고. 알겠냐?"

전화를 끊은 김창수는 안태욱을 바라보며 말했다.

"이제 됐습니까."

안태욱은 김창수의 빠른 결정에 감사할 지경이었다. 게다가 자신이 기대했던 대로 양정도와 관련된 모든 고리도 깔끔하게 정리하는 모습을 보였다. 짧게 미소 지으며 고개를 끄덕이자 김창수가 안태욱의 용건을 대신 말했다.

"그럼 돈 얘기를 하시지요."

"그러시지요, 회장님."

이야기를 막 시작하려 할 때 밖에서 소란스러운 소리가 들렸다. 애처로운 양정도의 목소리가 내실로 스며들어왔다.

"회장님만 잠깐 뵙고요! 놔봐, 놔봐, 김 전무님. 저 정도예요. 예? 저한테 이러시면 안 되죠, 예? 회장님, 회장님!"

어떻게 알고 왔는지 소란을 피우는 양정도가 신경에 거슬렸다. 안태욱은 김창수의 표정을 살피며 물었다.

"안 나가보십니까?"

"어차피 끊은 인연, 얼굴 볼 필요 있습니까."

상상 이상으로 확실한 성격이었다. 마음이 잘 맞는 상대였다. 안태욱은 김창수에게 더욱 호감이 갔다. 곧 잠잠해진 바깥 소리에 신경을 끄고, 남은 일정을 조율했다. 안태욱의 역할은 어디까지나 선거 자금의 모금이었다.

"자금은 어떤 식으로 정리할까요? 출판 기념회도 있고, 여러 명의로 쪼개서 후원금을 넘기는 것도 있고…… 방법은 많습니다."

안태욱이 제안한 건 가장 많이 쓰고 일반적인 방법이었다. 꼬리가 밟혀도 확인할 방법이 없고, 다른 사람이 알아도 어떻게 할 수 없는 방법. 도덕적으로 비판을 받을 순 있지만 법으로 처벌받긴 힘든 안전한 방법이었다. 김창수가 대답했다.

"됐어요. 그런 건 손은 많이 가면서 그림자는 또 길어져. 그런 어쭙잖은 방법 말고 시원하게 갑시다. 김 전무, 밖에 있냐?"

김창수는 김 전무를 사무실 안으로 불러내 말했다.

"지금 당장 현금 얼마나 끌어모을 수 있어?"

"알아보겠습니다, 회장님."

"그래. 나 쪽팔리지 않게 최대한 많이 끌어와."

안태욱은 이래도 되는 건가 싶었다. 김창수가 화끈한 성격이라는 건 짐작했었다. 하지만 이제 처음 만나 인사를 하는 자리에서 바로 현금을 건네겠다는 건 안태욱도 예상하지 못했다.

"아니, 지금…… 제가 이게 무슨 상황인지……."

"무슨 상황이긴요. 좋은 정치 보여주셨으니까 좋은 장사 보여드리는 거지. 난 장사 이렇게 합니다. 하하하."

김창수와는 머리싸움이 필요 없어 보였다. 패를 보이면 바로 결정을 내렸고, 꾸미지 않고 자신의 패를 공개하는 타입이었다. 말 속에 뜻을 숨기는 최철우와는 정반대의 성격이었다. 돈을 준비하라고 시킨 김창수는 다시 안태욱에게 어떻게 자신의 이권을 챙겨줄 것인지 돌리지 않고 물었다.

"마석동 땅은 어떻게 넘기시겠습니까?"

"제가 알아서 잘 처리하겠습니다. 최철우 회장이 지금 저희 말을 안 들을 수가 없거든요, 지금 상황으로는요."

안태욱 역시 솔직하게 이야기했다. 안태욱의 진짜 특기는 공작이었다. 2년 동안 최철우 회장과 함께 지내면서 그를 압박할 카드는 충분히 모아두었다. 이야기가 끝나고 얼마 뒤, 생각보다 훨씬 빠른 시간에 김 전무가 내실로 들어왔다.

"돈 준비됐습니다, 회장님."

"그래? 차 키 좀 잠깐 빌려주시겠습니까?"

김창수가 자신만만하게 이야기한 만큼, 그 짧은 시간에 얼마나 많은 현금을 준비했는지 안태욱에게 자동차 열쇠를 부탁했다. 상자에 담긴 돈을 머릿속으로 계산했다. 상자 하나당 들어갈 수 있는 돈을 계산하니 두 상자 정도로 계산이 떨어졌다.

"예. 트렁크가 많이 좁습니다, 회장님."

"그래요? 하하. 그럼 트렁크부터 넓혀드려야겠네! 좋은 일 하시는데."

김창수의 말대로 멋진 정치에 어울리는 멋진 장사였다. 현금이라면 어떻게 해도 꼬리가 밟힐 일이 없었다. 안태욱은 김창수의 사무실을 나와 차 트렁크를 확인하고 시청으로 향했다.

최철우의 전화로 천갑수는 다시 나락으로 떨어지는 느낌을 받았다. 자신의 어깨를 옭아매는 멍에의 무게가 느껴졌다.

"어디까지 알고 계신 겁니까?"

"필규가 죽이고, 천 시장님이 덮어주고. 이거 말고 더 있나요?"

최철우는 천갑수에게 관심 없다는 듯 신문을 보며 그렇게 말했다.

"원하는 걸 말씀해보십쇼."

"다시 들어가야겠습니다. 서원시에, 시장님 인생에."

최철우의 말에 천갑수는 바닥이 꺼지는 것만 같았다. 무릎이 꺾여 제대로 서 있을 수도 없었다. 심한 현기증을 느끼며 애원하기 시작했다. 천갑수는 최철우 앞에 무릎을 꿇고 빌었다.

"저를, 저를 말입니다, 회장님…… 저를 놔주실 순 없는 겁니까? 정말…… 후, 훌륭한 시장이 되고 싶습니다. 부탁드립니다, 회장님."

천갑수의 바람과 달리 최철우의 반응은 냉랭했다. 자신을 거들떠도 안 보고 신문에만 쏠린 최철우의 눈길은 천갑수에게 깊은 절망을 남겼다. 만에 하나의 가능성을 바라며 빌었지만, 오히려 최철우는 멍에를 움켜쥐고 말했다.

"이미 훌륭한 시장이세요. 이보다 더 좋은 시장이 없죠, 저한테는. 가보세요. 할 말 다 하셨으면."

다 잘 풀려간다고, 이제 최철우와는 끝이라고 생각할 때 닥친 일은 천갑수의 마음을 무너뜨리기에 충분했다. 돌아오는 차 안에서 천갑수는 천성희에게 전화를 걸었다. 아내와 이혼하며 잘해주지도 못했던 딸. 사랑한다는 말 한번 제대로 못한 딸에게 천갑수는 실망까지 안겨주고 싶지 않았다.

"아빠가 어떤 시장 같니? 한 번만 참으면 된다고 생각했어. 딱 한 번만 참고 그 사람들 도움받으면, 그렇게 시장이 되면…… 내가 꿈꿨던 일, 할 수 있을 거라고 생각했어. 그런데 말이다, 성희야. 세상이 그렇더라. 편의는 특권이 되고, 호의는 뇌물이 되고, 침묵은 범죄가 돼. 결국은 그것들이 내 발목을 잡게 되고. 다시 한번만 물을게, 성희야. 네 아빠가, 서원시장 천갑수가…… 어떤 시장인 거 같니?"

천갑수의 말에 천성희는 아무런 대답도 하지 않았다. 낮은 숨소리를 들으며 천갑수는 후회의 늪에서 허우적거렸다.

"그래. 내가 괜한 걸 물어봤구나. 내가 괜찮은 시장이었으면, 네가 성일이랑 그 사기꾼 놈을 돕지도 않았겠지. 그래…… 그랬겠지, 성희 너도."

"저는요, 시장님……."

무슨 말을 하려는 천성희 말을 들을 자신조차 천갑수는 없었다.

"미안하다. 일 봐. 끊을게."

시장실로 돌아온 천갑수는 이 집무실이 한없이 외롭게 느껴졌다. 자신을 도와줄 사람도, 걱정해주는 사람도 없는 느낌이었다. 복잡한 사건 뒤로 안태욱이 시장실에 들어섰다.

"김창수 회장 설득했습니다, 시장님."

밝은 표정의 안태욱을 보자 천갑수는 이 모든 게 결국 안태욱이 원하는 방향으로 흘러가고 있다는 느낌이 들었다. 최철우를 만난 것도, 김창수 회장과 손을 잡은 것도, 2년 전 백성일을 잡은 것도 모두 안태욱의 생각이었다.

"최 회장이 알았다. 8년 전 일, 최철우가 알았다고."

천갑수가 절망에 빠져 말했지만, 안태욱은 크게 신경 쓰는 얼굴이 아니었다. 다 생각이 있다는 모습이었다.

"너무 신경 쓰지 마십쇼. 어차피 남아 있는 증거도 없고 방필규 사장 또한 최 회장한테 맺힌 게 많을 테니까 제가 면회 한번 가서 입을 잘 맞춰본다면 아마도……."

다시 비밀을 만들자는 거였다. 하지만 천갑수는 더 이상 안태욱의 이런 일처리를 가만두고 보기 힘들었다. 아랫돌 빼서 윗돌을 괴는 방식으로 계속 시정을 운영할 수는 없었다.

"어디까지 가야 되는 거냐?"

"무슨 말씀이십니까?"

안태욱은 오히려 천갑수에게 반문을 하고 나섰다.

"어디까지 가야 이 일이 끝날 거 같냐고."

"그 말씀을 듣고 있기가 쉽지 않습니다, 시장님. 끝까지 가야죠."

안태욱의 대답에 천갑수는 어쩔 수 없음을 깨달았다. 자신은 이미 치킨 게임을 시작한 자동차 안에 타고 있었다. 피할 수도 없었고 멈출 수는 더더욱 없었다.

"그래. 그래야지. 그래야 안 국장도 부시장이 되니까. 그렇지?"

"김창수 회장한테서 선거 자금 넘겨받았습니다. 최철우 회장은 제 선에서 알아서 잘 커버할 테니까 이제는 시장님께서 김창수 회장한테 집중하시죠."

"그래, 알았어. 안 국장이 수고 좀 해줘."

문을 나서던 안태욱이 걸음을 멈췄다. 할 말이 있다는 듯 돌아선 안태욱이 말했다.

"시장님, 조금만 더 버티십쇼. 제가 생각하는 서원시는 아직 보여 주지도 못했습니다."

천갑수는 망연자실한 나머지 웃음이 흘렀다. 안태욱이 생각한 서원시, 자신이 생각한 서원시. 혹시 모두가 허황한 꿈을 좇고 있는 게 아닐까 싶었다.

최철우에게서 100억 원을 챙긴 사재성은 날아갈 것 같은 기분이었다. 양정도와 백성일은 마진석의 증언으로 곧 검찰에서 수사가 들어갈 테고, 천갑수와 최철우는 자신의 정보로 다시 짝짜꿍해서 서로 앞뒤를 봐줄 터였다. 그러니 이제 남은 한 명, 마진석만 처리하면 끝이었다. 사재성은 마진석과 만나기로 약속한 커피숍으로 차를 몰았다.

"아이고, 오셨습니까. 근데 돈은 왜 안 가지고……."

사재성을 발견한 마진석이 활짝 웃으며 물었다. 이건 양정도가 마진석에게 접근했다는 걸 알았을 때부터 세웠던 계획이었다. 양정도가 꾸미는 대출 사기에 투입된 마진석과 천갑수의 비밀 정보를 알고 있는 자신, 둘이 힘을 합쳐 두 고래 싸움에서 돈을 가로채자는 계획이었다.

그러나 마진석이 대출 사기를 실패한 뒤, 결국 자신만이 최철우에게서 돈을 받는 걸 성공시켰다. 원래 계획은 성공한 돈이 얼마가 됐건 똑같이 나누는 것이었지만, 사재성은 10원 한 장 보태지 않은 마진석에게 돈을 나눠주기 아까웠다. 검찰에서 증언한 정도로 돈을 나눠주는 건 말이 안 된다고 생각했다.

"돈? 무슨 돈? 네가 한 게 뭐 있다고 돈을 줘, 새끼야. 제대로 한 거 하나도 없으면서."

"이거 말이 틀리잖아요. 반까이 치자며. 누가 먼저 성공하든!"

마진석이 예상한 대로 반항하고 나왔다. 하지만 오면서부터 돈을 나눌 생각이 없었던 사재성은 마진석을 꼼짝 못 하게 할 방법을 생각해두었다.

"어이, 마진석이. 다시 감방 가고 싶냐? 옛날에 내 밑에 있던 애들한테 돈 몇 푼 쥐여주면 지금 당장 네 손목에 쇠고랑 채울 수 있어. 그렇게 해줄까?"

사재성이 조용조용 협박하자 마진석은 표정이 변하며 공손해졌다.

"사 형사님. 저한테 왜 그러세요, 정말……."

시간을 너무 오래 끌었다. 사재성은 더 이상 마진석과 이런 무의미한 이야기를 할 필요를 못 느꼈다. 어차피 돈을 못 주겠다는 말이나 하려고 만난 거였으니까.

"형사 관둔 지가 언젠데 아직도 형사래. 잘 살아라."

말을 마치고 일어서자 마진석의 구겨진 얼굴이 보였다. 그래도 50억 원을 포기하는 것치고는 예상보다는 고분고분하게 말을 듣는 모습이었다. 그러거나 말거나 지금 사재성의 머릿속에는 수중에 들어온 돈 100억 원을 어떻게 쓸까 하는 생각뿐이었다.

"어, 나야. 오랜만에 우리 가족 회식 좀 하자, 소고기로, 와규. 그리고 당신 앞으로 나한테 사 사장님이라고 불러, 사장님. 에이씨, 사 씨 뒤에 사장 붙이니까 이상하네. 그냥 회장님이라고 불러, 회장님. 사 회장."

사재성은 아내와 통화하며 집으로 차를 몰았다. 앞으로 자기 인생에 남은 건 이 돈을 즐겁게 쓰고 죽는 것뿐이었다. 들뜬 마음으로 집 앞에 도착해 차 트렁크를 열었다. 100억 원이라는 거액을 다시 한번 보고 싶었다. 하지만 사재성 눈에 있어야 할 상자가 보이지 않았다. 하얗다 못해 시퍼렇게 얼굴이 질렸다. 무슨 일인지 감도 잡히지 않았고, 뒤죽박죽 어지러웠을 뿐이었다. 정신을 잃을 듯한 순간 뒤에 인기척이 느껴졌다. 다가온 사람들이 자신의 팔을 꺾고 손목에 차가운 수갑을 채웠다. 그때 머릿속에서 양정도가 떠올랐다. 까닭과 수법은 알 수 없었지만 틀림없이 그놈이 꾸민 일이거라는 확신이 들었다. 사재성은 이가 부러지게 악물었다.

31
정의

양정도가 마지막 브리핑을 한 뒤 각자 할 일을 위해 모두 떠나고, 백성일 혼자 냉동 창고를 지켰다. 모두에게 들려준 계획 중에 양정도와 단둘이 비밀로 한 부분이 있었다. 백성일에게 그 비밀은 감당하기 너무나 무거웠다. 하지만 지금 상황에서 양정도의 계획 말고는 다른 방법이 없었다. 너무 큰 짐을 양정도 혼자 짊어지게 했다는 마음에 백성일은 양정도를 똑바로 볼 수도 없었다.

천성희로부터 양정도와 왕 회장의 관계를 천갑수 시장이 알고 있다는 내용의 전화를 받았을 때는 이젠 돌이킬 수 없다는 판단이 섰다. 모두 양정도가 이야기한 그대로였다. 지금쯤이라면 아마도 사재성이 최철우에게 정보를 팔아 돈을 챙겼을 거다. 검찰에 붙잡힌 마진석은 양정도와 자신에게 대출 사기 공모 혐의를 씌울 테고, 그렇다면 곧 검찰이 냉동 창고로 찾아오리라는 생각이 들었다.

"아이고, 오랜만이에요, 백성일 씨. 검찰에서 나왔습니다."

2년 전 양정도를 검거했던 박홍식이 냉동 창고에 모습을 보였을 때, 백성일은 크게 당황하지 않았다.

"마진석 씨한테 극진건설 대출 사기 제안하셨죠? 마진석 씨가 다 불었어요. 양정도는 어디 있어요, 지금?"

백성일은 아무 말도 하지 않았다. 자신이 해야 할 긴 이야기는 이곳에서 꺼낼 것이 아니었다. 백성일은 검찰청으로 끌려가며 자신이 밝혀야 할 진실을 생각했다. 이걸 박홍식이 믿어줄지는 그 이후 문제였다. 검찰청에 도착한 백성일은 조사를 받기 시작했다.

"백성일 씨. 양정도 어디 있는지 아시죠? 시간 끌지 말고…… 양정도 어디 있는지 불면 참작해줄게요."

박홍식은 예상대로 양정도를 찾았고, 이번 일의 주범으로 양정도를 지목하고 나섰다. 백성일이 생각을 정리하는 사이 박홍식이 역정을 내며 말했다.

"정말 이런 식으로 할 거야!"

"검사님. 검사님은 최철우 회장한테 왜 그렇게 충성을 다하세요?"

백성일의 뜻밖의 말에 박홍식은 잠시 머뭇거렸다. 최철우라는 이름이 나온 순간 뭔가 캥기는 것이 있는 느낌이었다.

"뭐요?"

"이게 방향이 잘못돼도 많이 잘못된 거 같은데. 그렇게 돈 많은 개인을 위해서가 아니라, 여러 사람을 위해서 일해야 되는 거 아닙니까,

우리 같은 공무원들은? 그러라고 국민들이 비싼 세금 내서 우리 월급 주는 거 아니에요?"

백성일은 진실을 말하기 전에 공무원으로서의 양심에 호소했다. 지금 백성일의 말을 듣게 하려면 최철우를 감싸는 박홍식의 마음부터 돌려놓아야 했다.

"허허, 이 양반 안 되겠네. 당신, 상황 파악이 안 되나본데. 지금 불법 대출 알선 혐의로 잡혀온 거야. 당신 지금 누구 훈계할 처지가 아니라고."

"예. 잘 알고 있는데요. 제 말 한번 들어보실래요?"

백성일은 지금까지 있었던 이야기와 지금 어디선가 벌어지고 있을 일들을 박홍식에게 털어놓기 시작했다. 백성일 눈앞에는 그날의 냉동 창고 모습이 생생하게 떠올랐다.

양정도가 브리핑한 계획 중 양정도와 백성일, 단둘만 알고 있던 비밀. 백성일은 그 기억을 갈무리해 박홍식에게 전했다. 왕 회장의 이야기는 빼고, 최철우와 천갑수의 연결고리만 정리한 이야기였다. 앞뒤가 딱딱 들어맞는 이야기였다. 박홍식이 다시 한번 백성일에게 물었다.

"그 말 사실이에요?"

"예."

"그래서 나보고 어떻게 하라는 겁니까?"

백성일의 대답은 한결같았다.

"원래 하시던 일, 하셔야 될 일, 그걸 하시라고요. 검사님이니까. 지금 제가 검사님한테 기회를 드리는 겁니다."

박홍식이 고민에 빠진 얼굴을 보였다. 백성일의 말을 근거로 사건을 재구성해보는 듯했다. 곧 문제를 발견한 박홍식은 이 사건의 어려움을 말했다.

"그렇게 한다고 해도 내부자 한 명이 증언을 하지 않는 이상 방법 없어요. 사건만 질질 끌다가 얼마 지나지 않아 묻힐 겁니다."

그때 입을 여는 백성일의 심정이 무거웠다. 양정도가 짠 이 계획의 마지막 열쇠는 자신의 생살을 잡아 뜯어내는 심정이었다. 어렵게 입을 열었다.

"증언할 사람이 있다면요?"

"그 사람이 누군데요?"

"양정도라고 아시죠. 2년 전에 검사님이 잡아넣은 친구."

양정도의 이름이 나오자 박홍식은 잠시 놀라운 얼굴을 했다. 내부고발이나 다름없는 이야기였다. 백성일은 잠시 말을 쉬며 박홍식에게 말했다.

"검사님. 우리 정도랑 저는요. 이렇게 해야 됩니다. 정도 그 친구가 이렇게 하지 않았으면, 우리가 싸워야 되는 그놈들 발톱의 때도 못 건드렸어요. 그 친구가 이렇게 싸워주지 않았으면, 절대 그놈들 이길 수 없고, 우리 주변 사람들 더 많이 다쳤을 겁니다. 지금까지 저랑 함께했던 친구들, 그 친구들을 위해서라도…… 이렇게 싸워야 됩니다. 검사님. 그러니까, 제가 부탁 하나만 드릴게요. 우리 같은 공무원들이 누굴 봐야 되는지…… 누구를 위해, 누구랑 싸워야 되는지! 그거만 생각해주세요. 법이 정말, 누구 편인지! 한번 보여주세요."

"안 그래도 내가 마 사장님, 사재성한테 마킹하라고 했는데. 마 사장님 말로는 사재성 그 인간이 최철우한테 불려갔다니까…… 정보 몇 개 넘기는 대가로 적어도 몇 십 개, 큰 걸로. 최철우는 당연히 그 돈을 평동 사채시장에서 조달할 테고. 그럼 우리는 사재성이 돈 받고 이동하는 동안에 구덩이 하나 파두고, 중간에서 돈만 싹 빼먹자는 거죠."

양정도가 마지막 브리핑을 할 때 설명한 대강의 그림이었다. 양정도의 설명에 백성일이 말을 보탰다.

"그럼 우리가 그 돈을 가지고 가서, 왕 회장님한테 갖다드리고. 왕 회장님은 그게 자기 돈인 척하면서 안태욱한테 넘겨주고. 아무튼 이렇게 돈을 돌리면, 평동 사채시장 돈이 최철우한테 가게 되고 1번 브로커를 거쳐서 2번 브로커한테 넘겨지면, 그러면 2번 브로커는 그 돈을 천갑수 시장 캠프에 전달한 게 되는 거지. 불법 정치자금."

위험하긴 하지만 절대 꺼내지 않는다던 평동 사채시장의 돈을 끄집어낼 수 있는 유일한 방법이었다. 불법 자금을 건네는 최철우, 본인도 모르게 1번 브로커 역할을 할 사재성, 그런 다음 2번 브로커를 통해서 안태욱에게 돈이 전달되면 안태욱과 천갑수 모두 불법 정치자금을 받은 혐의를 씌울 수 있었다. 문제는 2번 브로커였다. 눈치 빠른 조미주가 머릿속에 전체 그림을 그리더니 이상한 점을 눈치채고 물었다.

"그럼 최철우, 천갑수, 안태욱, 사재성, 2번 브로커까지 줄줄이 엮여 들어갈 텐데, 2번 브로커는 그럼 누가 해요?"

"사람 한 명 사놨어. 감옥 대신 갈 사람."

양정도는 걱정 말라는 듯 씩씩하게 말했다.

"사람을 사? 네가 그럴 돈이 어디 있어?"

노방실이 눈치가 이상하다는 듯 물었지만, 양정도의 대답에는 변화가 없었다.

"제가 돈이 왜 없어요. 저 돈 많아요. 그건 제가 알아서 할 테니까, 여사님 너무 신경 안 쓰셔도 되고요. 여사님은 기자 불러다가 카메라로 다 따게 해주시고요. 미주, 너는 경찰에 신고해주고. 오케이? 그럼 뭐, 그렇게 부탁드리겠습니다."

그때 냉동 창고에서 모두에게 마지막 계획을 이야기한 양정도는 바쁘게 움직였다. 가장 먼저 찾은 곳은 왕 회장이었다. 우선 안태욱과 왕 회장이 만나고 있는 모습을 확인하는 게 중요했다. 둘이 만나고 있다면 한쪽 준비는 다 된 것이나 다름없었다.

그리고 다른 한 축인 사재성과 최철우가 이야기를 끝내고 돈을 옮길 때까지, 시간을 맞추는 문제가 가장 큰일이었다. 서둘러 양정도는 정자왕의 작업실 캐비닛에 보관돼 있던 리모콘식 자동차 열쇠 무선 주파수 코드 복제 장치를 가지고 마진석이 사재성과 만나기로 한 약속 장소로 달렸다.

사재성과 마진석, 둘이 커피숍 탁자에 앉아 이야기하는 동안 복제 장치를 이용해 탁자 위에 놓인 사재성의 자동차 열쇠의 주파수 코드를 복제했다. 그러고는 어디선가 자신을 지켜보는 시선을 느끼며 사재성의 차에서 돈을 자신의 차로 옮기기 시작했다. 동시에 노방실이 준비시킨 기자가 열심히 일하고 있었다. 돈을 모두 옮긴 양정도는 다시 왕 회장의 사무실로 향해 왕 회장과 거래하고 있던 안태욱에게 돈을 전달하는 것으로 자신의 임무를 끝냈다. 물론 왕 회장은 엮지 않기 위해 왕 회장이나 김 전무를 거치지 않고 왕 회장 사무실 앞에 주차된 안태욱의 차 트렁크에 바로 실었다. 이제 남은 건 뉴스 속보를 확인하고 자수하는 것뿐이었다.

얼마 지나지 않아 양정도의 바람대로 방송은 불법 정치자금 뉴스 속보로 뒤덮였다.

"뉴스 특보를 말씀드리겠습니다. 천갑수 서원시장이 100억 원 상당의 불법 선거 자금을 건네받은 것으로 전해져 파문이 예상됩니다. 오늘 오전 10시경, 평동에서 사채업을 하는 김모 씨는 불법 대부업체 10여 곳을 돌아다니며 50억 원 상당의 돈을 수금합니다. 이후 김모 씨가 향한 곳은, 대천동의 한 주택가 사무실. 한때 우향그룹 오너였지만 현재는 천억 원 상당의 세금을 체납하고 있는 최철우 회장의 사무실입니다. 이 돈은 곧장 브로커 사모 씨에게 전해집니다. 전직 형사 출신의 브로커 사모 씨는 100억 원에 달하는 이 돈을 청삼동 지역의 한 커피숍으로 운반해 차만 놓고 사라집니다. 여기서 두번째 브로커가 등장합니다. 그렇게 2번 브로커 양모 씨에게 전달된 돈은 천갑수 현 서원시장의 최측근으로 밝혀진 안모 씨에게 전달됩니다."

차에서 마진석과 함께 자신의 뉴스를 듣고 있던 양정도는 시원섭섭한 느낌이 들었다. 사재성을 엮을 수 있게 마지막에 결정적인 도움을 준 마진석에게 고맙다는 인사와 함께 물었다.

"뭐 하고 살 거예요, 이제?"

"뭐 하고 살겠지. 부동산 사무실에 취직이나 할까?"

"고마워요. 들어가보세요. 나도 들어가볼게."

"그래, 수고해라."

"사람들 좀 괴롭히지 말고, 이제."

"나 변했어."

마진석이 활짝 웃으며 손을 흔들었다. 말대로 정말 변한 느낌이었다. 다른 꿍꿍이를 품고 웃던 모습과 달리 가볍고 경쾌한 얼굴이었다.

마진석과 헤어진 뒤 양정도는 스스로 검찰청을 향했다. 그저 백성일이 박홍식을 잘 설득했기를 바랐기에 검찰로 향하는 발걸음이 무겁지만은 않았다. 오랜 시간이 걸렸고, 많은 사람들이 도와줬기에 가능한 일이었다. 양정도는 처음 백성일을 만나 지금까지 함께한 일들이 모두 꿈만 같았다. 검찰청에 도착하자 반대로 무거운 발걸음으로 나오는 백성일이 보였다.

"잘 설득했어요?"

"그러니까 나왔지."

"잡혀 들어간 보람 있네."

아무리 밝게 말해도 백성일은 눈을 마주치지 못하고 숨어들기만 했다. 정이 많은 사람이었다. 자신이 잘못한 것도 아닌데 죄지은 얼굴로 말했다.

"미안하다."

"뭐가 미안해. 내가 들어가는 게 당연히 맞지. 아저씬 공무원이고,

난 사기꾼. 응?"

애써 밝게 말하는 양정도 역시 감정 조절이 어려웠다. 이 착한 아저씨에게 정이 들 대로 들었다. 용감한 척 말을 해도 자꾸 눈물이 나려고 했다.

"그나저나 아저씨랑 한 약속, 나는 못 지키겠다. 내가 못 지켜도 꼭 지켜요. 잘리지 마시라고."

"그래, 그렇게 할게."

"그럼 이제 갈 길 가시죠. 각자."

"그래. 너는 너 방식대로, 나는 내 방식대로. 그놈들 다 밟아주자."

백성일의 말을 마지막으로 돌아서던 양정도가 갑자기 생각난 듯 백성일에게 부탁했다. 사적인 부탁은 이번이 처음이었다.

"아, 맞다. 우리 아버지 1년 뒤에 나오시는데, 갈 사람이 없네요. 좀 부탁해도 될까요?"

"그럼. 당연하지. 걱정하지 마."

"고마워요, 형……."

뉴스 속보가 나오는 순간 천갑수는 모든 게 끝났다는 걸 깨달았다. 덕분에 고민하던 모든 것들을 한 방향으로 정리하겠다는 결정을 내릴 수 있었다. 연이어 반복되는 뉴스 속의 최철우에게 전화가 걸려왔다.

"이게 어떻게 된 겁니까! 어떻게 처리할 겁니까! 지금 이 사달을 어떻게!"

단 한 번도 보지 못한 격노한 모습이었다. 이성을 잃고 소리치는 최철우에게 천갑수는 자신의 생각을 조용히 전달했다.

"회장님…… 지금 저희가 할 수 있는 방법은 세 가지입니다. 안 국장 꼬리 잘라내고 저만 사는 법 하나. 회장님께서 8년 전 그 일 들춰내서 저를 밟고 회장님만 사는 법 하나. 그리고 마지막으로, 둘 다 같이 죽는 법 하나. 뭐가 좋으십니까? 회장님께선 제가 어떤 방법을 쓰길 원하십니까?"

"첫번째랑 세번째는 아니었으면 하네요."

최철우다운 대답이었다. 하지만 마지막 열쇠를 쥐고 있는 천갑수는 그럴 마음이 없었다. 이번이야말로 선명하고 정직하게 시정을 운영할 마지막 기회였다.

"저랑은 생각이 다르시네요. 끊습니다."

천갑수가 괴로운 마음으로 전화를 끊을 때 백성일이 시장실로 들어왔다. 찾아오지 않았다 하더라도 이 모든 게 백성일과 양정도가 꾸민 일이라는 것쯤 천갑수도 알고 있었다.

"결국 이렇게 끝났네요."

다 정리됐다고 생각한 마음 한구석에 아직 정리 안 된 부분이 있었는지 천갑수는 백성일의 말에 괜한 오기를 부렸다.

"왜 그렇게 생각하는데? 안 국장이 그 돈 나한테 줬다는 증거 없잖아."

"정도가 지금 검찰 조사를 받고 있는데요. 그 조사 끝나면 최철우 회장이 시장님한테 불법 정치자금 건넨 거라고 공식 발표가 날 겁니다. 이제 다 끝났어요. 가보겠습니다."

돌아서는 백성일을 잡아 세웠다. 모든 걸 밝히기 전에 백성일에게 이 말은 꼭 해야 했다.

"성일아. 할 얘기가 하나 있는데, 민식이 말이야. 자살한 거 아니야. 방필규 사장이 죽였다. 내가 그걸 덮었고."

"알고 있었어요, 저도. 최철우 회장 조사하면서 다 알게 됐습니다."

머리를 한 방 맞은 듯한 충격을 받았다. 다 알면서 자신과 얼굴을 마주한 백성일이 어떤 심정이었는지 짐작할 수 없었다. 또 그런 백성일에게 천갑수 자신이 어떤 못된 짓을 했었는지 상기됐다.

"알았는데도 가만있었다는 거야?"

"솔직히 여기 올라와서…… 형님 멱살 잡고 죽도록 패고 싶었어요. 근데 그렇게 못 하겠더라고요."

"왜! 왜 그렇게 안 했어!"

"해야 될 일이 있었으니까요. 예전에 민식이 형이 하려던 일, 형님이 하려고 했던 일, 그 일을 제가 해야 됐었으니까요. 형님, 저는요, 형님이 옛날처럼 다시 돌아갔으면 좋겠어요. 그때 형님이 참 멋있었거든요. 가보겠습니다."

백성일의 말에 자신이 한없이 초라해졌다. 더 이상 어떤 권위도 체면도 세울 수 없었다. 눈에 눈물이 맺혔다. 그렇게 천갑수가 무너질 때 천성희에게 전화가 왔다.

"아까 물어보신 거…… 대답해드리려고요."

천성희 목소리를 듣자 천갑수의 눈에서 눈물이 흘러 앞이 흐려졌다. 천갑수는 말없이 천성희가 하는 말을 조용히 듣기만 했다.

"시장님은요. 엄마가 말하는 남편, 그런 시장님이셨어요. 좋은 남편, 좋은 아빠가 된다고는 하셨지만 엄마 많이 힘들어하셨거든요. 그래서 떠날 수밖에 없으셨대요. 앞으로요, 아버지. 여기 서원시, 우리 서원시민들…… 엄마처럼 만들지 마세요. 부탁드릴게요."

앓은 흐렸지만 덕분에 마음은 맑아졌다. 결심했던 모든 걸 실천할 용기도 생겼다.

"성희야. 나도 하나만 부탁하자. 최철우 회장 체납세금 전부 받아내."

"예, 그렇게 하겠습니다."

천성희와 통화를 마치고 천갑수는 기자회견을 요청했다. 지금까지 있었던 일을 자기 손으로 마무리할 생각이었다. 그것이 혹시 남아 있을지도 모를 자신의 양심이라고 믿었다. 또 남은 이들에게 보일 수 있는 마지막 체면이었다. 불법 정치자금으로 이목이 집중될 때 요청한 기자회견이라 모든 언론의 주목을 받았다. 마음을 굳힌 천갑수가 다음 날 단상에 올라 똑똑히 말했다.

"어제 불거졌던 저의 불법 정치자금 수수 의혹은, 전부 사실입니다. 전 지난 8년 동안 전 우향그룹 회장 최철우 씨로부터 불법 정치자금을 지원받았습니다. 지난 선거에서 법에 명시된 선거비용을 훨씬 넘는 자금을 지원받았고, 선관위 신고에 이를 고의로 누락시켰습니다. 또한 최철우 씨 소유의 평동 사채시장, 극진건설의 불법 운영과 세금 체납 사실을 알고 있었음에도 이를 묵인했습니다. 앞장 서서 최철우 씨 같은 인물을 비호하였습니다. 이를 시정 운영에 필수적인 과정이라 스스로 합리화시켰습니다. 법을 어기고 양심에게서 등 돌린 채로는 시민이 행복한 서원시를 만들 수 없다는 생각에, 모든 사실을 밝히기 위해 이 자리에 섰습니다. 다 저의 불찰입니다. 저는 이러한 이유로 이 시간부터 민의당 서원시장 후보직에서 사퇴할 것을 밝히며, 향후 검찰 조사에 성실히 임할 것을 약속드립니다. 이상입니다."

질문과 카메라 플래시가 폭포처럼 쏟아졌다. 천갑수의 기자회견과 같이 세금징수국 직원들은 최철우를 찾아갔다. 한 번도 건드리지 못했던 최철우의 집이었다. 더 이상 막아줄 바람막이가 없는 최철우는 어쩔 도리가 없었다.

"최철우 씨? 평동 사채 사무소 60개와 극진건설 실소유주가 최철우 씨 본인 되시는 거 다 확인했고요, 검찰 고발까지 함께 진행될 예정입니다. 가택수색 및 동산 압류, 실시하겠습니다."

천성희가 가택수색에 앞서 법적 절차를 하나하나 알렸다. 최철우는 꼿꼿이 앉아 아무 말이 없었다.

32
사필귀정

최철우는 결국 어떤 손도 쓰지 못하고 밀린 체납세금을 모두 완납했다. 세금징수국이 이룬 결과였다. 천억 원이라는 돈을 받아낸 백성일은 아직 못다 한 일 하나가 떠올랐다. 최철우가 사는 빌라를 찾아간 백성일은 집 앞 평상에서 홀로 기보를 보고 있는 최철우를 발견했다. 아직 인기척을 눈치 못 챈 최철우 앞에 앉아 말을 붙였다.

"안녕하세요. 속이 좀 쓰리시죠? 친구도 없으신가봐, 혼자 바둑 두시고."

"과장 복직되셨다는 얘기 들었어요. 축하합니다."

축하를 전하는 최철우는 웃는 것인지 찡그린 것인지 분간이 안 될 복잡한 얼굴을 하고 있었다.

"축하는요, 뭐…… 원래부터 과장이었는데. 드릴 말씀이 있어서 왔어요."

백성일의 말에 최철우가 발끈해 말했다.

"세금 다 냈으니, 더 할 말 없을 텐데요."

"어이구, 세금을 천억씩이나 내셨는데. 이 말은 들으시는 게 좋을 거 같습니다."

"뭔데요. 들어봅시다."

양정도를 만나기 전에는 감히 상상도 못 했던 말이었다. 정말 최철우에게 이 말을 할 수 있으리라고, 백성일 자신도 믿지 못했다. 감흥이 새로웠다. 최철우는 얼굴을 구기며 백성일을 바라봤고, 백성일은 숨을 고르며 천천히 입을 열었다.

"지방세 91억7천, 국세 917억2천. 총 1천8억9천. 총 1천8억9천만 원의 체납세금을 완납하셨습니다. 오래 걸렸네요. 바둑 계속 두세요."

서류 뭉치를 들고 바쁘게 돌아다니는 모습, 회의하는 모습, 적당히 요령을 피우며 게임을 하는 관리자들. 오늘도 서원시청 세금징수국은 보통 때와 다를 것 없는 모습이었다. 달라진 점은 세금징수2과 과장으로 복직한 뒤로 늘 깔끔한 흰 셔츠에 넥타이를 맨 차림을 유지하는 백성일의 모습이었다. 새로 들어온 신입사원이 준 피로회복제를 마시며 업무를 보던 백성일은 '비리 사학 재단 학교에 돈다발 투척'이라는 뉴스에 고개를 들었다.

"재단 이사장의 비리로 몸살을 앓던 K대학교에 현금 200억 상당의 돈다발이 투척되는 사건이 발생했습니다."

뉴스에 집중하기 위해 텔레비전 앞으로 다가섰다.

"사건의 배후는 밝혀지지 않은 가운데, 얼마 전 재단 이사장 최모 씨가 거액의 부동산 사기를 당했다는 루머가 떠돌고 있습니다. 200억이라는 거액을 대학교 캠퍼스 내에 투척한 세력이 누구인지에 대한 추측 역시 들끓고 있습니다."

백성일 얼굴에 밝은 웃음이 걸렸다. 아마 모두 이 뉴스를 보고 있을 거라는 생각이 들었다. 노방실과 천지연, 정자왕과 장학주, 그리고 조미주도 모두 각자의 자리에서 이 모습을 보고 있을 거라 믿었다.

"K대학교 학생들 중 일부는 몇 년 전 서원 도심 한복판, 500억 돈다발 투척 사건과 이번 사태의 정황이 묘하게 일치한다는 의견을 제시하기도 했습니다. 서원 도심 500억 투척 사건과 K대학교 200억 투척 사건. 누가, 왜, 수백억 원의 거액을 공중에 뿌렸는지는 알 수 없지만 많은 사람들은 두 사건의 배후가 같은 세력일지도 모른다는 추측을 조심스레 내놓고 있는 상황입니다."

그러거나 말거나 백성일에게는 자신의 할 일이 있었다. 원래 해야 할 일, 하려고 했던 일을 계속할 마음이었다. 뉴스와 함께 천장에 매달린 세금징수국 구호가 힘을 북돋았다.

끝까지 추적하여 반드시 징수한다.